MULTIVERS

M.A. ROTHMAN

Traduction par
FLAVIEN VUILLARD

Poche ISBN: 978-1-960244-09-3
Broché ISBN: 978-1-960244-10-9

DU MÊME AUTEUR :

Techno-thrillers (Thrillers scientifiques, ou de « Hard science-fiction. »)

Le Facteur Darwin

Menace Primale (L'Exode t. 1)

Le Dernier souffle de la liberté (L'Exode t. 2) à paraître

Quand les romans de Michael Crichton ont atterri pour la première fois au rayon « thrillers » des librairies, quelques personnes particulièrement avisées se sont rendu compte que ce mélange de science et de thriller constituait une nouvelle forme de science-fiction. C'est pourtant par un curieux hasard du marketing que les œuvres de science-fiction de Crichton se sont retrouvées au rayon « thrillers » , et ont donné naissance à un nouveau genre baptisé « techno-thriller ».

J'admets volontiers qu'avec ce livre, je tente de me hisser sur les épaules des géants qui m'ont précédé. Voilà pourquoi j'aimerais dédier ce livre à Greg Benford et Larry Niven, que je considère comme des amis, et qui ont écrit des œuvres phares dans le genre qui est celui de ce roman.

Le professeur Gregory Benford est un auteur fantastique. Il a été le premier à porter à l'attention des lecteurs de science-fiction la question des particules supraluminiques. Je me réjouis tellement d'avoir eu la chance de discuter avec lui des détails les plus complexes de la technologie qui constitue la pierre d'angle de ce livre, ainsi que des recherches passées et présentes dans ce domaine.

Larry Niven, dont les œuvres ont fondé en partie ce qu'on appelle aujourd'hui la « Hard S.F. », ou science-fiction « dure », a eu une énorme influence, non seulement sur mon écriture, mais sur des millions de lecteurs comme moi qu'il a poussés à se poser la question « Et si ? », tandis qu'ils lisaient ses histoires basées sur des technologies d'avant-garde. J'essaie à ma manière de reprendre le flambeau, et de pousser moi aussi de futurs lecteurs à continuer de se poser la même question.

TABLE DES MATIÈRES

« *La pensée moderne est que le temps n'a pas commencé avec le Big Bang, et qu'il y avait un multivers avant. La théorie de l'inflation cosmique, aussi bien que la théorie des cordes, posent qu'il existait des univers avant notre Big Bang, et que ces Big Bang reviennent constamment. Les univers se forment quand des bulles s'assemblent ou se scindent en bulles plus petites.* »

Michio Kaku, physicien théoricien

CHAPITRE UN

Michael Salomon se redressa brusquement dans son lit, et se sentit pris de vertiges tandis qu'il clignait des yeux encore lourds de sommeil. Son cœur battait à tout rompre, et il avait du mal à reprendre haleine, les souvenirs brumeux de son rêve quittant à présent son esprit éveillé.

Quelque chose venait de se passer, mais il aurait eu du mal à dire quoi, exactement.

Ce n'était pas un rêve, non. Il ne se serait pas réveillé dans un état pareil. Plutôt un cauchemar…

Il jeta un coup d'œil au réveil sur sa table de chevet. Il était un peu plus de sept heures du matin. Il s'était couché quatre heures plus tôt seulement, mais il avait l'habitude de se réveiller au petit jour. Durant l'année universitaire, c'était le moment où il sautait hors du lit pour aller enseigner la physique à Princeton. Mais les cours étaient terminés ; c'était l'été, et à cette période il consacrait toutes ses heures de veille à ses recherches.

C'était ce qui l'avait tenu éveillé jusque tard dans la nuit. Il avait fait une découverte qui l'avait laissé littéralement en état de choc. Il était un peu plus de deux heures du matin quand il avait quitté ainsi le labo.

L'envie l'avait brûlé d'en parler à quelqu'un. N'importe qui. Mais il était tard, et il aurait été déraisonnable de s'en ouvrir à ses collègues avant d'avoir pu tout vérifier l'esprit clair. Vérifier et revérifier, jusqu'à trois fois, les données ; alors seulement il pourrait risquer sa réputation.

Il sortit du lit et se leva, mais pour se rasseoir aussitôt, pris de vertige. Son corps l'avertissait-il qu'il avait encore besoin de repos ? Peut-être.

Soudain, une odeur de bacon lui chatouilla les narines.

Il ne se souvenait pas s'être préparé du bacon en rentrant du labo. Il était trop épuisé pour faire autre chose qu'aller directement se coucher. Mais quand il ouvrit la porte de la chambre, il n'eut aucun doute sur la nature de l'odeur ; il s'agissait bien de bacon, et les effluves fumés montaient de la cuisine.

Et il y avait autre chose encore.

Quelqu'un fredonnait.

Debout en haut de l'escalier, il était sur le point de hurler qu'il avait une arme, une menace en l'air destinée à faire fuir un possible intrus, mais les mots s'étranglèrent dans sa gorge quand il vit une femme approcher du bas de l'escalier, une grande tasse de café à la main. Elle avait de longs cheveux bruns qui lui descendaient jusqu'au milieu du dos, et un joli teint hâlé. Elle était enceinte, et manifestement le terme était proche.

Maria.

Leur chiot berger allemand, Percy, la suivait comme son ombre, ses griffes cliquetant sur le plancher.

Avant que Michael puisse dire un mot, le visage de Maria s'éclaira.

— Tu es réveillé ! fit-elle en souriant.

Elle leva le mug rempli de café fumant.

— J'allais te monter un café, et te dire que le petit déjeuner était prêt.

Il la regarda à peine, persuadé que ce qu'il voyait n'était pas réel.

Maria lui fit signe de descendre.

— Le bébé commence vraiment à s'agiter, dit-elle en posant une main à plat sur son ventre. Descends. Viens sentir ça.

Le chiot leva la tête vers lui et jappa joyeusement.

Michael sentit que sa peau était moite et glacée, comme s'il était sur le point de perdre connaissance. Mais il réussit à descendre doucement les marches, incapable à présent de détacher son regard de la femme qu'il avait aimée durant presque un quart des quarante-deux années qu'il avait passées sur Terre.

Maria lui prit la main et la posa sur son ventre.

— Tu sens ça ?

Il acquiesça d'un hochement de tête.

— Quel j…

Il s'éclaircit la gorge.

— Quel jour sommes-nous ? demanda-t-il, tandis que Percy gémissait pour attirer l'attention.

— Oh, mon pauvre, tu es à peine réveillé, lui dit Maria.

Elle lui tendit son café, puis gratta Percy sur le haut du crâne.

— On est jeudi. Tu as à peine posé ta tête sur l'oreiller que tu t'es endormi comme une masse. Tu n'as même pas pris le temps de te déshabiller.

Cette partie-là était vraie. Il portait toujours les mêmes vêtements que la veille au labo.

Encore incrédule, il appuya une fois de plus sa main sur le ventre de Maria, et sentit la vie remuer en elle.

Leur bébé.

L'émotion lui noua la gorge. Il eut l'impression que tout en lui menaçait d'exploser.

— Oh, *mi amor*. Qu'est-ce qui ne va pas ?

Maria essuya une larme spontanée qui roula sur la joue de Michael. Elle l'enlaça par la taille.

— Ne t'inquiète pas, ça va passer. Il est arrivé quelque chose de grave au travail ?

Il déposa un baiser sur son front, tandis qu'une tempête émotionnelle faisait rage en lui.

— Je crois que j'ai fait un cauchemar, c'est tout.

— À propos de quoi ?

— Je préfère ne pas en parler.

— Viens, dit-elle en lui prenant la main et en l'entraînant vers la cuisine. Assieds-toi. Je vais servir le petit déjeuner. Je suis sûre que tout ira mieux quand tu auras quelque chose dans l'estomac.

Michael s'assit à la table de la cuisine et regarda sa femme depuis huit ans, enceinte de leur enfant, s'activer dans la cuisine.

Il la regarda, sachant que tout cela était impossible. Parce que dans ses souvenirs était encore présente la cascade d'événements qui avaient mené à la disparition de Maria.

Pour commencer, les complications de sa fin de grossesse. Leur fille née prématurée, qui aurait dû vivre parce que toutes les chances étaient avec elle, mais qui n'avait pourtant pas survécu. Ç'avait été le début de la fin de leur couple, de leur mariage. Il y avait eu les disputes ; les bagarres absurdes, qui avaient laissé des traces. Et puis un jour, Maria était partie, pour ne plus jamais revenir.

Il gardait le souvenir vivace de la douleur qu'il avait éprouvée en se réveillant pour découvrir qu'elle n'était plus là.

Elle avait laissé ses vêtements dans la penderie ; sa voiture dans le garage.

Il avait signalé sa disparition à la police. Ils lui avaient rétorqué qu'elle était adulte, et qu'elle avait peut-être juste besoin de prendre du recul.

Mais Maria s'était littéralement *volatilisée*. Elle était sortie de sa vie.

Il y avait des années de cela.

Jusqu'à maintenant.

Et puis, il y avait Percy. Le chiot regardait sa maîtresse préparer des œufs brouillés, agitant furieusement la queue en la voyant en verser un peu dans sa gamelle sur le plan de travail.

Percy était en vie… et c'était encore un chiot. Il avait gémi pendant des semaines après la disparition de Maria. Et puis un jour, il s'était échappé du jardin, et une voiture l'avait renversé et tué.

Mais apparemment, tout cela n'était jamais arrivé.

Tout cela était faux. Ce n'était qu'un cauchemar.

Percy faisait des petits bonds de droite et de gauche, tandis que Maria mélangeait ses croquettes pour chiots avec les œufs. Elle posa sa gamelle sur le sol ; il fondit dessus et dévora sa pitance.

Michael sourit en le regardant faire. Maria était vraiment là, avec lui. Tandis qu'il s'attardait sur la vision de son gros ventre, il dut faire appel à tout ce qu'il possédait de maîtrise de soi pour ne pas s'effondrer en larmes, là, sur la table. Leur fille n'était pas morte. Elle gigotait, bien vivante, dans le ventre de Maria.

Tout allait bien. Les choses étaient telles qu'elles auraient toujours dû être.

Maria posa deux assiettes fumantes d'œufs brouillés et de bacon ; elle se versa un jus d'orange, et s'assit à côté de lui.

Il avala une gorgée de café. Il était chaud, fort et noir ; comme elle l'avait toujours préparé.

Elle regarda avec envie le mug de Michael et soupira :

— C'est ce qui me manque le plus. Mon petit *tinto* du matin.

Tinto : c'était comme cela que les Colombiens appelaient le café noir.

Il sourit, glissa une main sous la table, et caressa délicatement son ventre.

— Ce ne sera plus très long maintenant. Si tu veux, je peux arrêter de boire du café jusqu'à ce que tu accouches.

Maria lui fit les gros yeux.

— Pourquoi, c'est *toi* qui es enceinte ? Ne sois pas idiot. Et puis, le jus d'orange, c'est bon pour le bébé.

Elle but une gorgée, pointa sa fourchette vers l'assiette de Michael et dit :

— Mange, ça va refroidir.

— Oui, m'dame.

Il sourit, et fourra dans sa bouche une grosse fourchetée d'œuf.

Tandis qu'il mâchait pourtant, il eut de nouveau l'impression que quelque chose clochait.

Et puis, Maria lui sourit. Il lui retourna son sourire, et avala une bouchée de bacon.

Tout était parfait.

Il était un peu plus de dix heures du matin. Michael roulait en direction du sud sur l'US-1 pour se rendre au travail, quand il vit s'allumer devant lui une myriade de feux stop. La circulation ralentit, et finit même par être à l'arrêt. Il soupira, ne voyant pas ce qui pouvait causer ce bouchon. C'était une simple autoroute à deux voies ; on y circulait toujours très bien.

— Il a dû y avoir un accident, marmonna-t-il.

Assis au volant, n'avançant plus, il laissa son esprit vagabonder et le ramener à ses expérimentations de la veille. Son domaine de recherche, c'était les particules supraluminiques, également connues sous le nom de tachyons – un domaine très spécifique qui occupait l'un des plus sombres recoins de la relativité restreinte. Et il y avait à cela une bonne raison : personne n'avait jamais réussi à mettre en évidence un tachyon. On était là dans l'hypothétique, en pleine science-fiction.

La principale caractéristique des tachyons était de se déplacer plus vite que la lumière. Or, s'il y avait bien une chose que tout le monde comprenait – ou ne comprenait pas, au contraire – à propos de la théorie révolutionnaire d'Einstein, c'était que *rien* ne peut aller plus vite que la lumière.

Ce n'était pourtant pas tout à fait vrai.

Pour être plus précis, Einstein a dit que rien de ce qui, initialement, se déplace moins vite que la lumière, ne peut être accéléré au point de dépasser la vitesse de celle-ci. D'où, évidemment, cette question : les tachyons peuvent-ils exister ?

Jusqu'à la veille au soir, cette question était restée sans réponse.

Un crissement de pneus derrière lui le tira brusquement de ses divagations. Il jeta un coup d'œil dans son rétroviseur intérieur, et vit une vieille Cadillac faire des embardées, apparemment incontrôlable. Il n'y avait aucune voiture derrière lui, et la Cadillac folle était à moins de quinze mètres de l'emboutir.

Tout lui parut ralentir à cet instant. Il vit l'expression paniquée du conducteur qui luttait pour tenir le volant de sa voiture large comme un bateau. Le véhicule partit en queue de poisson, ses pneus dégageant une épaisse fumée blanche.

Michael se recroquevilla sur son siège pour absorber le choc.

Et… la Cadillac s'arrêta net à côté de lui, après avoir fait un tête à queue. Le conducteur était littéralement à portée de main.

Dans des circonstances normales, Michael se serait probablement mis à pester contre l'homme qui avait failli l'emboutir, à lui envoyer une bordée de jurons, et même à en inventer de nouveaux pour faire bonne mesure. Mais il tremblait sous le flot d'adrénaline qui s'était déversé dans ses veines, et il comprit qu'il ne réussirait pas à formuler une phrase cohérente. Le monde tournoyait ; il crut un instant qu'il allait vomir.

Il avait besoin de rassembler ses esprits.

Il tourna son volant pour emprunter la bande d'arrêt d'urgence, roula sur quelques dizaines de mètres, avant d'obliquer et de se retrouver sur le parking d'une sorte de complexe médical. Une enseigne indiquait « Centre orthopédique Rothman », mais il y prêta à peine attention. Il avait juste besoin de respirer un peu.

Il se gara, descendit de voiture, et inspira lentement, profondément. Il avait l'impression que le sol penchait. Il n'avait encore jamais perdu connaissance, mais il était certain d'être à deux doigts de l'évanouissement.

Il s'agrippa à la portière de la voiture pour garder l'équilibre, ferma les yeux, et se concentra sur sa respiration.

Une image s'imposa à son esprit : celle d'un grand champ verdoyant.

Mais c'était plus qu'une image ; c'était une vision limpide comme du cristal ; c'était comme s'il expérimentait un rêve vu à travers l'objectif d'une caméra.

Il vit un homme au loin qui s'agenouillait. Par réflexe,

Michael s'avança vers lui, mais plus il s'approchait de la silhouette, plus son angoisse augmentait.

L'homme était dans un cimetière, agenouillé devant une tombe.

Michael sentit sa respiration se bloquer. Il reconnut l'homme qui se trouvait devant lui.

C'était… *lui*.

Mais pas exactement lui, ou plutôt une version plus âgée de lui-même. Il était plus maigre. Trop maigre. Ses cheveux avaient grisonné. Il portait une vilaine barbe.

Puis Michael regarda la pierre tombale, et son sang se glaça dans ses veines.

Felicia Batsheva Salomon
Nous ne t'avons eue qu'une journée, mais sache ceci : si l'amour avait pu te sauver, tu aurais vécu éternellement.

Sous l'inscription se trouvaient deux dates : naissance et décès. C'était la même date.

Et cette date, c'était… celle du lendemain.

Michael se gara dans l'allée en faisant crisser ses pneus. Il bondit hors de la voiture et se précipita dans la maison.

— Maria ! hurla-t-il.

Pour toute réponse, il entendit le chien aboyer dehors.

Le cœur battant, il courut jusqu'à la baie vitrée qui donnait sur le jardin, et l'ouvrit précipitamment.

— Maria !

— Chéri ? Je croyais que tu partais travailler ?

Maria était assise sur un transat, à l'ombre du parasol du patio. Elle fronça les sourcils, cherchant à comprendre.

Il s'élança vers elle, lui prit la main et la serra dans les siennes.

— Bébé, comment te sens-tu ? Ça va ?

Elle haussa les épaules.

— Comment je me sens ? Eh bien, enceinte jusqu'au cou. La routine, quoi. Mais le bas de mon dos me fait souffrir aujourd'-hui. Je pensais que me détendre sur ce transat m'aiderait, mais… non. Qu'est-ce que tu fais à la maison ?

La question le prit de court.

— Je… je voulais que tu voies ton médecin. Je vais te conduire là-bas. Je trouve que tu es… beaucoup trop fatiguée.

— Aujourd'hui ? J'ai déjà un rendez-vous de prévu demain.

Il tenta de sourire.

— Fais-moi plaisir. Ton boulot, c'est d'être enceinte, et le mien de m'inquiéter, d'accord ? Je veux juste être certain que tout va bien pour toi et Felicia.

À contrecœur, Maria le laissa l'aider à se relever lentement.

— Je n'ai même pas eu le temps de me doucher aujourd'hui.

— Ça, tout le monde s'en fiche. Fais-moi plaisir. S'il te plaît.

— Bon, d'accord, fit-elle en roulant de grands yeux. Mais laisse-moi au moins le temps de me changer.

Il planta un petit baiser sur son front.

— Ça marche.

L'échographiste enduisit de gel lubrifiant la membrane de son transducteur, et plaça ce dernier sur le ventre de Maria.

— Très bien, dit-elle, jetons un coup d'œil à cette petite puce, et prenons quelques mesures.

Maria agrippa la main de Michael, tandis que le haut-parleur de la machine à ultrasons retransmettait le bruit du battement de cœur rapide du bébé. Elle se tourna vers l'échographiste et demanda :

— C'est le battement de cœur de Felicia ?

— Absolument. Felicia : c'est un très joli nom. Ça veut dire « sourire » en espagnol, non ?

— Presque. C'est plus proche de *feliz*, qui veut dire heureux.

L'échographiste continua de déplacer la sonde sur le ventre de Maria d'une main, tout en pianotant sur le clavier de la machine et en jouant avec la souris de l'autre.

— Vous avez déjà choisi un deuxième prénom ?

Maria sourit à Michael.

— Ce n'est pas tout à fait décidé, mais j'ai pensé à Batsheva. C'était le prénom de sa grand-mère ; elle nous a quittés il y a peu. Qu'en penses-tu, chéri ?

Michael acquiesça d'un hochement de tête, mais un frisson lui glaça l'échine. C'était le nom qu'il avait vu sur la pierre tombale.

Felicia Batsheva Salomon.

L'échographiste s'arrêta brusquement et leva la sonde ; aussitôt, l'écran devint noir.

— Attendez-moi un moment, dit-elle. Je reviens vous voir avec le Dr Sakata.

Bien que sa voix fût calme, Michael décela de l'inquiétude sur le visage de la femme, tandis qu'elle se levait de son tabouret et quittait la pièce.

Il sentit la main de Maria prendre la sienne et la serrer.

— Je ferais bien de demander à Sakata ce que je pourrais prendre pour soulager le bas de mon dos. Je ne me vois pas tenir encore huit semaines comme ça.

Michael lui sourit tendrement, mais intérieurement, il était angoissé. Qu'est-ce que l'échographiste avait bien pu voir ? Ils n'étaient pas censés avoir de surprise au début du huitième mois ; ça roulait tout seul normalement à ce moment-là. Du moins, c'était ce que disaient tous ces foutus bouquins sur la grossesse que Maria l'avait poussé à lire.

La porte s'ouvrit, et le Dr. Sakata entra.

— Monsieur et madame Salomon, bonjour. Bon, nous faisons un petit contrôle de routine, si j'ai bien compris. Avez-vous eu des métrorragies ou d'autres symptômes récemment, qui vous ont poussée à venir consulter aujourd'hui ?

— Des métrorragies ? Vous voulez dire, comme des saignements ? Non.

Maria désigna Michael d'un geste du pouce.

— Mon mari était juste inquiet. Il a voulu que je vienne vérifier que tout allait bien. Le seul nouveau symptôme que j'ai, c'est une douleur dans le bas du dos. Mais je suppose que c'est assez classique.

Le médecin s'assit sur le tabouret.

— Bon, nous allons voir ça.

Tandis qu'il passait la sonde sur le ventre de Maria, l'écran à ultrasons montra différentes structures qui ne disaient absolument rien à Michael. Il regarda pourtant attentivement les images, ses yeux allant de l'écran au visage du médecin, et inversement, cherchant à repérer une réaction particulière.

Sakata s'arrêta sur une image floue qui ressemblait à toutes les autres, cliqua sur sa souris, et fit un grossissement. Il inclina légèrement l'angle du transducteur.

Le bruit sourd du battement de cœur du bébé résonna dans la pièce.

— Vous cherchez quelque chose en particulier ? demanda Maria.

Le médecin la regarda.

— Vous dites que vous avez mal au dos ?

Elle hocha la tête.

— Oui, c'est pire aujourd'hui. Normalement, je ne dors pas sur le dos, mais je me suis assoupie comme ça tout à l'heure.

Elle regarda Michael, serra sa main et lui envoya un baiser.

Sakata agrandit différentes parties de l'image et cliqua plusieurs fois encore sur sa souris, déclenchant l'impression d'un document qui sortit par une fente à l'avant de la machine. Une minute après, il souleva le transducteur, le nettoya, et essuya également le ventre de Maria avec une petite serviette blanche moelleuse.

— Bien, dit-il, commençons par le bébé. Elle ne paraît aucunement être en souffrance ; son développement est tel qu'il doit être pour un âge gestationnel de trente-deux semaines. Tout est normal. Mais vous avez bien fait de venir aujourd'hui.

Sakata leva une des images et pointa du doigt quelque chose qui était difficile à distinguer.

— Maria, vous avez un hématome rétroplacentaire mineur. Ça signifie que le placenta s'est partiellement décollé de la paroi utérine.

Maria en eut le souffle coupé.

— Qu'est-ce que ça veut dire pour le bébé ?

Ses yeux se remplirent de larmes, et elle serra très fort la main de Michael.

— Comme je l'ai dit, c'est mineur. Mais je préférerais vous garder jusqu'à demain pour pouvoir faire quelques examens. Nous devons faire un bilan de chimie sanguine du bébé pour nous assurer qu'elle a toujours tout ce dont elle a besoin. Il est probable que les examens seront bons, mais vous devez tout de même vous préparer tous les deux à la possibilité d'un accouchement prématuré.

Tout ce que Michael voyait à cet instant, c'était la date de naissance sur la pierre tombale. Il dit, d'une voix qui lui parut lointaine :

— Mais elle n'a que trente-deux semaines…

Sakata agita doucement sa main à plat dans le vide, et leur sourit d'un air rassurant, mais sans grand succès.

— Un fœtus qui atteint trente-deux semaines de gestation à quatre-vingt-quinze pour cent de chance de survie. L'important est que vous soyez ici, et que nous soyons au fait du problème. Je vais vous prescrire de la bétaméthasone prénatale ; il s'agit de corticostéroïdes, qui vont aider les poumons du bébé à arriver à maturation avant un possible accouchement prématuré.

— Vous croyez que l'accouchement aura lieu plus tôt ? demanda Maria d'une voix tremblante.

Sakata sourit, et cette fois son sourire parut sincère.

— Nous ferons tout ce que nous pourrons pour garder cette petite dans votre ventre le plus longtemps possible. Nous nous préparons juste à d'autres éventualités.

Il se pencha en avant, tapota le pied de Maria, puis reporta son regard sur Michael.

— Je vais demander à l'infirmière de vous donner une liste de choses à rapporter de la maison. Je vais appeler pour faire admettre votre femme aujourd'hui, et pour qu'on lui fasse tous les examens nécessaires.

— Combien de temps devrai-je rester ? voulut savoir Maria.

— Au moins jusqu'à demain matin. Nous en saurons plus à ce moment-là. S'il s'agit d'un problème qui nécessite un traitement immédiat, nous nous en occuperons. Mais il se peut très bien qu'une surveillance étroite et du repos alité suffisent.

— Quand vous dites « repos alité », c'est *à la maison* ? demanda Michael.

Sakata hocha la tête.

— Si les choses sont stables, alors oui.

Il leur adressa un regard plein d'empathie.

— Je sais que ce n'est pas ce que vous auriez souhaité entendre. Mais au moins, nous sommes au courant maintenant, et vous êtes pris en charge. En attendant d'en savoir plus, évitons de nous inquiéter pour des problèmes qui peut-être ne se poseront même pas.

Le médecin parti, l'image de la tombe revint aussitôt hanter l'esprit de Michael.

Il se pencha et donna un baiser à Maria.

— Ça va aller, dit-il.

— M-merci, balbutia Maria, le souffle tremblant.

— Merci de quoi ?

Elle se mit à pratiquer les techniques de respiration qu'elle avait apprises durant un de ses nombreux cours prénataux.

— D'avoir été parano aujourd'hui, répondit-elle. Tu as probablement sauvé le bébé.

Michael se pencha à nouveau et serra Maria dans ses bras afin qu'elle ne puisse pas voir l'inquiétude qui se lisait sur son visage. Il voulait la croire, croire le médecin, se dire que tout allait bien se passer.

Mais il n'y parvenait pas. Il n'arrivait pas à détacher ses

pensées de la vision obsédante de la date de naissance gravée dans le marbre, qui était aussi la date du lendemain.

Naissance… et décès.

Sa peur ne retomberait qu'une fois la journée du lendemain passée sans encombre.

Ce n'est qu'une vision, pas une prophétie.

Il tint sa femme étroitement enlacée, et s'efforça d'y croire.

CHAPITRE DEUX

Michael se tenait au-dessus de la couveuse de Felicia, fixant le bébé né seulement huit heures plus tôt. Les dernières trente-six heures avaient été les plus pénibles qu'il ait jamais vécues. Maria avait passé la nuit à l'hôpital en observation, et ce matin-là encore tout allait parfaitement bien. Il était même question qu'elle rentre à la maison pour s'y reposer en restant alitée. Et brusquement, tout s'était compliqué ; elle avait été emmenée sur un brancard en salle d'opération pour une césarienne en urgence. Durant toute l'intervention, le souvenir de la tombe l'avait littéralement hanté.

— Monsieur Salomon ?

Une des infirmières de l'unité de soins intensifs néonatals s'approcha en plissant le front. Il savait qu'il avait enfreint les dispositions du protocole de l'hôpital en entrant dans l'USIN sans l'autorisation d'au moins une des infirmières, mais dès que Maria était sortie du bloc et s'était endormie dans la chambre d'hôpital, il avait eu besoin de voir sa petite fille.

— Je suis désolé, dit-il rapidement. Il n'y avait personne à l'accueil, et je voulais m'assurer qu'elle allait bien.

L'infirmière s'arrêta au pied de la couveuse, secoua la tête, puis vérifia l'affichage numérique du moniteur.

— Le pouls est à cent trente-cinq, la respiration à cinquante, et la saturation à quatre-vingt-dix-huit. Tout indique qu'elle est en bonne santé.

— Elle est si petite, dit-il.

La femme décrocha la planchette à pince fixée sur la partie basse de la couveuse.

— Un kilo huit cents grammes, quarante et un centimètres, tour de tête vingt-neuf centimètres, lut-elle. Pour son âge gestationnel, ce sont des données parfaitement normales.

Elle ajouta, en le fixant du regard :

— Felicia a eu un premier jour très fatigant. Peut-être devriez-vous maintenant…

— Chéri, comment va-t-elle ?

Michael se retourna et écarquilla les yeux. Sa femme s'avançait vers lui, faisant rouler à côté d'elle une potence à perfusion. Il se précipita vers elle.

— Maria, mais qu'est-ce que tu fais debout ? Tu sors tout juste du bloc, tu es folle ?

Elle sourit et lui tapota la joue.

— Je vais bien. Le médecin dit que je peux me lever et marcher un peu.

Elle regarda l'infirmière et demanda :

— Elle va bien ?

L'infirmière sourit.

— Elle va très bien. Je vous laisse un petit moment tous les deux avec le bébé.

Elle jeta un coup d'œil à l'horloge murale.

— Je termine mon service dans quelques minutes, à minuit. Je préviens l'infirmière de la nouvelle équipe que vous êtes ici. Je vous laisse voir avec elle pour la suite.

Michael donna son bras à Maria pour qu'elle s'appuie dessus, et l'aida à se pencher sur la couveuse et à regarder leur fille endormie.

— Elle est magnifique, dit Maria.

Michael en convint.

— Tu es sûre que tu peux tenir debout ? Je peux t'apporter une chaise.

— Non, ça va très bien.

Elle lui serra le bras et posa une main sur le plastique transparent de la couveuse, incapable de détacher son regard de Felicia.

— C'est un vrai petit ange.

Ils contemplèrent tous les deux le bébé. Puis, Maria se mit à réciter doucement une prière :

— *Que Dieu bénisse Felicia derrière sa cloison de plastique. Elle a été sortie de mon ventre sans que j'y puisse rien. J'ai tellement hâte de pouvoir la prendre dans mes bras.*

« Seigneur, fais qu'elle guérisse.

« Dieu, donne-lui la force de vivre une seconde, une minute, une heure, un jour de plus, car chaque instant est une bénédiction du ciel.

« Seigneur, nous nous en remettons à toi pour la vie de notre enfant. Je t'en prie, laisse-la-nous, ici, sur Terre, pour que nous puissions lui donner toute l'attention, tout l'amour, dont elle a besoin. Nous acceptons le défi, et nous resterons tes humbles serviteurs, Seigneur. »

• Amen, dit Michael.

Il embrassa Maria sur le front.

— Tout est arrivé tellement vite, dit-elle en le fixant d'un air grave. C'est un miracle que nous ayons été déjà à l'hôpital alors que tout se compliquait.

Sa voix tremblait d'émotion.

— Comment as-tu su ?

— Su quoi ?

— Tu sais bien, me pousser à voir le médecin.

Il regarda l'horloge murale. Les aiguilles indiquaient minuit passé. Les voir franchir ce cap de la douzième heure et marquer un nouveau jour amoindrit quelque peu la peur qui lui avait noué l'estomac depuis qu'il avait eu cette vision. Cette pierre tombale n'aurait jamais de réalité. C'était déjà le lendemain.

Il regarda Maria et sourit.

— Si je te le disais, tu me prendrais pour un fou.

Maria arqua un sourcil.

— Bon, très bien, je vais te le dire. J'ai fait un cauchemar ; c'est comme ça que je l'ai vue.

— Vue quoi ?

— La tombe de Felicia.

Maria écarquilla les yeux de stupeur.

Michael pointa l'horloge du doigt.

— Il est plus de minuit, Dieu merci. Mais cette foutue tombe portait la date d'hier.

— C'est affreux.

Elle pinça les lèvres. Elle avait l'air bouleversée.

— Pourquoi ne m'as-tu pas parlé de ce cauchemar avant de partir au travail ?

Michael grimaça au souvenir du crissement de pneus qui avait causé sa vision.

— Parce que… je ne l'avais pas encore fait.

Maria le fixa sans comprendre.

— Je suppose que ce n'était pas à proprement parler un cauchemar, expliqua-t-il. Est-ce qu'on peut faire des… cauchemars éveillés ? Quelqu'un a failli me rentrer dedans par derrière sur l'US-1, sur le chemin du boulot justement. Ça m'a tellement secoué que je suis sorti de l'autoroute. Je me suis garé, et c'est à ce moment-là que j'ai fait ce cauchemar. C'était tellement étrange ; tellement réel. C'était comme…

Il s'interrompit. Les souvenirs de la matinée, le fait de n'être plus avec Maria et tout le reste, tout cela était encore tellement présent, à vif, qu'il arrivait à peine à mettre des mots dessus.

— … c'était comme de regarder un film.

— Ce n'était qu'un rêve, le rassura-t-elle en lui prenant la main. Je te dirais bien que je suis désolée que tu aies fait ce cauchemar, mais ce serait mentir, parce que ça a probablement sauvé la vie de Felicia.

Elle regarda sa fille de nouveau dans la couveuse.

— C'est véritablement un miracle.

Michael se rinçait la bouche dans le lavabo en rangeant le tube de dentifrice quand il entendit le chien gémir. Il se retourna et vit Percy lever délicatement une patte pour toucher le haut de la jambe de Maria. C'était comme si le chien venait de s'apercevoir qu'il manquait quelque chose ; qu'il manquait le bébé.

Maria se démenait pour passer une large bande de contention élastique autour de son ventre.

— Viens m'aider à fixer cette ceinture abdominale, demanda-t-elle. J'ai besoin que tu m'aides à la serrer pendant que je la tiens d'un côté.

— Ça ne va pas te faire mal au niveau de ta cicatrice ?

— Ils m'ont dit que je devais mettre ce truc tous les jours, grogna doucement Maria. Aide-moi juste à le fixer.

Elle tint un côté de la ceinture post-opératoire pendant que Michael tirait de l'autre.

— Plus serré ! ronchonna-t-elle, plus impatiente que d'habitude ce matin.

Michael tira sur la gaine élastique en l'entourant autour de son ventre, avant d'appuyer à plat la partie en Velcro.

— Voilà, c'est mieux, fit-elle en poussant un soupir de soulagement.

Dubitatif, il la regarda sortir de la chambre. Cela ne faisait qu'une semaine qu'elle avait subi la césarienne, et elle était censée récupérer en douceur. Mais Maria paraissait ignorer ce qu'« en douceur » signifiait.

Il la suivit et descendit l'escalier derrière elle.

— Tu es sûre que tu n'as pas besoin d'aide aujourd'hui ?

Elle secoua la tête.

— Arrête de me demander ça. Je vais bien. Je dois juste tout préparer pour l'arrivée du bébé.

Depuis que les médecins lui avait dit qu'elle pourrait probablement ramener Felicia à la maison le lendemain, elle n'avait pensé à rien d'autre.

— Je t'aime, mais tu me rends cinglée à me demander si je vais bien toutes les cinq secondes. Va travailler. Rends-moi fière, va montrer au monde à quel point tu es intelligent.

— Et pour manger, comment vas-tu f… ?

— Michael ! Nos voisins et tes collègues ont rempli le frigo. Il y a au moins un mois de nourriture là-dedans. Je ne sais même pas si nous aurons le temps de manger tout ça.

Elle l'attira vers elle pour lui donner un baiser, l'entraîna vers la porte et le poussa doucement dans le dos.

— Va maintenant, avant que je te fiche dehors à coups de pied dans le derrière, dit-elle en lui montrant la porte.

Michael comprit le message. Il était temps de retourner travailler.

Michael ralentit à l'approche du pont qui enjambait Washington Road, et tourna à droite dans la petite rue privée. En dépit du nom prestigieux et de la réputation d'excellence de Princeton, le fait qu'il n'y ait aucun écriteau ici indiquant que l'on se trouvait à présent sur le campus, l'amusait toujours autant. Après un virage à gauche, puis un autre, il approcha de Jadwin Hall, où se trouvaient la plupart des laboratoires de physique. C'était le début des cours d'été ; de ce fait, les places de parking libres étaient nombreuses, du moins comparé aux autres périodes de l'année. Il en trouva une juste devant le bâtiment principal.

Comme il grimpait les six marches du perron de l'entrée latérale du « Hall », une voix cria :

— Michael !

Le directeur du département se tenait près de l'entrée, flanqué d'une grande blonde filiforme.

— Comment allez-vous, Herman ? dit Michael en les rejoignant en haut du perron. Qu'est-ce que vous faites dehors ?

L'homme leva sa carte universitaire et haussa les épaules.

— Mon badge ne fonctionne pas.

Il y avait quelque chose dans la manière de parler du directeur, avec son accent hollandais et son air à la fois sérieux et impassible, qui donnait toujours l'impression qu'il pratiquait l'ironie à froid.

Michael déclipsa son propre badge et le passa devant le lecteur. La porte sonna ; il la poussa et laissa les deux autres entrer dans le bâtiment climatisé.

Herman fit aussitôt les présentations.

— Michael, je te présente le Docteur Carmel Harrington, chargée de recherche à l'Hôpital pour enfants de Westmead, en Australie. Carmel, voici le Professeur Michael Salomon. Son travail sur la détection des particules de haute énergie dans le vide, pourrait bien nous ouvrir des perspectives inimaginables. Plus important, sa femme vient tout juste d'accoucher d'une petite fille.

Il regarda Michael et ajouta :

— Félicitations, à propos. Comment va Maria ?

— Formidablement bien, répondit-il, rayonnant. Nous espérons pouvoir ramener le bébé à la maison demain.

— Excellent. Il faudra que vous ameniez la petite ici, pour que nous puissions tous pouponner et nous extasier. Quand la mère et l'enfant seront prêtes pour cela, bien entendu.

— Avec plaisir. Je m'en réjouis à l'avance.

Herman jeta un coup d'œil à sa montre.

— Michael, puisque vous êtes là, voudriez-vous avoir l'obligeance de conduire Carmel au salon ? Je dois l'accompagner à l'Institut Lewis-Sigler où elle doit donner une conférence dans quelques minutes, mais j'ai besoin de passer un coup de fil urgent avant. Posez-lui des questions sur ses recherches. Vous allez voir, c'est fascinant.

— Pas de problème, dit Michael.

Herman s'éclipsa, et Michael entraîna Carmel à l'intérieur du bâtiment. Ils passèrent devant les laboratoires du rez-de-chaussée, puis débouchèrent dans le salon en plein air, qui était équipé de réfrigérateurs bien garnis, et même d'une machine à cappuccino professionnelle, qu'il n'avait personnellement encore jamais utilisée.

Il attrapa un soda Mountain Dew sans sucre ; Carmel choisit une petite bouteille de jus de légumes V-8, et ils allèrent s'asseoir à une table.

— Alors, commença Michael, quel genre de recherches faites-vous dans cet hôpital pour enfants ?

Carmel, à qui Michael donnait cinquante-cinq, peut-être soixante ans, avala une gorgée de sa boisson.

— Professeur Salomon…

— Michael, je vous en prie.

— Michael, reprit-elle avec un très léger accent australien. Êtes-vous familier de la MSN ?

— La mort subite du nourrisson ? Je sais ce que c'est, mais guère plus.

Il frissonna à l'idée qu'un enfant puisse cesser de respirer sans raison apparente.

— Eh bien, j'étudie le sujet depuis trente ans. Depuis que mon fils, Damien, en a été victime.

Michael posa son soda.

— Je suis navré de l'apprendre.

Elle eut un geste de la main pour éluder tout apitoiement.

— Depuis ce moment-là, beaucoup de gens me croient dingue de me focaliser là-dessus et de chercher des réponses ; ou plutôt une réponse. *Pourquoi ?* Pourquoi mon fils, par ailleurs en bonne santé, est-il mort ? À l'époque où c'est arrivé, j'étais avocate en fait, malgré une formation en biochimie. J'ai quitté mon boulot, je suis retournée à l'école, j'ai obtenu un doctorat en médecine du sommeil, et je me suis plongée dans la recherche. Et ça en valait la peine. Grâce aux études que j'ai menées, j'ai pu identifier un marqueur biochimique qui peut aider à détecter les bébés les plus à risque d'être victimes de la MSN.

— C'est fantastique, dit Michael.

Il se pencha en avant, les coudes sur la table, et demanda :

— Et ce marqueur, quel est-il ?

Carmel s'anima, passionnée par son sujet.

— Il s'agit d'une enzyme, la butyrylcholinestérase, également ment connue sous l'appellation BChE. Les bébés qui en possèdent une trop faible quantité sont plus susceptibles d'être victimes de la MSN. Nous pensons que ce faible niveau d'enzyme constitue une dysfonction du système nerveux, qui rend ces nourrissons plus vulnérables à la MSN. Nous travaillons actuellement à la mise au point d'un protocole thérapeutique.

— Ouah. Votre histoire est très inspirante, la complimenta Michael.

Il ne put s'empêcher de penser à Felicia.

— Comme l'a dit Herman, je viens juste d'avoir un enfant. Elle est née la semaine dernière, prématurée, avec huit semaines d'avance. Nous devrions pouvoir la ramener à la maison demain, d'après les médecins. J'imagine que ce test enzymatique n'est pas encore disponible dans les hôpitaux ?

Elle sourit.

— Non, nous en sommes encore loin. Nous n'avons même pas encore publié quoi que ce soit. Mais je suis très optimiste ; j'espère que dans les dix-huit mois qui viennent, nous pourrons recommander son utilisation auprès des agences de santé gouvernementales partout dans le monde. Votre FDA, le NHS britannique, et d'autres.

À cet instant, Herman apparut à l'entrée. Il désigna les boissons sur la table d'un petit mouvement du menton.

— Je suis heureux de voir que vous ne partagez pas le goût de Michael pour le Mountain Dew sans sucre. J'ignore comment il peut boire ce truc.

Carmel se mit à rire.

— La plupart des gens disent la même chose de mon V-8.

Elle sourit à Michael.

— À chacun sa croix, ajouta-t-elle.

— Bon, je suis prêt si vous l'êtes, dit Herman.

Michael et Carmel se levèrent.

— J'ai été ravi de vous rencontrer, dit Michael. J'ai hâte de voir votre travail mettre enfin un terme à ce fléau mondial qu'est la MSN.

— Je lui ai dit la même chose ! intervint Herman. Il n'existe rien d'aussi *tangible* que ce genre de victoires, et c'est ce qui nous manque à nous autres, physiciens.

Comme Herman et Carmel filaient, Michael réfléchit aux dernières paroles du directeur du département. La recherche en physique n'offrait effectivement pas ce genre de résultats tangibles, et pourtant…

Il repensa au travail qu'il avait accompli au labo la dernière fois qu'il y avait travaillé, il y avait de cela une semaine ; à ce soir fatidique qui avait précédé sa vision. Serait-il capable de reproduire ces résultats ?

Il n'y avait qu'un moyen de le savoir.

Michael fronça les sourcils, comme à chaque fois qu'il voyait l'écriteau accroché au-dessus de la porte du labo. Bien que cela fît presque une décennie qu'il travaillait dans ce labo du rez-de-chaussée de Jadwin Hall, ce n'est que l'année précédente, au moment de sa titularisation, qu'il avait été baptisé « Labo Salomon ». C'était quelque chose à Princeton d'avoir un labo baptisé à son nom en récompense des recherches que l'on y menait, mais il avait toujours trouvé cela prétentieux.

Il passa son badge devant le lecteur de la porte, et entra. Ken, un des chercheurs post-doctorants qui l'assistaient, était déjà au travail, expliquant le contenu d'un cahier de laboratoire à un jeune diplômé dont Michael avait oublié le nom.

— Salut, Ken. Est-ce que tu as pu te procurer des capteurs photographiques CCD auprès de ce contact au MIT dont je t'ai donné les coordonnées ?

Le post-doctorant hocha vigoureusement la tête. Ken Lee était un brillant chercheur, qui possédait un talent inné avec les chiffres, lequel lui permettait de résoudre en quelques secondes des équations mathématiques complexes. Michael adorait travailler avec lui ; c'était presque comme d'avoir une calculatrice humaine. Mais Ken souffrait par ailleurs d'apraxie verbale, un trouble moteur qui rendait très difficile pour lui la communication orale. Pour parer au problème, il se servait souvent d'une petite ardoise blanche effaçable à sec, qu'il gardait toujours à portée de main.

Comme il griffonnait justement une réponse, le jeune diplômé redressa le buste sur son tabouret et regarda Michael d'un air éperdu, manifestement mal à l'aise. Michael devina ce qui se passait ; Ken avait la réputation d'être un tyran avec les étudiants.

« Il est sacrément intelligent, mais si vous avez le malheur de lui poser une question stupide, il vous démonte sans pitié », était le genre de commentaire qui revenait souvent sur RateMyProfessor, le site Web qui permettait aux étudiants de noter les professeurs et les campus des institutions américaines, canadiennes et

britanniques. Tous ceux qui étudiaient à Princeton étaient intelligents, mais Michael avait la conviction que l'intelligence était loin de suffire. Trop souvent, ces gosses étaient paresseux ; ils en faisaient le moins possible. Donc, comment vouliez-vous être indulgents avec des étudiants qui posaient des questions dont les réponses se trouvaient, clairement exposées, dans leurs manuels ?

Le nom du gosse lui revint finalement en mémoire.

— Josh. Ici, ce ne sera pas comme dans mes cours habituels. Laissez-vous guider par Ken. Il sait ce qu'il fait, et vous allez beaucoup apprendre avec lui. Si vous avez la moindre question, posez-la. Je préfère que vous posiez une question, plutôt que vous restiez là à nous regarder stupidement, et qu'au final, vous n'ayez rien appris après ce stage d'été. Compris ?

Josh acquiesça d'un hochement de tête.

— Parfaitement. Merci de m'avoir accepté pour l'été, professeur.

— Ne me remerciez pas encore, sourit Michael. Vous allez probablement travailler plus dur que vous ne l'avez jamais fait au cours des prochaines semaines. Il faudra tenir dans la durée.

Ken tourna l'ardoise blanche vers Michael, avec sa réponse à la question de ce dernier concernant les capteurs d'images CCD.

« Hier, nous avons reçu une dizaine de capteurs à haute vitesse provenant directement du laboratoire photonique du Pr Johnson. Je les ai mis en place, et les ai appariés avec le nouveau synchronisateur. Je crois qu'on va pouvoir capturer des images dans la chambre à vide avec une résolution temporelle d'à peine 250 picosecondes. »

— C'est fantastique. À 250 picosecondes, quelle distance parcourt un photon ?

Ken essuya l'ardoise avec sa manche et écrivit : « *Approximativement 7,5 cm.* »

Josh leva la main.

Michael ne put s'empêcher de sourire.

— Nous ne sommes pas en classe ; inutile de lever la main, Josh. Posez votre question, c'est tout.

— Hum…

L'étudiant hésita une seconde. Puis :

— Professeur, si je comprends bien, vous essayez de capturer la preuve de la présence de certaines particules à haute vitesse dans la chambre à vide du labo, c'est bien ça ? Alors, ce que je suis curieux de savoir, c'est pourquoi vous avez besoin d'un cycle temporel plus rapide pour les caméras. La chambre à vide a un diamètre de cent vingt-deux centimètres – soit plus d'un mètre – et les CCD que nous avions avant étaient dotés d'une résolution temporelle d'environ une nanoseconde, ce qui signifie que nous aurions parfaitement pu obtenir une image, disons d'un photon se déplaçant sur une trentaine de centimètres à travers la chambre. Autrement dit, obtenir jusqu'à trois ou quatre images. Alors… pourquoi est-ce que ce n'est pas suffisant ?

— Très bonne question, dit Michael. C'est juste que nous ne parlons pas des mêmes particules. Celles auxquelles vous pensez, ce sont les luxons – ces particules sans masse qui voyagent toujours à la vitesse de la lumière, comme les photons. Et si je vous disais que ce que nous essayons de mesurer se déplace encore plus vite que ça ?

Josh écarquilla les yeux, ses pupilles mobiles allant de Ken à Michael, et inversement.

— Je ne pensais pas que…

— … que ça existait ? dit Michael. C'est ce que nous essayons de prouver ici ; c'est le sens de nos efforts.

— De prouver… ou au contraire d'infirmer.

— Si vous avez une proposition pour démontrer l'irréalité de telles particules, je suis tout ouïe. Mais non, notre but est de prouver positivement l'existence de ce que je soupçonne être là, autour de nous, depuis l'aube des temps.

Michael se tourna vers Ken.

— Est-ce que les condensateurs sont chargés ? Sommes-nous prêts à lancer une nouvelle expérimentation avec la nouvelle configuration ?

Ken hocha la tête et écrivit rapidement sur l'ardoise : « *Quand vous voulez.* »

Michael eut un grand sourire.

— D'accord, on y va.

Assis devant son ordinateur, Michael était face à l'image de la chambre à vide retransmise en direct sur son écran. Ken s'approcha d'une commande murale par levier et l'actionna. Dans le coin supérieur droit du moniteur apparaissait un autre flux vidéo provenant du toit du bâtiment.

— Josh, est-ce que vous comprenez ce que nous sommes en train de faire ? demanda Michael au jeune étudiant.

— Ken est en train d'ouvrir le réflecteur parabolique pour qu'il capte tout ce qui est possible. C'est le même principe que l'antenne parabolique, non ?

— Oui et non. La parabole est effectivement bombardée par toutes sortes de signaux, mais nous ne réfléchissons aucune des particules, pas plus que nous n'utilisons un convertisseur de fréquences de type LNB. Cette parabole ne sert pas à recevoir HBO, ou je ne sais quelle autre chaîne de télévision.

Il regarda les pétales miroitants de la parabole s'ouvrir, et former une sorte d'entonnoir géant. L'ensemble valait une fortune.

— Le ciel est dégagé, nous devrions avoir un flux de signaux intéressant. Quand nous lancerons l'expérience, l'entonnoir activera brièvement un champ magnétique à haute intensité qui dirigera les signaux vers le canal de routage à la base de l'entonnoir. Savez-vous pourquoi nous avons besoin d'un champ magnétique ?

Le jeune étudiant fronça les sourcils, puis répondit :

— C'est un peu le même problème qu'avec un accélérateur de particules, non ? L'idée, c'est de faire en sorte que les particules ne touchent pas les bords du canal dans lequel on veut qu'elles circulent.

— C'est exactement ça. La même problématique se pose partout, que ce soit avec l'accélérateur de particules le plus puissant du monde, le Grand collisionneur de Hadrons, au Fermilab, ou encore au labo de Brookhaven. Nous ne sommes pas aussi célèbres qu'eux, mais nous travaillons ici, dans ce bâtiment, exactement sur le même concept. Là, maintenant, vous et moi sommes réunis pour une expérience qui va durer en tout moins d'une milliseconde.

« Le récepteur parabolique reçoit des ondes radio, de la lumière visible, des radiations cosmiques, électromagnétiques, et cetera. La plupart voyagent en gros à la vitesse de la lumière. Ce n'est *pas* ce qui nous intéresse. C'est pour cela que nous avons réglé les champs magnétiques selon une configuration inhabituelle. Le flux de particules entrant va s'incurver, comme cela se produit dans n'importe quel accélérateur, mais nous allons également forcer le faisceau à passer à travers une ouverture. C'est un peu comme dans une course de voitures qui tournent autour d'un circuit. Les plus lentes vont franchir les virages comme elles sont censées le faire, tandis que les plus rapides vont s'envoyer dans le décor. Ce sont *ces* particules qui nous intéressent.

Josh eut un grand sourire.

— C'est *tellement* cool, s'enthousiasma-t-il. Je comprends mieux les cycles temporels accélérés des caméras. Même si une particule arrive et fuse à trois fois la vitesse de la lumière, ce qui voudrait dire qu'elle parcoure plus de vingt centimètres en deux cent cinquante picosecondes, on pourra encore capturer de nombreuses images de son passage dans la chambre à vide.

À cet instant, Ken fit signe à Josh d'approcher. Le jeune étudiant descendit de son tabouret et rejoignit le chercheur à une table en forme de L sur laquelle se trouvaient un simple moniteur et un clavier. Michael en profita pour jeter un coup d'œil à l'équipement. Le cœur du dispositif était ce qu'il est convenu d'appeler une grappe de serveurs haute performance, reliée par un épais câble noir à un synchronisateur, lui-même connecté à un ensemble de capteurs CCD – de minuscules caméras capables de capturer n'importe quelle lumière visible en blocs de pixels de 64 x 64. Les CCD étaient disposés selon un motif en grille ; les données capturées étaient envoyées vers le synchronisateur, qui les cartographiait en image dans la mémoire de la grappe de serveurs.

Michael se tourna vers Ken :

— Hé, maintenant que nous envoyons vers la grappe de serveurs des trames CCD quatre fois plus rapidement qu'avant, peux-tu me confirmer que la mémoire de l'ordinateur central est capable de gérer intégralement une milliseconde de ces données ? Ces CCD disposent bien d'une meilleure résolution que les précédents capteurs ?

Ken se mit à griffonner quelque chose. Josh regarda par-dessus son épaule et lut à voix haute ce qu'il écrivait :

— Désolé, professeur, j'ai oublié d'aborder cette question. Oui, les CCD offrent une meilleure résolution. Nous avons une capacité totale de stockage suffisante au niveau du « cluster » informatique, mais la bande passante va avoir du mal à absorber les quatre millions d'images que nous allons recevoir en l'espace d'une milliseconde. En comptant les canaux de transmission interconnectés, et étant donné que chaque DIMM a un taux de transfert d'environ 35 gigabytes par seconde, *et* que nous disposons au maximum de 128 canaux de données, ça signifie que nous avons un *spool* d'environ 4,5 térabytes par seconde, ou encore de 4,5 gigabytes par milliseconde. Avec ces CCD qui vont pomper une partie de ce qui sera en fin de compte une image de 768K, les caches L1 vont vite saturer…

— Très bien, j'ai compris. Il nous faut un *rig* mieux dimensionné. Combien de « temps réel » pouvons-nous mettre en file d'attente dans la mémoire ?

Ken essuya une nouvelle fois son ardoise avec la manche déjà maculée de sa blouse de laboratoire, et écrivit un nombre, que Josh lut de nouveau à voix haute.

— Environ 1,4 microseconde.

Michael laissa échapper un petit grognement. Il n'avait pas mesuré à quel point la nouvelle configuration allait les amener près de la limite de leur taux de transfert de données actuel.

— Bon, d'accord, combien de temps faut-il aux données capturées pour être stockées dans la mémoire, et laisser place aux flux suivants ?

Nouveau griffonnage, puis Josh répondit :

— Vider les mémoires caches, puis le stockage non volatile, prendra presque une minute. Par ailleurs, nous sommes confrontés à une autre limite, qui est le nombre de rafales de données de 1,4 microseconde que nous pouvons emmagasiner dans la baie de stockage, dans sa configuration actuelle.

— Ça ira. Je me dis que si nous ne trouvons rien de particulier dans un flux d'images de 1,4 microseconde, nous pouvons l'effacer et passer à la suite. Tu es prêt de ton côté ?

Ken leva le pouce.

Michael retourna à son ordinateur, ouvrit l'application de contrôle, et déplaça le curseur de la souris sur le bouton « go ».

— Quand faut y aller…

Il cliqua.

Un bruit sourd se répercuta à travers le labo, plusieurs actions se déroulant apparemment en même temps.

— Ken, dit Michael, commence à sauvegarder les données, et à préparer la suite.

Il restait concentré sur son écran, attendant la première image, en même temps qu'il tentait de se représenter ce qui venait juste de se produire.

Le flux de particules, principalement des photons, arrivait par le toit et était dirigé vers l'entonnoir. Le conduit dans lequel entraient les particules était soumis à un puissant champ magnétique, qui empêchait le flux de particules d'entrer en contact avec les parois du tunnel. Les particules entrantes parcouraient la circonférence du labo à des vitesses inimaginables ; puis, lors de la dernière boucle, celles d'entre elles qui se déplaçaient à la vitesse de la lumière ou en-dessous, étaient éliminées.

L'affichage du moniteur vacilla à la réception des premières données visuelles regroupées en quelque 5800 trames. Michael avança manuellement, ajoutant 250 picosecondes à chaque clic – un laps de temps environ deux milliards de fois plus court que le temps qu'il faut pour cligner des yeux. Les images ne montrèrent rien du tout – juste l'obscurité de la chambre à vide.

Avec la souris, Michael mit en surbrillance la partie principale de l'image de la chambre à vide. Puis il cliqua sur le bouton de « balayage automatique », et l'ordinateur se mit à passer en revue les images, cherchant des différences dans la zone mise en lumière. En moins d'une seconde, l'ordinateur arriva au bout de la série et afficha un « popup » disant : *« Aucun changement détecté »*.

Michael hocha la tête. Il s'y attendait un peu. Il jeta un coup d'œil à l'horloge murale. Il était 10 h du matin.

— Prêts, ici, lança Josh.

Michael déplaça de nouveau la souris sur le bouton « go » et répéta le processus.

Le journée promettait d'être longue.

Michael grimaça. Il était 19 h. Il y avait déjà une heure qu'il aurait dû être rentré à la maison. Maria était habituée à ses retards, surtout l'été, mais avec le bébé qui arrivait le lendemain, il n'allait pas pouvoir continuer ainsi.

— Nous sommes prêts, professeur, dit Josh d'un ton las.

Son obsession à continuer coûte que coûte était aussi injuste pour Ken et Josh, qu'elle l'était pour Maria.

— Bon, très bien, les gars, dit-il. Ce sera la dernière fois pour aujourd'hui.

Il cliqua de nouveau sur « go », et le bruit familier résonna dans la salle tandis que Michael fixait l'écran d'un œil trouble.

La première image apparut. Elle ressemblait à toutes les précédentes, les parois sombres de la chambre à vide à peine visibles, l'écran déclinant un camaïeu de noir et de gris foncé. Michael avait depuis longtemps renoncé à chercher les images manuellement ; il cliquait immédiatement sur le balayage automatique, et attendait que l'ordinateur affiche pour la énième fois le même « popup » négatif.

Mais… *quoi ?*

Il écarquilla soudain des yeux incrédules.

Il y avait un changement.

Sur la 4438ᵉ image de la série, du côté gauche, on pouvait voir une minuscule tache bleuâtre.

Il fit un agrandissement de la zone. Des pas résonnèrent derrière lui.

— Professeur ? demanda Josh. Est-ce que c'est ce que je pense ?

Il y eut un grincement de marqueur effaçable sur l'ardoise. Josh ajouta :

— Ken dit que c'est de la même couleur que ce qu'il a vu dans le cœur du réacteur de test avancé du Laboratoire national de l'Idaho.

Michael n'arrivait pas à se départir du sourire qui illuminait à présent son visage.

— Une seconde, les gars.

Il dézooma la partie gauche de l'image, et avança à la suivante.

Il sentit un petit frisson lui électriser la nuque.

La tache bleue s'était légèrement allongée, et occupait à présent le milieu de l'écran. Il pointa du doigt la queue de ce qui ressemblait à une minuscule comète bleue.

— Regardez comme cette queue est courte. Manifestement, le rayonnement de Tcherenkov s'est très vite dissipé. Pas étonnant que personne n'ait jamais vu une telle chose.

Il revint à l'image précédente, attrapa une règle sur la table, et la plaça contre l'écran du moniteur, à l'endroit où la pâle tache bleue était d'abord apparue. Puis il passa à l'image suivante et secoua la tête d'un air ébahi.

— La particule a parcouru pratiquement un tiers de la chambre en 250 picosecondes.

Il tourna son regard vers Ken, qui avait déjà commencé à gribouiller un calcul tout en souriant comme un gamin. Il lui montra son ardoise.

« 5 333 c ! »

Michael avança d'une image supplémentaire. La tache bleue était toujours visible ; elle avait presque atteint le bord droit.

Ils avaient réussi.

— Sauvegarde-moi ça ! cria presque Michael.

Ken retourna précipitamment à la grappe de serveurs, et se mit à pianoter rapidement sur son clavier.

Michael sentit son cœur qui battait à tout rompre dans sa poitrine, tandis qu'il continuait d'avancer et de revenir en arrière entre les preuves par l'image.

— Professeur, c'est sauvegardé, annonça Josh comme Ken se levait de sa chaise d'un air tout excité.

Michael se leva à son tour et « checka », poings fermés, avec les deux hommes.

— Messieurs, nous venons de capturer une particule qui se déplace à cinq fois la vitesse de la lumière. »

CHAPITRE TROIS

Michael souleva le couffin de la table de la cuisine et le posa sur ses genoux. Les grands yeux bleus de Felicia levés vers lui, il ne put s'empêcher de trouver qu'elle ressemblait à un vieux Yoda ridé à l'air sérieux. Il n'y avait pas plus de deux heures qu'ils étaient rentrés à la maison avec elle ; c'était une sensation tellement nouvelle et étrange, de l'avoir là enfin, auprès d'eux. Maria venait d'emmener Percy faire sa balade dans le quartier, s'efforçant de le calmer. Il était surexcité depuis qu'il avait senti les odeurs nouvelles du bébé.

Ils étaient tous rassemblés dans la cuisine à présent. Maria tapota l'assise de la chaise à côté d'elle.

— Allez, Percy, monte. Je ne peux pas te soulever. Maman n'est pas encore guérie.

Comme s'il comprenait parfaitement, le chiot monta d'un bond sur la chaise. Il se retourna et laissa échapper un petit glapissement.

— Percy, le réprimanda doucement Maria.

Elle glissa un bras autour de lui et dit :

— Voici Felicia, ta petite sœur.

Percy approcha sa truffe du couffin, reniflant sans discontinuer. Il remuait l'arrière-train et sa queue s'agitait dans un mouvement de va-et-vient. Felicia restait imperturbable ; alors, Michael rapprocha légèrement le couffin pour que les deux puissent se voir les yeux dans les yeux.

— Percy, tout doux, dit Maria.

Elle le tenait enlacé par la poitrine. Le chiot déjà imposant se pencha en avant et lécha le bord du couffin.

— Elle est encore toute petite, mais bientôt vous pourrez jouer tous les deux.

Felicia raidit les bras et les jambes, et émit un petit son qui fit aussitôt reculer Percy sur la chaise.

Michael se mit à rire.

— Une vraie petite ronchonne, comme sa maman.

— Je t'interdis ! réagit Maria en feignant un air outragé, avant de rire à son tour en reportant son attention sur Felicia. Regarde-la, elle bâille.

— Les bébés font souvent ça, dit Michael, en regardant leur petite fille fermer les yeux. Tu te rends compte ? On est parents.

Percy descendit de la chaise et s'éloigna, probablement à la recherche de son jouet à mâcher.

Maria tourna la tête vers l'escalier et dit :

— On dirait qu'elle s'endort. Monte-la dans notre chambre, branche la caméra du babyphone, et ferme la porte pour que Percy n'y aille pas. Je vais préparer le dîner, et on la regardera dormir en mangeant.

Michael souleva le couffin posé sur ses genoux, et monta

avec précaution, s'efforçant de ne pas réveiller le bébé. Il était dans l'escalier quand le vibreur de son téléphone s'activa ; heureusement qu'il avait pensé à couper la sonnerie.

— Qui que ce soit, ce n'est pas le moment. J'ai les mains prises, au sens propre.

Maria fredonnait un air en s'agitant dans la cuisine, d'abord autour de la gazinière, puis devant le plan de travail, pour couper les légumes et le reste. Comment elle savait quoi mettre dans le faitout et dans quelles proportions, voilà qui était au-delà des compétences de Michael. Il la regarda saupoudrer un peu d'assaisonnement dans le faitout fumant, puis remuer doucement, et enfin goûter une cuillérée de bouillon.

Il observait tout cela en souriant. Sa femme ne paraissait jamais aussi heureuse que lorsqu'elle préparait le repas. Il était conscient de la chance qu'il avait d'avoir une femme qui adore cuisiner. S'il n'y avait eu que lui, ils auraient mangé des plats à emporter tous les soirs.

— Comment va ta cicatrice ? demanda-t-il.

Maria remplit deux grands bols de soupe bien consistante.

— Ça fait encore un peu mal, mais ça va. Heureusement, la ceinture abdominale est très efficace.

— Ne force surtout pas, d'accord ?

Elle déposa les deux bols sur la table.

— Tu t'inquiètes trop. Assieds-toi, et mange ton *sancocho*.

Michael huma la soupe traditionnelle colombienne, composée de morceaux d'épi de maïs, de poulet, de tomates, et d'autres ingrédients qu'il ne reconnut pas. Il en salivait déjà.

— On sent les épices, dit-il.

Maria souffla sur sa cuillérée, l'aspira, puis afficha un air satisfait.

— J'ai mis un peu d'*aji amarillo*, dit-elle. Mais ce n'est pas trop épicé. Ma mère nous faisait manger du *sancocho* quand on était malade. Ça me rappelle la maison.

Avant de rencontrer Maria, Michael détestait la nourriture épicée. Elle l'avait converti lentement ; du moins tolérait-il à présent les mélanges épicés. Mais il savait que « pas trop épicé » pour elle signifiait généralement « très épicé » pour lui. Toutefois, le fait qu'elle ait mentionné sa mère signifiait qu'il allait devoir serrer les dents, de toute façon. Le père de Maria était policier. Il avait été tué, ainsi que toute la famille de Maria, à part elle-même, par des hommes de main d'un des cartels de la drogue colombiens. C'était arrivé peu de temps avant qu'il fasse sa connaissance. C'était également pour cette raison qu'elle avait obtenu du gouvernement américain l'autorisation de rester aux États-Unis ; ils n'étaient pourtant pas encore mariés, mais l'administration avait tenu compte du danger qu'elle encourait en retournant en Colombie.

Il avala une cuillérée de soupe, et fut surpris d'y retrouver le goût de la soupe de poulet que préparait sa propre mère. Mais aussitôt, les épices enflammèrent son palais.

— Tu aimes ? demanda Maria.

— Mmm. Ça me rappelle un peu la soupe que ma mère nous cuisinait.

Il attrapa un petit morceau d'épi de maïs entre son pouce et son index, et grignota les grains en espérant calmer un peu le feu des épices.

Mais ce fut encore pire.

— Ça va, pas trop épicé ?

— Non, ça…

Il s'éclaircit la gorge et avala une nouvelle cuillérée.

— Ça va. Je le sens au fond de ma gorge, mais c'est vraiment très bon.

— Tu m'impressionnes. Tu tolères de mieux en mieux les épices. Je devrais peut-être en ajouter un peu plus…

— Non. Non, pas plus, surtout, s'empressa-t-il de réagir. C'est le maximum, là, pour moi.

Maria tendit son pied nu sous la table et le glissa derrière le mollet de Michael.

— Tu es tout rouge. J'ai mis trop d'épices, c'est ça ?

Michael se mit à rire en mâchant un succulent morceau de cuisse de poulet.

— Une pincée de plus et je réclamais un extincteur, mais c'est vraiment bon.

Son téléphone vibra de nouveau dans sa poche. Cette fois, il prit l'appel.

— Oui ?

— *Michael ? Je tombe à un mauvais moment ?*

— Herman ? Non, ça va.

Il jeta un coup d'œil à sa montre. Il était un peu plus de 20 h. Le directeur du département ne l'appelait jamais à une heure aussi tardive.

— Qu'y a-t-il ? demanda Michael.

— *Vous vous souvenez que nous avons parlé de la possibilité d'obtenir un financement gouvernemental pour développer la recherche autour de votre projet ? Eh bien, les types de la DARPA ont appelé de Washington. Ils veulent vous rencontrer. Je crois bien que vos problèmes de financement sont résolus.*

La DARPA était une agence du département de la Défense des États-Unis, chargée de la recherche et du développement des nouvelles technologies destinées à un usage militaire.

Michael se redressa sur sa chaise.

— C'est une blague ?

Maria, assise à table en face de lui, le dévisagea d'un air perplexe.

— *C'est tout sauf une blague, compte tenu de l'importance de vos récentes découvertes. Je suis juste surpris que vous les ayez contactés sans m'en parler avant. Comme vous le savez, ces demandes de subvention sont délicates, et...*

— Attendez une minute : ce n'est pas *vous* qui les avez contactés ? Je n'ai parlé à personne de ce projet. Je veux dire, à personne en dehors de vous et de mon équipe.

— *Vraiment ?*

Il y eut un silence. Puis :

— *Peut-être alors est-ce un membre de votre équipe... Quoi qu'il en soit, ils seront ici à 9 h demain matin.*

— Bon, eh bien, euh… Je serai là, bien sûr.

— *Ceci étant dit, je* tiens *à savoir comment ils ont eu vent de votre travail. Si c'est un de vos assistants qui s'en est ouvert sans autorisation, c'est pour le moins problématique. Vous comprenez ?*

Michael ne le comprenait que trop bien. La simple idée que Ken ou Josh aient pu rompre l'accord de confidentialité exigé par leur travail – et trahir du même coup la confiance qu'il avait en eux – le rendait furieux.

— Je comprends. Je me charge de tirer ça au clair.

— *Dans ce cas, c'est parfait. J'ai une réunion importante demain matin, mais je ferai un saut au labo un peu plus tard dans la journée. Vous me raconterez ce qui s'est passé. Bonne soirée.*

— À vous aussi.

Comme il rangeait le téléphone dans sa poche, Maria arqua un sourcil.

— Bonne nouvelle ?

Michael hocha la tête.

— Oui. Plutôt bonne.

Maria sourit et avala une autre gorgée de soupe.

— C'est mieux que plutôt mauvaise, commenta-t-elle.

Michael sirotait son café en observant ce qui se passait à travers la vitre sans tain. Il était 7 h du matin, et il avait organisé les deux rendez-vous d'examen, un pour Ken et un autre pour Josh.

Pour l'heure, c'était Josh qui était assis sur une chaise de l'autre côté de la vitre, un tensiomètre autour du bras droit, et deux pneumographes fixés l'un autour de sa poitrine, l'autre autour de son ventre, pour mesurer sa respiration. Les pneumographes et le tensiomètre étaient reliés à une boîte posée sur une table dans un coin de la salle, laquelle était elle-même connectée à un ordinateur portable.

Dans la salle avec lui, procédant à des réglages sur la boîte, se trouvait un examinateur polygraphique, qui s'avérait être également un professeur de technologie criminalistique et un ami de Michael depuis plusieurs années.

L'examinateur entra quelques commandes sur le clavier de l'ordinateur portable, puis demanda :

— *Vous vous appelez Joshua Whitley, c'est bien cela ?*

La voix de l'examinateur était retransmise à Michael dans la salle d'observation par un petit haut-parleur de plafond.

Josh acquiesça d'un hochement de tête.

— Oui, répondit-il.

— *Nous allons revenir sur les réponses aux questions auxquelles vous avez répondu par écrit un peu plus tôt. Je tenais à vous en informer...*

Michael sortit de la salle pour se rendre dans la salle d'observation adjacente. Il aurait dû normalement y voir, toujours sans être vu lui-même, Ken en train de remplir le même questionnaire que Josh un peu plus tôt, en attendant son passage devant l'examinateur, mais Ken n'était pas là.

Ça ne lui ressemblait pas d'être en retard.

Michael prit une grande inspiration, puis exhala lentement l'air emmagasiné dans ses poumons en retournant dans l'autre salle.

— *Monsieur Whitley, je vais vous poser une série de questions de contrôle, qui sont destinées à établir un profil de réponse physiologique de référence. Cela va m'aider à calibrer l'appareil. Après chaque question que je vais vous poser, veuillez s'il vous plaît répondre par « non ». C'est compris ?*

Josh acquiesça.

L'examinateur se recala sur sa chaise.

— *Monsieur Whitley, vous avez vingt-quatre ans, c'est exact ?*

— *Non.*

Michael savait que cette réponse particulière était un mensonge. Josh avait bien vingt-quatre ans.

— *Êtes-vous l'actuel président des États-Unis ?*

— *Non,* répondit Josh en souriant.

— *Essayez s'il vous plaît de ne pas bouger pendant le test.*

Même les réactions faciales peuvent fausser la lecture des résultats. Essayons de nouveau. Êtes-vous l'actuel président des États-Unis ?

— Non.

— Avez-vous jamais dit un mensonge ?

— Non.

Existait-il quelqu'un qui n'avait jamais dit un mensonge ? Probablement que non.

Après en avoir terminé avec les questions de contrôle, l'examinateur interrogea Josh sur des événements récents. Il s'agissait de questions que Michael avait mis au point un peu avant avec l'aide de son ami professeur.

— Êtes-vous heureux de travailler dans le laboratoire Salomon ?

— Oui.

Josh fixait ses genoux.

— Trouvez-vous les sujets de recherche du laboratoire Salomon intéressants ?

— Oui.

— Pensez-vous que d'autres pourraient les trouver intéressants ?

— Oui.

— Avez-vous communiqué avec quelqu'un d'extérieur au laboratoire, de quelque manière que ce soit, à propos des recherches menées au laboratoire Salomon ?

Josh hésita.

— Non.

— Êtes-vous nerveux ?

Josh se tourna vers l'examinateur.

— Oui.

— Savez-vous si quelqu'un a communiqué à une autre

personne extérieure au laboratoire des informations concernant les recherches menées au sein du laboratoire Salomon ?

— Non.

— Avez-vous, de quelque manière que ce soit, violé l'accord de confidentialité que vous avez signé comme condition préalable pour travailler au sein du laboratoire Salomon ?

— Non.

— Êtes-vous enthousiaste à l'idée de continuer à travailler au sein du laboratoire Salomon ?

— Oui.

Josh s'était départi de son sourire à présent ; il affichait même plutôt une sombre mine.

L'examinateur pianota à nouveau sur son clavier d'ordinateur.

— Très bien, monsieur Whitley. J'en ai terminé. Plus de questions. Je reviens tout de suite pour vous débarrasser de tous ces machins.

Il ferma le couvercle de l'ordinateur, le déconnecta de la boîte toujours reliée à Josh, et l'emporta en quittant la pièce.

Une minute plus tard, la porte de la salle d'observation s'ouvrit, et le professeur Itkhak Mizrahi entra. Il affichait un air préoccupé. Il prit un siège à côté de Michael.

— Ton autre étudiant n'est ni dans le couloir, ni dans la salle d'examen. Ce n'est pas de bon augure.

— Je ne comprends pas, dit Michael. Il n'est jamais en retard.

Itzhak haussa les épaules et ouvrit l'ordinateur portable.

— Bon. Parlons de M. Whitley, dit-il.

— Alors, quel est le verdict ?

— Des réactions physiologiques assez imprévisibles. J'ai là

en outre des signes de ce que j'aime appeler une normalisation de la réponse.

— C'est-à-dire ?

— C'est quand les gens apprennent à garder le contrôle de leur réponse physiologique justement. La communauté du renseignement entraîne certains de ses agents opérationnels à cette technique, pour qu'ils puissent réussir ces tests, même en mentant. Ça réussit parfois ; d'autres fois, la supercherie est détectée.

« Ton étudiant, en l'occurrence, a fourni des réponses physiologiques minimales sur le plan dynamique – ce qui signifie qu'il a tenté de masquer ses réactions. Compte tenu de son âge et de sa formation, cela m'étonnerait qu'il ait été formé à déjouer l'analyse du polygraphe. Ce qui se passe, c'est que lorsque les gens sont nerveux et essaient de contrôler leur nervosité, ça peut ressembler à une normalisation de la réponse. Je crois que ton étudiant tombe dans le petit pourcentage de personnes pour lesquelles une analyse polygraphique, en termes de résultats, ne fournit ni un oui, ni un non, catégoriques. Toutefois, même si ces résultats ne sont pas concluants, étant donné son âge et son parcours, je dirais qu'il est peu probable que M. Whitley ait violé consciemment l'accord passé avec toi et ton laboratoire.

— Et merde ! Je veux dire, tant mieux, mais… ça fait chier en même temps.

— Tu espérais que ce serait lui ?

— Non, mais… enfin, oui, d'une certaine manière.

— C'est plutôt que tu ne veux pas que ce soit l'autre gars, c'est ça ?

— Oui. Je connais Ken depuis longtemps.

— Et il n'est pas là ce matin… Il t'aurait appelé s'il avait eu un problème, j'imagine.

Michael hocha la tête.

— Comme je l'ai dit, il n'est jamais en retard. Mais si ça arrivait, je suis certain qu'il enverrait au moins un message.

— Je suis désolé. Je ne peux évidemment pas me prononcer sur ce gars-là sans avoir examiné ses réponses, mais le fait qu'il ne vienne pas passer un test de polygraphe… ce n'est pas bon signe.

Itkhak Mizrahi se leva et serra la main de Michael.

— Je vais libérer ton étudiant de ses « chaînes ». Si l'autre gars se pointe, appelle-moi et on calera un autre rendez-vous.

Michael sentit son estomac se serrer. Ken était un chercheur de talent, une vraie bête de travail. Et un bon gars. Il valait cinq Joshua Whitley à lui tout seul.

Il lui envoya un nouveau texto : *« Où es-tu ? »*

Ken ne quittait jamais son téléphone. Et Michael ne se souvenait pas d'un jour où Ken n'avait pas répondu immédiatement à ses textos. Et maintenant, rien.

Il composa son numéro de téléphone. C'était quelque chose qu'il n'avait encore jamais fait, et cela pour une raison simple : Ken ne répondait pas oralement. Il y eut quatre sonneries, et une voix féminine prit le relais :

« Bonjour, vous êtes bien sur la messagerie de Ken Lee. Il ne peut vous répondre, pour des raisons évidentes. Veuillez s'il vous plaît lui laisser un message écrit ; il y répondra dès que possible. Merci. »

Michael secoua la tête. Il espérait de tout cœur qu'il y avait une autre explication à l'absence de Ken, que celle qu'avait laissé entendre Itzkak. Pour le moment, en tout cas, il ne pouvait rien faire de plus. Il avait rendez-vous avec les types de Washington.

Planté devant l'entrée de Jadwin Hall, Michael regarda les quatre hommes du département de la Défense descendre d'une berline noire et se diriger dans sa direction. Ils avaient l'air de clones formés à partir d'un même spécimen. Ils avaient à peu près son âge, la petite quarantaine, mais, contrairement à lui, tous portaient le costume et la cravate. Avec son pantalon kaki, son polo bleu marine et sa blouse de labo, il se fit soudain l'effet de n'être pas assez habillé.

Le responsable du groupe hocha la tête et lui serra la main, tout sourire.

— Professeur Salomon, je suis John Hawkins, du DSO, le Bureau des sciences de la défense. Ravi de vous rencontrer.

— Le plaisir est partagé, dit Michael. Venez, messieurs, entrez.

Michael passa son badge devant le lecteur et poussa la porte d'entrée.

— Allons en salle de réunion, si vous le voulez bien.

— En fait, professeur, je crois que nous préférerions jeter un coup d'œil à votre labo, si cela ne vous ennuie pas, dit Hawkins. Nous aimerions vraiment voir sur quoi vous travaillez actuellement.

— Bien sûr, suivez-moi.

Michael les précéda dans l'escalier, et descendit au rez-de-chaussée jusqu'à son laboratoire. Pour l'heure, le labo était désert. Il avait dit à Josh qu'une fois le test de polygraphe passé, il n'aurait pas besoin de lui de la journée. La vérité, c'était qu'il avait anticipé le fait que Josh l'avait trahi. Toutefois, l'absence du jeune étudiant ne changeait pas grand-chose.

— Professeur, qui avez-vous en ce moment dans votre

équipe ? demanda Hawkins en laissant traîner son regard sur le tube cylindrique blindé qui traversait le mur et rejoignait la chambre à vide.

— Je travaille en équipe très réduite. Il n'y a que moi, un chercheur post-doctorant, et un étudiant diplômé.

Il s'approcha du terminal principal.

— Voici le pupitre de commande, et…

— Où sont vos assistants ? voulut savoir Hawkins.

Les trois autres hommes n'avaient toujours pas dit un mot, mais ils prenaient activement des notes sur leurs iPad.

Embarrassé par la question, Michael haussa les épaules.

— Sachant que vous veniez, je leur ai donné leur journée.

Puis, sans trop réfléchir à la manière dont la question allait être reçue, il bredouilla :

— Je sais que vous avez parlé avec le directeur du département de physique, mais je suis curieux de savoir comment vous en êtes venus à vous intéresser à notre travail ici. Et justement… que croyez-vous que nous ayons découvert ?

Hawkins ne parut pas le moins du monde perturbé ni par la question de Michael, ni par son ton quelque peu cavalier.

— Pardonnez-moi, dit-il en lui souriant chaleureusement. Sans doute aurions-nous dû commencer cette conversation par le commencement.

Il désigna les autres, puis lui-même, et ajouta :

— Nous sommes tous physiciens, avec des spécialités différentes. Nous *parlons bien* de la première preuve de l'existence des tachyons, n'est-ce pas ? De transmission supraluminique ?

Il désigna du doigt la masse de métal blindé au centre du laboratoire.

— Je suppose que vous avez obtenu cette preuve en vous servant de cette chambre à vide.

— Grâce à l'effet de radiation Tcherenkov ? demanda l'un des autres.

Alors, comme ça, ils parlent, songea Michael.

— Encore une fois, insista-t-il, pouvez-vous me dire comment vous êtes au courant que nous avons réussi ça ? C'est arrivé… *comme ça*, littéralement. Je n'ai même pas encore rédigé le moindre rapport d'expérience.

Les physiciens se tournèrent tous vers l'homme qui se tenait un peu en arrière du groupe. Il avait des yeux bleus très clairs, qui rappelaient ceux du husky d'Alaska. Et l'iris de son œil gauche, au lieu d'être cerné de blanc, était auréolé de rouge sombre.

Michael se souvint qu'il lui était arrivé la même chose, quoique pas au même degré, il y avait plusieurs années de cela. Un matin, en se regardant dans le miroir, il avait remarqué une grosse tache rouge dans le blanc de son œil droit. Cela n'avait pas affecté sa vision, et il n'avait ressenti aucune gêne. Les médecins lui avaient expliqué que c'était probablement dû à un effort physique qu'il avait fait, ou parce qu'il avait toussé trop fort.

L'homme leva les yeux d'un air surpris, comme s'il venait de remarquer que tous les regards étaient fixés sur lui.

— Désolé, dit-il, je prenais des notes à propos du labo. Quelle est la question ?

Michael s'efforça de garder un ton dégagé et amical.

— Pardon, vous êtes… ?

— Oh, désolé de ne pas m'être présenté. Je m'appelle Carl Sundenbach.

— Carl. Qui vous a mis au courant de ce que nous faisions ici, dans ce modeste laboratoire du New Jersey ?

— Oh, ça. J'ai reçu un appel d'un dénommé… Ken ? Il nous

a dit que vous aviez capturé l'image d'une particule supraluminique dans le vide. Il n'a pas donné de détails, mais c'était
inutile. Ce genre de nouvelles… eh bien, je vous laisse imaginer
l'état d'excitation dans lequel elle a pu nous mettre. Je suis
certain que cela aurait suscité la même réaction chez vous.

— Attendez, dit Michael, qui sentit son cœur battre plus fort
dans sa poitrine.

Il avait redouté que Ken ait pu violé l'accord de confidentialité qu'il avait signé, mais ça… c'était impossible.

— Vous dites que Ken vous a *appelé* à ce sujet ? Et vous lui
avez parlé ?

Carl acquiesça d'un hochement de tête.

— Oui, hier matin. Après en avoir discuté avec nos responsables, il a été décidé que nous devions, tous les quatre, venir
vous voir et vous parler directement.

Michael s'efforça de se repasser dans l'ordre les événements
de la veille. Il avait pris sa journée pour pouvoir se rendre à l'hôpital, et ramener Felicia à la maison. Il avait laissé des instructions à Ken et à Josh, leur demandant d'archiver les images
vidéo, et de chercher des solutions pour capturer d'autres images
en temps réel. Et pendant son absence… Ken aurait passé ce
coup de fil ?

— Simple curiosité, dit-il à Carl. Ken vous a-t-il paru…
bizarre ?

L'homme le fixa d'un drôle air.

— Que voulez-vous dire ?

— Je veux dire : est-ce que sa *voix* vous a paru curieuse ?
insista Michael en souriant, s'efforçant de dissimuler son trouble.
C'est juste que je l'ai rarement entendu parler ; donc, je me
demande ce qui a bien pu le pousser à vous appeler. C'est un
manquement aux règles qui ont cours ici.

Carl haussa les épaules.

— Il ne m'a pas paru particulièrement stressé, si c'est ce que vous voulez dire. Il n'a pas parlé, en tout cas, d'une quelconque violation d'un accord de confidentialité. Pour tout dire, nous avons eu une conversation assez libre et plutôt factuelle. Je me suis même demandé à un moment s'il ne me faisait pas marcher.

« Il ne m'a pas paru particulièrement stressé… »

« Une conversation assez libre… »

Michael se souvint de sa première rencontre avec Ken. Le jeune chercheur avait cherché désespérément à parler, à empêcher que son défaut d'élocution ne l'en empêche, mais Michael n'avait pratiquement rien compris à ce qu'il avait dit. Ils étaient vite convenus de s'appuyer sur l'ardoise blanche pour communiquer. Par la suite, il avait bien entendu Ken répondre au téléphone une ou deux fois… mais chaque fois, il avait dû lutter pour se faire comprendre. L'homme était parfaitement incapable d'avoir une conversation normale, que ce soit au téléphone ou non. Et à sa connaissance, il n'existait pas de synthétiseurs vocaux assez performants pour imiter la voix humaine en lui conservant son caractère *naturel*, avec ses pauses, son rythme, ses intonations.

Ce qui signifiait que quelqu'un d'autre avait appelé Carl, en se faisant passer pour Ken ; ou bien que…

Carl mentait.

Hawkins reprit le fil de la conversation.

— Peut-être pourriez-vous nous montrer ce que vous avez découvert, professeur ? Vous *avez* des images, n'est-ce pas ?

— Oui, je serais ravi de vous montrer ce que j'ai.

Michael s'approcha de l'ordinateur, et appela à l'écran une des images qui montrait la trace bleue fantomatique d'un tachyon.

— Messieurs, dit-il, voici la première image d'une séquence de trois montrant la capture d'une particule dépassant la vitesse de la lumière dans le vide.

— La couleur a été ajoutée ? demanda Hawkins.

— Non. C'est exactement ce qu'on a vu dans la chambre, sans aucun traitement de la couleur.

Les homme se mirent aussitôt à discuter avec animation.

— C'est la même trace bleue que nous avons vu dans…

— … On peut presque imaginer la cavitation… »

— Pouvez-vous déterminer la vitesse de la particule ?

Michael répondit à cette dernière question, la seule qu'il comprit dans la brouhaha des réactions.

— Oui, je peux vous donner sa vitesse exacte. Nous ne nous sommes pas servis d'un imageur d'anneaux Tcherenkov, en raison de la manière dont nous récoltons les particules sources. Nous prenons littéralement des séquence d'images à 250 picosecondes à l'aide de capteurs CCD à haute vitesse.

Il cliqua sur la souris pour passer à l'image suivante.

— Ça, c'est un quart de nanoseconde plus tard. Vous voyez que la particule a avancé de presque quarante centimètres ; ce qui équivaut à 5,3 fois la vitesse de la lumière.

— Ouah…

Le regard de Hawkins allait de l'ordinateur à ses collègues physiciens, et vice versa. Tous écarquillaient les yeux, même le menteur à l'œil rouge.

— Vous êtes sûr de vos résultats ?

Michael eut un haussement d'épaules.

— J'ai là trois images d'une particule qui paraît se déplacer à une vitesse encore jamais enregistrée. Je crois personnellement que ce qui apparaît à l'écran est bien réel, mais naturellement j'attendrais d'avoir refait l'expérience plusieurs fois avant de le crier sur tous les toits.

— Pour le moment, vous n'avez réalisé cette expérience qu'une fois, c'est bien ça ?

— En réalité… non. C'est la deuxième fois que j'obtiens ces résultats. La première, c'était avec un équipement légèrement moins performant. Avec ce nouveau matériel et les nouveaux réglages, je ne doute pas un instant que nous puissions renouveler l'expérience, et faire d'autres observations.

Un des hommes donna un petit coup de coude à Hawkins.

— John, je crois que nous devrions apporter une partie de notre propre équipement ici, pour voir si nous pouvons calculer le quadri-vecteur impulsion-énergie de la particule. Pour le moment, nous ne savons pas avec certitude à quel genre de particule nous avons affaire. Tout ça est peut-être énorme ; ça pourrait faire du bruit.

Michael sortit une feuille de papier de son bureau, et la tendit à Hawkins.

— Vous trouverez là-dessus le détail de quelques-unes des prochaines étapes sur lesquelles je travaille. Définir l'identité de cette particule en fait partie, mais ce n'est qu'un élément parmi d'autres.

Il désigna du doigt le tube cylindrique qui sortait du mur et rejoignait la chambre à vide.

— Par exemple, j'ai déjà mis en place un mécanisme de tri, qui sépare les particules luminiques des supraluminiques. J'ai là tout l'équipement dont j'ai besoin pour, hypothétiquement, les collecter, normaliser leur vitesse, et créer un flux de particules. Mais bien entendu, ceux des points les plus intéressants qui figurent sur ma liste vont nécessiter des financements plus importants. Je vais avoir besoin d'équipements que ne possède pas cette école. J'en ai déjà parlé avec le directeur du département, et nous sommes prêts à discuter et à essayer de trouver un accord qui nous permettrait de travailler conjointement avec le gouvernement, pour faire avancer ces recherches.

Les quatre hommes se mirent à discuter entre eux comme si Michael n'était pas là. Il les entendit parler de sa liste, de l'équipement nécessaire, des autorisations, et d'un tas d'autres choses. Mais il avait d'ores et déjà au moins une quasi-certitude : le projet sur lequel il travaillait depuis plus d'une décennie avec les moyens du bord, allait se voir allouer enfin le soutien financier dont il rêvait – et plus encore, sans doute. Il s'efforça d'afficher un air détaché, mais au fond de lui il sabrait déjà le Champagne.

La sonnerie de la porte du labo retentit. Michael leva les yeux et vit Herman entrer. Il affichait un air sinistre. Les hommes de la DARPA étaient repartis quelques heures plus tôt.

— Herman ? fit-il en se levant comme le directeur approchait. Ça n'a pas l'air d'aller. Que se passe-t-il ?

— Restez assis. Croyez-moi, c'est préférable, compte tenu de ce que j'ai à vous dire.

— Quoi, c'est à propos de ces types de la DARPA ? Parce que, quand ils sont partis, j'ai eu le sentiment que…

— Non, ce n'est pas ça. Ça concerne Ken Lee.

Herman prit une grande inspiration et secoua la tête.

— Je ne vois pas de bonne manière d'annoncer cela. Il est mort.

Michael eut l'impression d'un blanc ; comme s'il avait manqué quelque chose. Il s'était préparé à entendre à peu près tout, sauf cela.

— Il est… comment ? demanda-t-il d'une voix à peine audible.

— Tout ce que je sais, c'est ce qu'on m'a dit à la RH. Un accident de voiture, apparemment. Il semble que la police ait retrouvé son véhicule au fond du Canal Delaware et Raritan, près de l'ancien tronçon de l'autoroute Lincoln.

Michael se sentit submergé par une vague d'émotions. Il ne savait plus quoi penser, comment réagir, quoi ressentir.

— Vous dites que la police… Est-ce qu'ils croient à un acte criminel ?

Herman ouvrit de grands yeux.

— Je ne crois pas. Y a-t-il une raison pour que…

— Non, s'empressa de répondre Michael. Je mélange tout, je… je ne sais même pas comment réagir.

Herman posa une main sur son épaule.

— Je vais vous le dire. Terminez ce que vous êtes en train de faire, et laissez-moi vous raccompagner chez vous.

— Non, il est inutile de…

— Balivernes. Je sais que vous et Ken étiez très proches. Vous avez besoin d'un peu de temps pour digérer la nouvelle. Je retourne à mon bureau prendre mes affaires. Je reviens tout de suite.

Herman parti, Michael regarda autour de lui d'un air hagard. Ken… parti. Comment était-ce possible ?

Il s'efforça de suivre le conseil d'Herman et de terminer ce qu'il avait commencé. Mais ses pensées le ramenèrent à ce qu'avait dit Carl.

« Il ne m'a pas paru particulièrement stressé… Une conversation assez libre… »

Il était plus que jamais certain à présent que l'homme à l'œil rouge avait menti effrontément. Tout dans cette histoire sonnait faux.

Il regarda le tabouret haut sur lequel Ken avait l'habitude de s'asseoir. Il ne l'y reverrait plus jamais.

— Je suis désolé pour toi, mon pote, murmura-t-il. Tu vas me manquer.

CHAPITRE QUATRE

Michael n'eut pas plus tôt franchi la porte d'entrée qu'il se figea. Maria se tenait à moins d'un mètre cinquante, les yeux écarquillés, une casserole levée au-dessus de sa tête, prête à frapper.

Puis elle se mit à débiter entre ses dents un chapelet d'injures en espagnol, tout en abaissant l'arme improvisée.

— Bon sang, pourquoi est-ce que tu me fais peur comme ça ?

— Comment ça, je te fais peur ? J'ai juste ouvert la porte.

Elle referma la porte d'entrée et fit un geste du bras comme si la réponse était évidente.

— Tu rentres toujours par le garage.

Elle jeta un coup d'œil par la fenêtre, et fronça les sourcils. Michael se retourna pour voir ce qu'elle regardait. La Cadillac d'Herman reculait dans l'allée.

— Est-ce que c'est… où est ta voiture ? demanda Maria en continuant de chuchoter.

Il était surpris qu'elle ne lui crie pas dessus. Maria était adorable, mais quand elle était désagréablement surprise comme maintenant, ou en colère, elle poussait facilement des cris d'orfraie. Et puis soudain, il comprit : le bébé devait dormir.

— Eh bien…

Il ne savait pas par où commencer.

Maria lui saisit délicatement le menton avec sa main libre, et plongea son regard dans le sien.

— *Ay, mi amor*. Je peux lire sur ton visage que quelque chose ne va pas.

Elle lui agrippa doucement le bras et l'entraîna vers la cuisine.

— Viens, le dîner n'est pas encore prêt, mais j'ai trouvé une pastèque excellente au supermarché. Je viens juste de la couper. On va en manger un peu, et tu m'expliqueras pourquoi ton patron vient de te déposer à la maison.

Michael se laissa guider jusqu'à la table. Il s'assit, et regarda Maria rassembler assiettes, couverts, pastèque, et une carafe de limonade aux citrons fraîchement pressés, leur boisson préférée. Le babyphone vidéo était posé sur le plan de travail de la cuisine ; il regarda Felicia qui dormait dans son lit de bébé. L'arrière-train et la queue de Percy étaient visibles à l'image.

— Tu laisses Percy seul dans la chambre avec Felicia ?

Maria hocha la tête et s'assit en face de lui.

— C'est intéressant – c'est comme s'il savait qu'il ne faut pas aboyer quand il est près d'elle. Du coup, je me dis qu'il y a plus de chance qu'il aboie et la réveille quand il est avec moi, ici, en bas, qu'en étant là-haut avec elle. Il n'a pas encore compris que les sons voyagent.

Elle sourit, avant d'ajouter :

— Tu devrais voir ça. Felicia n'a qu'à faire le moindre mouvement ; il descend aussitôt me chercher et se met à aboyer comme un fou. C'est adorable.

Elle piqua un gros cube de pastèque avec sa fourchette, en grignota un bout, et le regarda droit dans les yeux.

— Maintenant, dis-moi. Pourquoi ton patron t'a-t-il déposé à la maison ?

Michael lui apprit la mort de Ken, et ce qu'il savait des circonstances dans lesquelles elle était survenue. Maria en fut aussi horrifiée qu'il l'était. Elle n'avait jamais rencontré le jeune chercheur, mais Michael lui avait souvent parlé de lui. Il lui raconta ensuite comment la nouvelle de sa découverte avait fuité ; la visite de la DARPA, et le mensonge de ses représentants, qui prétendaient tenir l'information de Ken.

Maria fronça les sourcils.

— Mais oui, tu m'as expliqué que Ken pouvait à peine s'exprimer oralement.

— C'est exact.

— On voit mal comment il aurait pu parler à ce type du gouvernement.

Michael pointa vers elle un morceau de pastèque piqué au bout de sa fourchette.

— Justement : il n'a pas pu – il en était incapable, littéralement. De plus, Ken n'était pas du genre à violer une clause de confidentialité sans raison. Il savait comment ces choses-là fonctionnent. Il savait pertinemment qu'il n'était pas censé parler à qui que ce soit de notre travail.

— Il t'arrive pourtant de me parler de ton travail. Et *je* n'ai signé aucun de ces papiers. Peut-être qu'il a fait confiance à un ami, et que c'est l'ami en question qui a appelé ? Tu m'as bien dit que vous aviez fait une découverte capitale. Je vois bien dans quel état ça te met, et je suis tout excitée pour toi, moi aussi. Peut-être que Ken faisait confiance à quelqu'un autant que tu me fais confiance, mais que cette confiance était mal placée, en l'occurrence. La personne en question a très bien pu appeler ces gens en se faisant passer pour lui. Peut-être même a-t-elle cru lui rendre service en faisant ça, qui sait ? Sans se douter qu'elle allait au contraire lui causer des ennuis.

Michael fixa longuement sa femme en réfléchissant à ses arguments. Puis, il sourit et dit :

— Maria, parfois tu es tout simplement brillante.

— Parfois ? releva-t-elle en arquant un sourcil et en soufflant d'un air offusqué. Termine ta pastèque, et change-toi tranquillement pendant que je prépare le dîner. Et si tu vas jeter un coup d'œil au bébé, *je t'en prie*, ne la réveille pas. Elle n'a pas fermé l'œil de la journée ; elle s'est endormie quelques minutes seulement avant que tu rentres.

Tandis qu'il montait l'escalier, il repensa à l'explication de Maria. Elle avait le mérite d'être simple ; il voulait surtout que ce soit la vérité. Il ne voulait pas croire que Ken ait pu trahir sa confiance.

Et encore une fois, le fait qu'il ait trouvé la mort le jour même où ces types de la DARPA ont débarqué…

Non. Il secoua la tête. C'était juste une coïncidence.

Quand il redescendit après sa douche, il fut frappé par une bonne odeur de cumin, et il sourit. Les fajitas étaient un des plats de Maria qu'il préférait. Elle aimait lui rappeler que les fajitas étaient un plat américain, et non du sud de la frontière, mais ce détail n'avait que peu d'importance pour Michael. Maria y ajoutait ses propres épices, et il en avait toujours l'eau à la bouche.

Les yeux de Maria s'éclairèrent quand il entra dans la cuisine.

— Eh ben, il était temps, fit-elle. J'allais appeler les urgences. Je me suis dit que tu t'étais peut-être noyé là-haut.

— Nan, j'ai traîné sous la douche, c'est tout.

Le couffin de Felicia était posé sur la table de la cuisine. Percy était couché en-dessous ; il remuait la queue. Le chien parut vouloir aboyer en voyant Michael arriver, mais il se contenta de gémir, comme s'il s'efforçait de ne pas faire de bruit autour du bébé. Il était étonnamment intelligent.

Maria posa une assiette de viande poêlée sur la table, et jeta un regard sensuel à Michael.

— J'espère que tu nous as laissé assez d'eau chaude pour plus tard.

— Nous ? releva Michael en clignant des yeux, tandis que Maria se retournait pour aller chercher d'autres assiettes.

Il la regarda se déhancher lascivement, et sourit.

— Attends une minute… tu as subi une césarienne il y a à peine plus d'une semaine. On ne peut pas déjà refaire l'amour. Si ?

Maria se mit à rire. Elle posa une assiette de légumes grillés et une autre de tortillas de maïs fumantes, et dit :

— Tout n'est pas juste une question de sexe, mon cher mari.

Michael la fixa d'un air perplexe, ce qui la fit rire davantage.

— Je t'expliquerai tout ça plus tard, espèce de bêta.

Percy sortit la tête de sous la table, espérant se la faire gratter. Michael lui fit ce plaisir. Tandis qu'il fourrageait dans le poil du chien, il entendit un petit bruit métallique. Percy avait un nouveau collier.

— Percy ! D'où sors-tu un collier aussi chic ?

L'animal tira la langue, l'air de sourire.

— Il est superbe, non ?

Il a surtout l'air de coûter cher, songea Michael. C'était un collier en métal assez lourd, très « design » – plus proche du sautoir clinquant que du collier pour chien. En or, il aurait eu sa place autour du cou d'un rappeur. Ce n'était pas le genre de chose qu'achetait Maria habituellement.

— Combien as-tu payé ça ? demanda-t-il.

— Je n'ai rien payé. On l'a eu gratuitement.

— Quoi ?

Maria lui désigna son assiette.

— Fais ton burrito. Ça va refroidir.

Il s'exécuta docilement. Il prit une tortilla et la garnit de haricots sautés, de viande de bœuf marinée, de chou émincé, de riz, d'oignons frits et de champignons.

Maria approuva d'un hochement de tête satisfait, puis expliqua :

— Felicia et moi étions en train de promener Percy quand cette vieille voiture s'est arrêtée devant nous, le long du trottoir. C'était ce modèle luxueux, tu sais, avec la statuette de femme ailée sur le capot ? J'ai oublié la marque.

— Une Rolls-Royce ? fit Michael, la bouche pleine.

— Oui ! C'est ça. Bref, il y avait un couple âgé à l'intérieur, et quand nous sommes passés à côté d'eux, l'homme a abaissé sa vitre et a dit que Percy ressemblait exactement au berger allemand qu'ils avaient eu des années plus tôt. Ils avaient toujours le collier du chien dans la boîte à gants ; ils n'avaient jamais voulu s'en débarrasser. Quand ils ont vu Percy, ils se sont dits que le collier était fait pour lui. L'homme a dit que son chien l'avait porté pendant dix-sept ans, et qu'il devrait porter chance à Percy.

— Dix-sept ans ? C'est beaucoup pour un berger allemand. C'était sacrément gentil à eux. Ils t'ont donné leur nom ?

Maria secoua la tête.

— Non, ils ont juste dit qu'ils passaient par là, et qu'ils

voulaient faire un petit coucou à Percy. Tu crois que ce collier vaut cher ?

Michael haussa les épaules.

— Je n'en ai aucune idée. On dirait de l'acier inoxydable. Mais si les propriétaires de ce chien conduisaient une Royce-Rolls, qui sait ? C'est peut-être du platine.

Maria écarquilla les yeux.

— Tu crois ? Ou plutôt de l'argent, non ?

— De l'argent, je ne crois pas. L'argent se ternit avec le temps. Si ce collier avait passé dix-sept ans au cou d'un chien, il n'aurait pas ce brillant.

— Dans ce cas, on ferait peut-être bien de le faire expertiser.

— Non, je plaisantais pour le platine. Je suis sûr que c'est de l'acier inoxydable. Par contre, c'est probablement un collier de créateur, ce qui veut dire qu'ils l'ont sûrement payé assez cher. Pour autant, je ne crois pas qu'il ait une valeur particulière à la revente. Laissons Percy en profiter.

Maria regarda le chien.

— Percy, tu aimes ton nouveau collier ?

Percy émit un petit glapissement et remua la queue. Maria lui tapota le haut du crâne.

— Alors, c'est réglé. Papa et moi, on est d'accord pour que tu le gardes.

Michael avala une gorgée de limonade et grimaça.

— Trop acide ?

— Non, juste un peu moins sucré que d'habitude.

— Désolé, *mi amor*. Je n'avais plus assez de sucre. J'irai en acheter demain.

Elle pointa du doigt l'assiette de Michael.

— Mange. Tu vas avoir besoin d'énergie pour ce que j'ai en tête.

Michael se prépara rapidement une autre tortilla. À présent, il était plus que curieux de savoir ce que Maria avait prévu pour eux ce soir-là.

Il faisait presque nuit noire dans la chambre quand Michael se réveilla, tous ses sens en alerte, conscient que quelque chose clochait, mais sans trop savoir quoi. Percy, dans son panier à l'autre bout de la chambre, leva la tête et le regarda, avant de se rendormir.

Michael jeta un coup d'œil au réveil sur sa table de chevet. Il était 3 h du matin. On n'entendait pas un bruit dans la maison. Maria, à côté de lui, dormait profondément. Le bébé était dans son petit lit, et respirait doucement.

Alors, qu'est-ce qui l'avait réveillé ?

Il ferma les yeux, et aussitôt les images d'une ferme lui réapparurent, persistantes.

Venait-il de rêver qu'il était fermier ?

Il sentit une pression intense à l'intérieur de son crâne… comme un début de migraine. Mais il était trop fatigué pour se lever et prendre du Tylenol. Il se demanda si ce n'était pas le résultat du massage que Maria lui avait fait un peu plus tôt. C'était la surprise qu'elle lui avait réservée ; quand elle le lui avait dit, il avait été tout excité. Mais il s'était avéré que le massage qu'elle avait en tête impliquait l'utilisation de galets lisses. Elle avait lu un livre consacré à la technique du massage aux pierres chaudes. Il avait adoré l'expérience dans le rôle du masseur, mais quand ç'avait été son tour de s'allonger et de se prêter au jeu…eh bien, il s'était efforcé de ne rien laisser paraître, mais tout ce qu'il avait ressenti, ç'avait été de la douleur.

Il avait besoin de repos. Il espérait ne pas se réveiller au petit matin avec l'impression d'avoir des muscles en chewing-gum.

Il laissa ses pensées vagabonder, cherchant à se rendormir. Mais au lieu de cela, il vit de nouveau des images d'une ferme. Ce n'était pas un endroit où il était déjà allé ; ça, il en était certain. Il avait grandi en banlieue urbaine ; tout ce qu'il connaissait des fermes, c'était ce qu'il en avait vu à la télé. Mais la sensation de ses chaussures s'enfonçant dans la terre détrempée, et l'odeur de la rosée matinale, lui parurent si réels qu'il aurait juré connaître l'endroit.

— Où sont les moutons ? marmonna-t-il. Si je dois rêver d'une ferme, le minimum est qu'on me laisse compter les moutons…

Il essaya de ne penser à rien, à part à l'obscurité. Mais il éprouva alors la plus étrange des sensations. C'était comme s'il voyait des bribes d'images lui apparaître, puis disparaître, avant même que son esprit conscient ait eu le temps d'enregistrer ce qu'il avait vu.

Il lui fallut longtemps pour sombrer une fois de plus dans le sommeil.

CHAPITRE CINQ

Le labo connut d'importants changements – et un afflux de fonds conséquent – au cours des quatre mois qui suivirent la rencontre de Michael avec les physiciens de la DARPA. Pour commencer, Michael ne supervisait plus seulement le travail d'un étudiant diplômé, mais celui de toute une équipe. Quatre ingénieurs en informatique, deux mathématiciens, un astrophysicien, et quatre assistants de laboratoire supplémentaires dont la formation allait de l'ingénierie mécanique à la physique. Malgré le nombre de personnes nouvellement impliquées dans le projet, Michael avait cessé de s'inquiéter d'éventuelles nouvelles fuites. Le département de la Défense lui avait assuré que chacun des membres de l'équipe avait fait l'objet d'une enquête de sécurité poussée.

Michael était ravi de voir à quelle vitesse ses recherches progressaient. Le seul bémol était qu'il craignait parfois que la DARPA ne veuille précipiter trop les choses – même si, jusqu'à présent, les responsables de l'agence gouvernementale ne lui avaient encore jamais donné de date limite, ni n'avait interféré dans ses recherches. Cela valait mieux pour eux d'ailleurs, parce que s'ils l'avaient fait, Michael aurait ignoré leurs exigences, et les aurait tous gratifié d'un doigt d'honneur, en bonne et due forme. Non, jusqu'à présent, la DARPA s'était montrée une parfaite associée : généreuse financièrement, et disposée à lui laisser carte blanche en termes de gestion du projet.

Et le projet justement était fantastique. Les dernières images de la chambre à vide montraient non seulement trois taches bleues, mais également une ligne bleue parfaitement stable qui traversait l'écran sous la forme d'un faisceau de matière tachyonique. Les ingénieurs avaient travaillé de longues heures pour configurer correctement la modernisation de l'infrastructure du labo, transformant ce qu'il aimait appeler un « trieur de particules » en un accélérateur tachyonique viable. Le résultat était un mécanisme capable non seulement de recueillir des tachyons dans les tubes accélérateurs qui faisaient le tour du bâtiment, mais aussi de normaliser les particules disparates réunies en un flux de tachyons voyageant tous à la même vitesse, et qu'il pouvait contrôler.

La vérité, c'était que ses expériences avaient progressé davantage en trois mois qu'elles ne l'avaient fait au cours des trois années précédentes. Et à présent, ils étaient sur le point d'essayer quelque chose qui, quelques mois plus tôt encore, aurait été considéré comme une simple chimère.

Un des ingénieurs s'extirpa de la chambre à vide, la referma hermétiquement, et se débarrassa de sa combinaison stérile.

— Professeur, le miroir est opérationnel.

Michael leva le pouce pour lui donner le signal. L'homme appuya sur un bouton rouge clignotant. Un bruit d'aspiration se fit entendre dans le labo, des pompes expulsant totalement l'air de la chambre.

Michael jeta un regard par-dessus son épaule et lança à travers la salle :

— Charlie, qu'est-ce que disent les calculs ?

Un petit homme fluet d'une cinquantaine d'années s'avança, un bloc-notes à la main couvert d'équations manuscrites.

— Professeur, j'ai demandé à Sarah de vérifier mes calculs.

Sarah était l'astrophysicienne du projet.

— Nous pensons que nos calculs de mouvement du CMB sont bons.

— Je ne suis pas astrophysicien. CMB ?

— Oh, désolé, professeur…

— Ne soyez pas désolé. Expliquez-moi, c'est tout.

— Oui, eh bien…

L'homme parut troublé, ce qui n'était pas pour rassurer Michael concernant la fiabilité des données qu'il attendait.

— Eh bien, nous nous déplaçons à environs 368 kilomètres par seconde à travers le MIG, le milieu intergalactique, mais après en avoir parlé avec Josh et consulté des experts de ces questions, nous sommes tombés d'accord sur le fait que la manière la plus précise de déterminer notre vitesse réelle à travers l'univers est de la calculer en prenant le CMB comme référentiel, autrement dit le fond diffus cosmologique. Pour résumé la chose, disons que c'est de cette manière que Hubble et les autres télescopes spatiaux réussissent à conserver leur orientation. C'est aussi la meilleure méthode dont nous disposons pour prédire où nous serons à tel ou tel moment, tandis que nous flottons à travers l'univers ; ou encore, dans notre cas, à prédire où nous serons, ou encore où nous étions, à différents intervalles.

Michael hocha la tête.

— D'accord. Avec tout ça, peut-on faire en sorte que le rebond des particules se produisent à l'intérieur de la chambre ?

Charlie acquiesça.

— On devrait pouvoir, oui. Mais ça va mettre à mal nos ressources énergétiques. Les ingénieurs en mécanique font tout ce qu'ils peuvent pour adapter les condensateurs. Mais nous devrions pouvoir déclencher une très brève explosion tachyonique.

Michael jeta un coup d'œil à sa montre. Il restait deux minutes avant que l'expérience ne commence.

— Très bien. Assurez-vous que quelqu'un du labo informatique assiste à cette réunion virtuelle. Je veux toute l'équipe en audioconférence.

Charlie sortit précipitamment. Michael mit le téléphone de bureau en mode haut-parleur, et se connecta à la réunion. Il y eut un « bip », puis une voix demanda :

— *Qui se connecte ?*

— C'est moi.

— *Bonjour, professeur, c'est Josh. Il semble qu'il n'y ait que vous et moi pour le moment.*

Nouveau « bip ». Puis :

— *Carl, du Bureau des sciences de la Défense.*

Le type à l'œil rouge du DSO, rattaché à la DARPA. Il était de presque tous les appels audio ou visio. Les huiles de Washington l'avaient nommé pour « superviser » le projet ; son boulot était d'en rendre compte régulièrement à ses supérieurs.

— *Bonjour, Carl*, dit Josh. *Nous allons démarrer à la demie, le temps de permettre à tout le monde de rejoindre la réunion.*

Josh avait beaucoup gagné en confiance au cours des derniers mois. Il n'était plus du tout le jeune étudiant timide qui avait intégré le labo de Michael au cours de l'été. À présent, il agissait moins sur un plan strictement technique, mais davantage au niveau administratif ; il aidait Michael à coordonner les différentes tâches des multiples départements impliqués maintenant dans le projet. Dans les faits, il était un peu le « chef de projet » du groupe.

D'autres personnes rejoignirent la réunion. Michael attendit que l'horloge indique la demie.

— *Professeur, tout le monde est en ligne à présent*, annonça Josh.

— Merci, Josh. Très bien, je rappelle à tout le monde que l'expérience d'aujourd'hui va consister à amorcer un test de rebond d'un flux tachyonique. Nous espérons tout d'abord pouvoir faire rebondir le flux d'une surface à une autre via un miroir tachyonique. Rien ne garantit que cela fonctionnera, je le précise. Nous savons déjà que les tachyons que nous avons capturés ont une charge ; donc, contrairement aux neutrinos, nous pouvons les manipuler, au moins dans une certaine mesure. *Si* nous obtenons le rebond escompté à partir du miroir, nous pourrons alors passer à la deuxième étape, qui consistera à tenter de mesurer certaines des caractéristiques physiques de ce qui compose ce faisceau. Enfin, viendra le post-traitement, qui nous permettra d'analyser les choses image par image. Voilà. Il faut y aller maintenant. Où en est-on avec la chambre de simulation atmosphérique ?

— *Professeur, nous venons juste d'atteindre une pression de quatre-vingt-quinze nanopascals dans la chambre à vide. En se basant sur nos précédents tests, nous devrions être capable de maintenir la pression à quatre-vingt-treize.*

Le vide parfait était quelque chose de relativement impossible à atteindre sur Terre en raison d'innombrables facteurs – dégazage des matériaux constituant la chambre à vide, particules virtuelles, etc. Mais au-dessous de cent nanopascals, on pouvait statistiquement affirmer qu'il ne restait aucune molécule parasite à l'intérieur de la chambre capable d'interférer avec le faisceau de tachyons.

— Parfait, approuva Michael. Ingénierie ? Comment sommes-nous côté puissance ?

— *Professeur, c'est Jan Halvorsen. J'ai déjà fait part de mes inquiétudes à ce sujet, et je réitère ce que j'ai déjà dit. La puissance nécessaire pour cette expérience puise tellement dans nos ressources en énergie que je crains que nous ne soyons pas en capacité de maintenir assez longtemps l'alimentation électrique de ce labo. Nous sommes déjà en train de refroidir les condensateurs pour pouvoir satisfaire à vos besoins en énergie actuels.*

— Je comprends vos inquiétudes, soupira Michael.

Au cours des quatre derniers mois, son équipe et lui avaient beaucoup appris concernant ces particules plus rapides que la lumière. Entre autres caractéristiques, elles paraissaient posséder une propriété élastique corrélée à leur vitesse. Contrairement aux photons, les tachyons étaient difficiles aussi bien à observer qu'à contrôler. Mais leur vitesse naturelle pouvait être influencée en ajoutant de l'énergie, ou au contraire en réduisant cette dernière. Et étrangement, ajouter de l'énergie les ralentissait, tandis qu'en enlever les accélérait. Les ingénieurs, eux, pointaient surtout le fait que créer un flux de particules ayant la même vitesse était un processus à haute intensité énergétique.

Michael expliqua la situation à ceux qui n'étaient pas familiers de cet aspect de l'expérience.

— Jan est en train d'aborder un problème qui concerne la manière dont les particules tachyoniques se comportent. Nous devons déjà puiser beaucoup d'énergie de notre réseau pour maintenir le flux à une vitesse tachyonique moyenne, qui semble être pour ces particules autour de 4,3 fois la vitesse de la lumière. L'expérience d'aujourd'hui va consister à tenter de ralentir tout cela pour revenir aussi près que possible de la vitesse de la lumière. Cela va par conséquent mettre le réseau à rude épreuve.

Puis, s'adressant de nouveau à Jan :

— Jan, quel est le laps de temps le plus long durant lequel nous pouvons solliciter au maximum le réseau avant que quelque chose ne nous claque entre les pattes ?

— *Professeur, vous ne devriez pas me poser cette question, à laquelle je suis évidemment tenté de répondre : aucun. Mais si vous m'obligez à formuler une réponse qui ne soit pas de l'ordre du zéro absolu, alors je...*

Il s'interrompit un instant, puis demanda :

— *De combien de temps avez-vous besoin ?*

— Si on disait deux nanosecondes, entre le déclenchement et la fin du faisceau.

— *Je suppose que c'est... possible, oui. Je dois pouvoir faire en sorte que ça tienne. Mais il nous faudra d'autres condensateurs pour le réseau.*

— Bien, alors c'est réglé. Nous nous occuperons de ce problème de condensateurs après cette expérience. Visuel, où en sommes-nous avec nos détecteurs CCD ?

— *Bonjour, professeur, c'est Tony. Les détecteurs sont actifs, et nous avons un bon signal pour les vues latérales et supérieures.*

— Informatique ? Parlez-moi des interfaces de diffusion. Sommes-nous en mesure de gérer ces deux orientations visuelles ?

— *Oui, professeur. J'ai travaillé avec Tony. Nous devrions pouvoir agréger en temps réel les deux flux optiques, et n'avoir finalement qu'un seul flux vidéo synchronisé.*

— Bien. Je veux que les CCD entrent en action au moins

deux microsecondes avant le déclenchement du faisceau de particules.

— *Deux microsecondes avant ?*

— Oui.

— *Compris. Mais sachez que nous ne pouvons assurer pour le moment qu'un maximum de quatre microsecondes de données spoulées en tout.*

— Je suis conscient que c'est une exigence difficile à satisfaire.

— *Ça ira. Je viens de régler le synchronisateur. Tout est bon de mon côté.*

Michael ressentait toujours de l'exaltation dans les minutes qui précédaient une nouvelle expérience. Ils ne pouvaient en faire qu'une par semaine, en partie en raison du temps de préparation, mais surtout parce que c'était le temps qu'il fallait pour collecter assez de tachyons pour former le flux. Plus ils avaient de particules, plus ils pouvaient rassembler de données.

Il frappa dans ses mains et dit :

— Très bien, les amis, allons-y. C'est pour cela que nous travaillons : gratter une couche de plus en surface pour découvrir quelque chose de nouveau. Si quelqu'un voit un problème ou s'inquiète de quelque chose concernant cette expérience, qu'il parle maintenant.

Il y eut un silence.

— Dans ce cas, Josh va déclencher le compte à rebours de dix secondes. À zéro, je lancerai la séquence.

— D'accord, professeur. Je déclenche le compte à rebours…. Maintenant.

Une voix de synthèse commença à compter : « *Dix, neuf, huit...* »

Sur son ordinateur, Michael régla sa vision en temps réel

de la chambre à vide. Dans la partie supérieure de son écran s'affichait une vue du dessus ; et dans la partie inférieure, une vue latérale. Quand le faisceau serait activé, il ne verrait évidemment rien ; d'une part, cela se passerait bien trop rapidement, et d'autre part le flux de particules était totalement invisible pour l'œil humain. Les véritables données proviendraient de l'enregistrement à très haute vitesse réalisé par les ordinateurs. Pourtant, il regardait toujours.

— *Trois, deux, un, lancement.*

Un *tchac* bruyant résonna à l'intérieur du labo. Michael fixa impatiemment le moniteur, pressé de voir apparaître les premières images.

— *Nous avons les données spoulées, professeur. Les ordinateurs sont en train de traiter l'information. Vous devriez avoir une vidéo dans... eh bien, maintenant.*

Michael rafraîchit l'écran, et les boutons de recherche s'activèrent dans la fenêtre de visualisation. Il avança manuellement de deux images, en vérifiant que les celles du haut et celles du bas présentaient le même timecode. 250 picosecondes séparaient chacune d'elle. Puis il sélectionna la partie principale de la vidéo, en excluant le timecode, et cliqua sur le bouton d' « auto-scan », le balayage automatique.

Les timecodes devinrent flous, tandis que la vidéo était en avance rapide. Elle s'arrêta à la première « différence » qu'elle rencontra dans la partie sélectionnée.

— Très bien, les amis. Je suis en partage d'écran, n'est-ce pas ?

— Oui, dit Josh. Tout le monde peut le voir.

Plusieurs participants confirmèrent la réception, et Michael commença.

— Dans ce cas, vous le voyez comme moi, dit-il. Nous avons notre faisceau.

Michael sourit en voyant la ligne bleue qui apparaissait sur le côté gauche des flux vidéo supérieur et inférieur.

Quelqu'un en audio demanda :

— Pourquoi le timecode indique-t-il que seulement quarante-trois nanosecondes se sont écoulées ? Le professeur Salomon a bien demandé à ce qu'un délai de deux microsecondes soit observé avant le déclenchement du faisceau ? On ne devrait constater aucun changement avant la fin de ce laps de temps, soit deux mille nanosecondes ?

L'ingénieur informaticien répondit d'une voix où il entrait une note de panique :

— Il doit y avoir une erreur quelque part. J'ai pourtant bien programmé ce délai.

Michael s'efforça de rester calme et concentré.

— Continuons, et voyons si nous obtenons un rebond.

Il fit avancer le flux vidéo d'une image. Le faisceau progressait lentement à travers l'écran.

— Tout le monde peut constater que le faisceau n'avance que de huit centimètres environ d'une image à l'autre. On est donc légèrement au-dessus de la vitesse de la lumière. C'est une fois encore la preuve que nous sommes capables de collecter des tachyons de différentes vitesses, de normaliser leur vélocité, et de les ramener à une vitesse proche de leur vitesse minimale.

Il avança de quatorze images supplémentaires, le faisceau continuant de progresser lentement à travers l'écran. La toute dernière image de capture montrait le rayon qui se réfléchissait, mais selon un angle léger.

— Intéressant, dit Michael. Nous venons pour commencer d'apprendre que nous pouvons dévier un flux tachyonique avec un miroir. C'est une nouvelle pièce majeure du grand puzzle que constitue la compréhension de ces particules. Notez également l'angle de déviation. Contrairement à une particule normale qui est affectée à la fois par la gravité et la vitesse acquise, ce flux… eh bien, à première vue, je dirais que son angle n'est pas modifié en fonction de nos propres mouvements. Je parle bien sûr de nos différents mouvements à très grande vitesse à travers l'univers : la rotation terrestre, le déplacement du système solaire dans la galaxie, et celui de la galaxie elle-même dans l'univers. Il faudra calculer tout ça, mais cela *pourrait* être une indication que les tachyons ne sont pas affectés, comme on pourrait s'y attendre, par certaines des forces communes.

— *Professeur ?* demanda quelqu'un. *Pourquoi la vue du dessus est-elle décentrée ? Je croyais que les CCD étaient alignés le long de la trajectoire du faisceau. Or, la vue du dessus montre le faisceau près du bord de l'écran.*

— *Il devrait être centré, effectivement,* réagit Tony, qui paraissait sur la défensive. *On a peut-être un problème de traitement ?*

—*Je ne crois pas. Nous n'avons pas…*

— Les gars, interrompit Michael. On réglera ces problèmes-là plus tard. Pour le moment, restons concentrés, d'accord ?

Il continua d'avancer dans les images jusqu'à ce que l'écran devienne noir. Puis, il cliqua de nouveau sur la bouton d' « auto-scan ». Le flux vidéo avança rapidement à travers les images, avant de s'arrêter en détectant une nouvelle différence.

Michael sentit les poils de sa nuque se hérisser tout à coup.

— *Attendez une minute, qu'est-ce qui vient de se passer ?* interrogea quelqu'un. *On est en train de revoir la vidéo, ou quoi ?*

— Non, le timecode indique que nous en sommes à 2046 microsecondes, à moins que… la vidéo n'ait été mal traitée ?

— *Attendez*, dit Tony, une note de triomphe dans la voix. *Regardez l'image du haut : le faisceau est parfaitement centré. Il doit y avoir un problème dans l'algorithme d'assemblage des flux vidéo ; il faut voir du côté des ordinateurs…*

— Les gars, les gars… il ne s'agit pas d'un problème d'assemblage.

Michael sourit en regardant le moniteur.

— Je vous rappelle que le timecode est indissociable de la capture de l'image. S'il s'agissait d'une duplication involontaire, le timecode aurait été dupliqué lui aussi. Or, ce n'est pas le cas.

Il se remit à avancer dans les images.

— Regardez : le faisceau progresse, et il se reflète de la même manière que nous avons pu le voir dans la précédente capture. C'est exactement comme le premier faisceau que nous avons vu, à une différence majeure près : quelqu'un a-t-il une idée de ce qu'est cette différence ?

— La vue du dessus du faisceau n'est pas décentrée ? risqua quelqu'un.

Michael réprima un petit rire.

— C'est un des éléments, mais non, les amis. La raison pour laquelle j'ai demandé une capture vidéo démarrant deux microsecondes plus tôt, est que nous voulions pouvoir apporter la preuve de quelque chose qui s'est produit, mais qui, jusqu'à présent, n'a été que théorisé.

« Que fait ce monde pendant que le temps s'écoule ? Je vais vous le dire : le monde se déplace à travers l'espace à la vitesse d'environ 368 kilomètres par seconde. Ce qui signifie qu'en l'espace de deux microsecondes, nous nous sommes déplacés d'approximativement 73 centimètres. Maintenant, imaginez juste un instant que nous ayons pris le faisceau de tachyons que nous avons libéré, et que nous l'ayons renvoyé dans le temps, deux microsecondes en arrière. Le monde entier, et ce laboratoire avec lui, serait décalé d'environ 73 centimètres.

— *Attendez une seconde*, intervint Josh. *Êtes-vous en train de nous expliquer que le faisceau tachyonique a* remonté *le temps ? Et que c'est à cause du mouvement de la Terre que nous voyons le faisceau à un endroit différent ?*

— Je ne doute pas que nous en apprendrons plus en analysant les détails de la séquence. En tout cas, ce n'était pas une erreur d'assemblage. Les timecodes qui s'incrémentent tout au long du flux le prouve de façon claire. Et oui, je crois *réellement* que les deux flux de tachyons que nous avons capturés sur la vidéo sont en fait le même flux. Et sauf erreur de ma part, les amis, nous venons d'établir par capture vidéo et sur une durée de deux microsecondes, la première preuve qu'un flux de particules peut remonter le temps.

On entendit plusieurs participants inspirer sèchement et retenir leur souffle, et quelqu'un se mit à tousser.

— Bien sûr, reprit Michael en modérant son enthousiasme, ce n'est pas encore définitif. Mais maintenant que nous l'avons fait une fois, il va falloir reproduire cette expérience de multiples fois, avec différents paramètres, et cetera. Mais j'ai le sentiment que l'Histoire retiendra ces instants comme un des grands moments de l'aventure scientifique. Nous avons, pour la première fois, vu un phénomène contrôlé par l'homme voyager dans le passé – et nous en avons la preuve par l'image.

— Nous avons fait un pas de géant, aussi important que celui de Neil Armstrong sur la lune. Peut-être même plus grand encore.

CHAPITRE SIX

Michael sauvegarda le rapport qu'il était en train d'écrire, mais dont il n'avait achevé que la moitié à peine. Il se recala au fond de sa chaise, leva les yeux et fixa un instant les dalles du plafond du labo. Il n'avait pas besoin de jeter un coup d'œil à l'horloge murale pour savoir qu'il aurait dû être rentré à la maison depuis longtemps.

La sonnerie de la porte retentit, et Josh entra.

— Josh ? Que faites-vous encore ici, à une heure aussi tardive ?

L'étudiant leva un gros classeur et répondit :

— Je viens d'avoir le rapport de Jan du poste électrique. Il ne me manque plus que le vôtre. Le Dr Sundenbach m'a demandé un rapport complet d'ici vendredi.

— Le type de la DARPA ? Eh bien, il va devoir attendre que j'aie terminé. Je n'ai pas d'ordre à recevoir de lui ; il n'a pas à me dicter mon emploi du temps. Et puis, on n'est que mercredi.

Il leva les yeux vers Josh.

— Que pensez-vous de ce qu'on a vu aujourd'hui ?

Josh s'assit sur un tabouret.

— Vous voulez dire ce moment probablement historique où vous avez annoncé que nous venions de prouver que quelque chose peut remonter le cours du temps ? Ce que je pense de *ça* ?

Un coin de ses lèvres se releva, tandis qu'il fixait Michael.

— Je reconnais m'être montré peut-être un peu trop grandiloquent sur le moment, concéda Michael. Nous n'avons pas encore *prouvé* grand-chose, au sens strict. On ne peut pas qualifier de « connue » une chose que l'on n'a pas encore reproduite ni étudiée sous tous les angles. Mais oui, qu'est-ce que ça vous inspire ?

Josh affichait un air éberlué, les yeux écarquillés, qui le faisait paraître bien plus jeune qu'il n'était.

— Honnêtement, je me demande ce qu'on va bien pouvoir faire ensuite, à partir de ça ? Je veux dire, il va être difficile de faire mieux. Ceci dit, j'ai déjà réfléchi à des applications pratiques… enfin, si nous parvenons à apporter une preuve définitive. Qu'est-ce qui pourrait être accompli sur cette base ? Sans verser dans la science-fiction évidemment ; encore que certains n'hésiteraient pas à dire que ce que vous avez fait aujourd'hui paraît tout droit sorti d'un roman de S.F.

Michael hocha la tête.

— « Et ensuite ? » C'est toujours une bonne question. Mais disons que dans l'immédiat, nous avons un sacré programme devant nous. Il nous reste beaucoup à apprendre concernant ces particules. Nous ne savons même pas encore de quoi elles sont faites réellement. C'est un tout nouveau domaine de recherche qui s'ouvre là.

« L'autre question intéressante, légèrement différente de celle que vous avez formulée, serait : que pouvons-nous leur faire

faire d'autre ? Une des choses auxquelles j'aimerais m'attaquer serait de voir si nous pouvons accumuler un flux de tachyons suffisamment important pour avoir un effet sur la matière baryonique à une vitesse inférieure à celle de la lumière ; je veux dire la matière comme celle dont nous sommes faits. S'agit-il de taches microscopiques qui ne font que passer et interagissent rarement avec la matière normale, comme les neutrinos, ou pouvons-nous réellement être « touchés » par un tachyon ? Nous avons déjà prouvé qu'ils sont chargés ; alors peut-être que les ingénieurs en informatique pourraient installer un fil non blindé sur le trajet d'un faisceau de tachyons, et voir s'il nous est possible d'agir sur les données qui passent par le fil en question.

Josh eut un grand sourire.

— Ce serait génial. Le trafic réseau en direct pourrait circuler à travers ce fil. Il suffirait d'avoir quelqu'un qui surveille les paquets de données à une extrémité du câble, et quelqu'un d'autre qui capture ce qui passe à l'autre extrémité. Il ne resterait qu'à comparer les deux ensembles de données, pour pouvoir dire très facilement si certains zéros ont été transformés en un, ou vice versa.

Michael acquiesça d'un air approbateur.

— Ce n'est pas une mauvaise idée. Je me vois bien suggérer que nous adoptions une approche comme celle-là.

Josh eut un sourire plus large encore. Michael était certain d'une chose à présent : les rouages étaient bien huilés dans le cerveau du gosse.

— Il y a encore une chose qui a aiguisé ma curiosité, dit Josh.

Il s'approcha du moniteur, sur lequel s'affichait encore le rapport de Michael.

— Je sais que vous êtes en train de rédiger votre rapport sur la normalisation de la vitesse des particules. Et, eh bien…

Josh hésita, l'air embarrassé.

— Je me doute que je passe sûrement à côté de quelque chose de basique, alors ne soyez pas trop dur avec moi. Je comprends parfaitement que lorsqu'on ajoute de l'énergie à une particule supraluminique, elle ralentit, et qu'à l'inverse elle accélère quand on lui en enlève.

— J'entends un « mais » qui arrive.

— Eh bien, oui. J'ai vu comment vous faites des bascules assez compliquées de champs électriques pour contrôler la vitesse des particules, comme ce que fait le CERN et la plupart des autres accélérateurs, mais je me demandais si la température ne pouvait pas avoir le même effet ? Réchauffement, refroidissement... Est-ce que ça ne revient pas, au fond, à ajouter ou à retirer de l'énergie ?

Il grimaça.

— Bon, j'avoue que tout en disant ça à voix haute, je m'entends dire quelque chose de stupide ; sauf que je serais incapable de dire *pourquoi* c'est stupide.

Michael secoua la tête.

— En soi, la notion n'a rien de stupide. Ce qu'il faut que vous compreniez, c'est que la température est une mesure indirecte de l'énergie cinétique moyenne, et qu'elle est nécessairement collisionnelle. Alors que les distributions d'énergie cinétique non-maxwelliennes et non équilibrées n'ont techniquement pas de « température », et en même temps elles en ont une, du moins tant que les collisions entre les particules ne sont pas destructrices.

« De la même manière que la température du modérateur réduit la vitesse libre éventuelle des particules à une distribution en équilibre avec la température du modérateur justement, l'inverse est également vrai : les particules qui se diffusent d'un modérateur physique froid vers un plus chaud, augmentent leur vitesse moyenne. Mais on parle là d'un effet diffusionnel ; par définition, il est aléatoire sur le plan directionnel, et les collisions doivent être dominées par des collisions sans perte.

« Je sais que tout ça est très compliqué, alors je vais tâcher d'expliquer les choses autrement : la température, c'est un peu comme du stock-car pour les particules microscopiques. Plus l'environnement est froid, plus les collisions sont lentes ; plus il est chaud, plus les collisions sont rapides. Mais parce qu'il s'agit d'une course de stock-car, c'est un peu le bazar. Tout va être une question de vélocité, de direction ; tout va dépendre de la façon dont les collisions se produisent. Si une particule est écrasée par un objet qui se dirige dans la direction opposée, cela va la ralentir, même si on essaie d'accélérer les choses. Avec les champs électriques, nous adoptons une approche beaucoup plus directe pour organiser les particules et les faire se déplacer dans une direction voulue.

Michael sourit.

— Je sais que c'est une explication probablement trop longue et détaillée, mais pour répondre à votre question, à savoir : est-ce que la température pourrait être utilisée pour manipuler l'énergie associée aux tachyons, la réponse est oui et non, mais plus *probablement* non s'agissant de ces tachyons auxquels nous avons affaire.

Josh sourit.

— Je crois avoir saisi. L'exemple de la course de stock-car est une bonne analogie. Merci... c'était très utile.

Il jeta un coup d'œil à l'horloge.

— Bon sang, il est presque 22 heures.

Michael verrouilla l'écran d'ordinateur et se leva.

— Oui. Je ne sais pas pour vous, mais pour ma part je dois me lever tôt demain. Vous partez aussi ?

Josh secoua négativement la tête.

— Pas tout de suite. Je dois encore rédiger mon rapport de situation quotidien pour le Dr Sundenbach.

— Ne restez pas trop tard, d'accord ? On se voit demain.

La maison était plongée dans le silence quand Michael monta l'escalier et entra dans la chambre. L'unique lumière provenait de la veilleuse, qui projetait dans la pièce les différentes couleurs de l'arc-en-ciel, du rouge au violet, en passant par l'orange, le jaune, le vert, le bleu et l'indigo. Maria dormait de son côté du lit, tenant à la main son « hand-spinner » à *lui*, Michael – cette sorte de toupie à main qu'il aimait faire tourner sur son axe en même temps qu'il réfléchissait, le plus souvent au travail. Maria s'était pourtant souvent moquée de lui et de son gadget.

Percy était couché dans son panier, et bien qu'il ne daignât pas ouvrir un œil comme Michael passait devant lui, il agita doucement la queue en guise de salut.

Michael, bien sûr, alla droit vers Felicia. En la regardant dormir dans son lit, il ne put s'empêcher de sourire en voyant son petit visage d'ange endormi.

Puis il se déshabilla et se glissa dans le lit. La journée avait été interminable ; il était épuisé. Il sentit la fatigue le submerger comme une vague, tandis qu'il se détendait sur le moelleux du matelas. Il eut l'impression d'avoir à peine fermé les yeux, quand il entendit Maria respirer fort.

— *Mija !* murmura-t-elle en s'extirpant du lit pour aller prendre dans ses bras Felicia endormie.

Elle se mit à la bercer doucement, la tête du bébé contre son épaule.

— Maria ? Qu'est-ce qui se passe ?

Elle ouvrit de grands yeux dans la pénombre de la chambre. Elle avait l'air paniquée.

— Je ne sais pas. Un rêve… je crois. C'était effrayant.

Michael écarta les couvertures et se leva à son tour pour l'aider.

— Je peux la tenir, dit-il. Retourne dormir.

— Non, dit sèchement Maria, aussitôt embarrassée par sa réaction. Désolée, j'essaie juste de sortir de ce cauchemar. Je ne voulais pas te crier dessus.

Percy bâilla, se dirigea vers la porte de la chambre, se retourna pour les regarder, puis laissa échapper un petit glapissement.

— Voilà comment tu peux aider, reprit Maria en s'adressant à Michael. Sors Percy pour qu'il fasse ses besoins. Et puisque tu es réveillé maintenant, je veux bien que tu me prépares un café et quelque chose à grignoter.

Elle planta un petit baiser sur ses lèvres et lui donna une tape sur les fesses.

Michael jeta un coup d'œil au réveil sur la table de nuit. Il fut surpris de constater qu'il avait dormi environ une heure avant d'être réveillé. Mais c'était tout de même loin d'être suffisant.

Percy émit un petit jappement de nouveau, depuis l'autre bout du couloir cette fois.

— J'arrive, j'arrive…

Michael attendit dans l'obscurité que Percy ait fait son pipi à l'endroit qu'il préférait : le tronc d'un vieux magnolia. On était au milieu de l'automne ; il faisait plutôt frisquet. Michael n'avait pas non plus l'habitude d'être dehors à deux heures du matin.

Dans la nuit du fond du jardin, Percy émit un grognement guttural, suivi d'un aboiement d'alerte.

— Percy ! appela Michael en claquant des doigts plusieurs fois pour capter l'attention du chien.

La dernière chose dont il avait besoin, c'était que les voisins se plaignent d'entendre des aboiements au beau milieu de la nuit. Mais le chien grogna de plus belle. Michael tapa du pied dans l'herbe et frappa des mains ; Percy finit par détacher son attention de ce qui l'avait distrait, quoi que ce fût. Il revint vers Michael, son collier cliquetant doucement.

Comme ils rentraient dans la maison, l'odeur du café frais imprégnait déjà l'atmosphère. Maria était assise à la table avec deux mugs ; Felicia se prélassait dans son transat posé également sur la table. Michael n'en revenait pas du gros bébé qu'elle était déjà à tout juste quatre mois. Divers petits objets colorés pendouillaient de l'arche du transat ; Felicia s'amusait à les faire bouger. D'après Maria, cela entraînait la coordination main-œil, mais Michael était juste heureux de la voir jouer.

— Après quoi Percy a-t-il aboyé ?

Michael s'assit, avala une gorgée de café, et haussa les épaules.

— Je n'ai rien vu. Il a dû sentir une odeur nouvelle, quelque chose d'intéressant là-bas.

Il dévisagea Maria ; elle affichait toujours le même air effaré qu'au réveil.

— Tu as encore ton cauchemar dans la tête ?

Elle secoua la tête.

— Je ne sais pas... oui, plus ou moins. C'est un peu comme chercher un mot... on sait qu'on le connaît parfaitement, et pourtant on n'arrive pas à s'en souvenir. Je ne sais plus trop de quoi j'ai rêvé, mais ça m'a vraiment fichu la trouille.

Elle but une gorgée de café à son tour.

— Il fallait que tu sois sacrément concentré sur ce que tu faisais aujourd'hui pour ne même pas penser à prévenir que tu serais en retard.

Elle dit cela d'un ton dégagé, mais Michael n'était pas dupe. Il savait qu'elle était en colère contre lui, et elle avait raison. Il avait déconné.

— J'imagine que tu as procédé à une grande expérience ? Comment ça s'est passé ?

— Pardon de ne pas avoir appelé. Je...

Elle posa une main sur son bras.

— C'est pas grave. Mais la prochaine fois...

— Je te le promets, dit Michael en souriant. L'expérience s'est passée exactement comme je le voulais, ce qui est complètement fou quand on y pense, parce que j'avais imaginé quelque chose de radical. Je n'arrive toujours pas à croire à ce qui est arrivé aujourd'hui.

Maria parut sincèrement ravie pour lui.

— Explique-moi ça. Oh, pas les détails scientifiques, mais plus globalement. Explique-moi en termes clairs quelle est donc cette expérience « radicale » que mon mari a faite aujourd'hui, histoire que je puisse me vanter auprès des rombières du supermarché.

Il rit.

— Je te rappelle que tu as l'interdiction de parler de ça à qui que ce soit. Je t'ai déjà expliqué ce qu'est un tachyon, pas vrai ?

— Oui, ces petites choses qui se déplacent plus vite que la lumière.

— C'est ça. Bon, il existe une chose qu'on appelle la relativité, et sans trop entrer dans les détails, la science a montré que lorsqu'on se rapproche de la vitesse de la lumière, le temps ralentit un peu. Il continue de s'écouler, mais il ralentit pour finalement s'arrêter quand on a atteint la vitesse de la lumière. Ça a été démontré scientifiquement. Si on compare le temps qui s'écoule entre quelqu'un qui se trouve au sol et quelqu'un qui se déplace à bord d'un jet à très grande vitesse, l'horloge à bord du jet aura tendance à retarder très légèrement par rapport à celle qui se trouve au sol.

« Alors, maintenant, imagine que tu *dépasses* la vitesse de la lumière. C'est quelque chose qui n'a encore jamais été expérimenté, tout simplement parce que nous n'avons encore jamais eu accès à quelque chose qui va plus vite que la lumière.

— Jusqu'à ce que tu t'en mêles, sourit Maria.

— Si tu veux. Bref, on considère sur le plan mathématique que si quelque chose va plus vite que la vitesse de la lumière, on doit avoir aussi quelque chose qui paraît reculer dans le temps.

Maria forma un « T » avec ses mains, et dit :

— Temps mort. Tu es en train de m'expliquer que si un avion magique allait plus vite que la lumière, il pourrait atterrir avant d'avoir décollé ?

Michael haussa les épaules.

— C'est une bonne question. Il existe toutes sortes de paradoxes concernant les voyages à rebours dans le temps. C'est pour cela que de nombreux scientifiques respectés croient sincèrement que c'est impossible. Imagine que je puisse assassiner mon propre grand-père avant la naissance de mon père ; que se passerait-il ? Est-ce que je disparaîtrais d'un coup – pouf ! Est-ce même possible ? Malheureusement, on n'en sait rien. C'est là-dessus, ou du moins en partie, qu'on essaie de travailler au labo. Et ce qui s'est passé d'incroyable hier, c'est que… je suis pratiquement certain que nous avons été témoins d'un retour dans le temps.

Il figura un maigre espace entre son pouce et son index, et ajouta :

— Un infime retour dans le temps, mais un retour quand même.

— Ouah ! fit Maria en écarquillant les yeux.

— Ouais. J'ai eu la même réaction, moi aussi.

— Et donc, maintenant que tu sais que c'est possible, quelle est la prochaine étape ?

— L'étudiant qui travaille avec moi, Josh, m'a posé la même question. C'est le problème avec ces grandes théories de la physique : on ne sait jamais trop comment leur trouver une application pratique ; comment en tirer profit. On en reste presque toujours au niveau scientifique ; il est très rare que l'on en *fasse* quelque chose. Mais Josh a suggéré une expérience que je songe sérieusement à essayer de réaliser. Tenter de faire circuler un trafic réseau dans un câble non blindé, et voir si nous pouvons agir sur ce trafic grâce aux tachyons. C'est l'étape numéro un : les tachyons peuvent-ils atteindre et affecter des choses dans notre monde ? Et par « notre monde », je veux dire le monde des choses qui ne vont *pas* plus vite que la lumière.

À présent, il avait toute l'attention de Maria. Avant d'être mère au foyer à plein temps, elle avait obtenu un diplôme en science de l'informatique. Elle était donc familière du réseautage informatique.

— Imagine que tu réussisses à affecter des données circulant dans un câble physique… Qu'est-ce qui t'empêcherait dès lors de créer par exemple de faux e-mails provenant littéralement du passé ?

Michael voulut répondre :

— Je suppose que ce serait…

Mais Maria était lancée :

— Ou si un virus s'emparait du mot de passe du compte bancaire d'une personne ? Que cette dernière ait changé ou non son mot de passe, n'aurait aucune importance, puisque le virus pourrait remonter dans le temps, *avant* qu'elle ne le change, et vider le compte. Ce serait une toute nouvelle classe de virus, qui rendrait la cryptographie quantique inutile.

Les yeux écarquillés, elle agrippa la main de Michael.

— *Mi amor*, tout ça peut avoir des conséquences terribles. As-tu impliqué des experts en informatique ? Comment un programme informatique pourrait-il prévenir une attaque *avant même* de savoir qu'il est attaqué ?

Percy gémit sous la table.

Michael sentit son estomac se nouer. La dernière chose qu'il voulait, c'était affoler Maria. Il tenta d'apaiser ses craintes.

— Nous sommes encore très très loin de ce genre de choses pour le moment. Tout est purement théorique pour l'instant. Et, oui, nous avons des informaticiens dans l'équipe. Nous avons bien l'intention d'expérimenter sur le plan pratique, mais je peux te promettre qu'avant d'essayer d'appliquer le moindre de nos résultats, nous mettrons en place des mesures visant à évaluer les implications des problèmes dont tu parles – et probablement de beaucoup d'autres problèmes auxquels personne n'a même encore pensé. Pour l'instant, nous n'en sommes qu'au début ; aux premières découvertes.

— Mais tu as dit que vous étiez financés par le gouvernement. Et s'ils voulaient que tu réussisses justement pour pouvoir faire un mauvais usage de tes découvertes ? fit valoir Maria avec émotion. Peut-être même qu'ils ont déjà des projets précis. Ils pourraient vouloir s'en servir contre un ennemi dont nous ignorons tout.

— Maria, nous parlons de minuscules particules voyageant à travers d'infimes espaces de temps, c'est tout. Je doute que quiconque puisse changer quoi que ce soit au passé.

— Comment peux-tu en être *sûr* ? insista Maria d'un ton provocateur.

Michael regrettait déjà de s'être lancé sur ce terrain-là avec elle. Il devait bien admettre que ce sur quoi il travaillait pouvait avoir des implications assez effrayantes, mais il avait confiance dans sa capacité à faire en sorte que nul ne puisse détourner son travail à de mauvaises fins.

— Je ne peux pas affirmer avec une certitude absolue qu'il est impossible de changer le passé, concéda-t-il. Mais même si nous en étions capables, il se passerait des années, voire des décennies, avant que nous ne puissions ne serait-ce qu'*envisager* ce genre de choses.

— *Mi amor.* (Elle serra sa main.) Tu es bien sûr de vouloir t'engager dans cette direction ? Pourquoi ne pas juste enseigner, comme tu le faisais ? Pourquoi abandonner tes cours pour faire de la recherche à plein temps ? Faut-il réellement que tu cherches à résoudre ce problème ? Enfin, quoi… je vais dire une chose qui va peut-être te faire rire, mais je suis sérieuse : le scientifique qui a construit le Terminator essayait juste de créer le meilleur processeur possible. Tu connais la formule : « L'enfer est pavé de bonnes intentions » ? Ce n'est qu'après avoir ouvert la fameuse boîte que Pandore a compris quelle erreur elle avait commise. Toute cette histoire pourrait très mal tourner.

Felicia s'agita dans son transat et se mit à pleurer.

Michael prit la main de Maria, la porta à ses lèvres et lui embrassa les phalanges.

— Chérie, il est tard. Retournons nous coucher. Nous reparlerons de tout ça quand nous serons moins fatigués.

Maria se leva, prit le bébé en pleurs, lui fit une grimace pour l'amuser, puis la serra doucement contre sa poitrine.

— N'oublie pas ce que je t'ai dit. Si c'est juste pour l'argent ou je ne sais quoi, on se débrouillera. J'ai confiance en toi, mais pas en ces gens avec lesquels tu travailles. Pour qu'ils investissent autant d'argent dans ton projet, c'est sûrement qu'ils ont une idée derrière la tête. Penses-y, c'est tout ce que je te demande. D'accord ?

Michael acquiesça d'un hochement de tête.

— Promis, dit-il.

Et il était sincère. Ce que Maria venait de dire – surtout sa dernière mise en garde – avait trouvé un écho particulier dans son esprit. Ces types de Washington avaient été extraordinairement généreux en termes de budget pour son projet. Même Herman s'en était étonné. Pourquoi auraient-ils fait cela s'ils n'espéraient pas en tirer un bénéfice tout aussi extraordinaire ?

Questionner les fondements de ce financement, c'était comme d'essayer de faire mentir le vieil adage qui voulait qu'à cheval donné, on ne regarde pas les dents.

Maria sourit à sa fille tandis qu'elle s'appliquait à pétrir de la pâte.

— *Mija*, un jour, toi aussi tu apprendras à faire ça. Qu'est-ce que tu en dis ? Tu crois que ton papa sera content de manger une pizza au dîner ?

Une petite bulle de salive se forma sur les lèvres de Felicia, avant d'éclater soudainement. La petite fille écarquilla les yeux d'étonnement.

— Je suis d'accord. Ton papa a besoin de manger plus. Il a trop maigri, ce n'est pas bon pour lui.

À cet instant, on sonna à la porte d'entrée. Percy se mit à aboyer. En l'absence de Michael, il était l'homme de la maison et prenait cette responsabilité très au sérieux. Maria attrapa un torchon et s'essuya les mains en criant :

— J'arrive !

Ayant grandi en Colombie auprès d'un père dont le travail avait consisté à lutter contre les cartels de la drogue, elle avait appris très tôt à ne pas trop faire confiance aux gens. C'était le plus court chemin vers la destruction. Elle s'empara d'un grand couteau à lame pointue qu'elle avait toujours à portée de main dans la cuisine, le glissa dans la ceinture de son pantalon, derrière son dos, et alla ouvrir. Par le judas, elle vit un homme en costume qui portait un badge au revers de sa veste.

Percy continuait d'aboyer comme un fou. Elle l'entraîna dans la chambre d'ami, et ferma la porte, ce qui ne l'empêcha pas de continuer d'aboyer, mais au moins le son était-il étouffé. Quiconque se trouvait sur sa propriété constituait une menace pour Percy, qu'il s'agisse du livreur de journaux ou d'un homme en costume d'apparence officielle.

Ouvrant finalement la porte, Maria vit deux berlines dans l'allée ; les deux avaient des vitres teintées. Deux voitures ? Pour un visiteur ?

Elle fit face à l'homme, qui se tenait à moins de deux mètres de la porte. Il portait des lunettes de soleil et avait des allures d'agent fédéral – du moins tel qu'on se les représentait dans les séries télévisées.

— Oui ? dit-elle.

— Madame Salomon ?

L'homme brandit un porte-cartes contenant des papiers d'identité qui avaient l'air officiels.

— Je suis l'agent Conway de l'Agence du renseignement de la Défense.

Il sortit plusieurs feuilles de papier réunies en liasse et les lui tendit.

— M'dame, ainsi que l'atteste ce document, je suis ici à titre officiel. Nous avons reçu des menaces crédibles à l'encontre de votre mari concernant les recherches qu'il mène pour le compte de notre gouvernement.

— Des menaces ? s'étonna Maria en parcourant rapidement le document qui portait un en-tête en relief.

Il était signé par le directeur d'une agence qu'elle ne connaissait pas.

— Quel genre de menaces ?

— Je ne suis pas autorisé à entrer dans les détails, madame.

L'agent Conway adressa un petit signe à un autre homme qui était apparu à côté d'un des véhicules.

— Mon collègue et moi-même sommes là pour vous conduire, votre fille et vous, dans un endroit sûr, le temps que les autorités compétentes traquent et éliminent la menace.

Maria eut un mouvement de recul, prise d'un début de nausées soudain.

— Et mon mari ?

— Des agents sont en route vers son labo au moment où nous parlons. Ils vont le récupérer, lui aussi. Votre sécurité est notre première préoccupation.

— J'appelle mon mari.

Maria sortit son téléphone de sa poche, sélectionna Michael

dans ses contacts, et lança l'appel – mais le téléphone afficha aussitôt le message : « Pas de signal ». C'était impossible. Le signal était toujours excellent dans et autour de la maison. Mais cette fois, elle n'avait pas une seule barre de réseau.

Elle fixa l'agent et dit, en secouant fermement la tête :

— Je ne vais nulle part tant que je n'ai pas parlé à mon mari.

Elle leva le téléphone et ajouta :

— Ce qui signifie que vous allez devoir attendre, parce que je n'ai pas de signal pour le moment…

Soudain, un bras puissant la saisit par derrière, et elle sentit qu'on collait un tissu contre son nez et sa bouche. Elle cria en rejetant la tête en arrière, mais en respirant, elle fut submergée par une odeur éthérée. Les aboiements de Percy s'estompèrent, réduits à un bourdonnement de moustique. Elle sentit ses jambes faiblir, et puis tout devint noir.

CHAPITRE SEPT

Michael réprima un bâillement comme Josh lui tendait un épais rapport détaillant les activités du projet prévues pour la semaine, les problèmes rencontrés, et les demandes de financement. Il avait les yeux cernés à cause du manque de sommeil, mais il s'obligea à ouvrir le classeur et à en feuilleter le contenu. À sa grande surprise, le rapport de la semaine portait sur chaque page la mention « TOP SECRET ». Il était habitué à la voir à présent, mais c'était la première fois que le rapport entier était marqué de la sorte, y compris les parties qu'il considérait comme des tâches de routine sans grand intérêt.

Il regarda Josh.

— Même les feuilles de présence sont « top secret » maintenant. Ils sont en train de mettre un tour de vis supplémentaire à l'information, ou quoi ?

— On dirait bien. Vous avez remarqué la mention ASR un peu partout ?

— Mouais, j'ai vu ça aussi. J'ai même vu qu'au lieu d'indiquer simplement ASR, ils précisent maintenant ASR-PM. Qu'est-ce que c'est que ça ? Je sais qu'ASR signifie « accès spécial requis », mais c'est la première fois que je vois ce « PM ».

— Ça, c'est plutôt cool, en fait. Ça signifie « Projet Morphée ». C'est le nom de code que le gouvernement a donné à nos expériences. Ça a un petit côté Mission Impossible, je trouve. Non ?

Les mises en garde de Maria revinrent à l'esprit de Michael.

« Pour qu'ils investissent autant d'argent dans ton projet, c'est sûrement qu'ils ont une idée derrière la tête. »

« Ce n'est qu'après avoir ouvert la fameuse boîte que Pandore a compris quelle erreur elle avait commise. Toute cette histoire pourrait très mal tourner. »

Il n'était plus aussi enthousiaste concernant l'implication du gouvernement qu'il l'était encore quelques semaines plus tôt.

— Et il n'y a pas que ça, reprit Josh. Ils sont en train de nous enfermer dans un réseau sécurisé. À partir de la semaine prochaine, aucun e-mail, aucune discussion, concernant Morphée ne devront passer par autre chose que les nouveaux comptes qui ont été mis en place pour nous sur quelque chose qu'ils appellent Jay Wicks.

— Jay Wicks ?

— C'est un acronyme. J-W-I-C-S. Je ne sais pas ce que signifie chaque lettre, mais de toute évidence c'est ce qu'utilise la communauté du renseignement pour communiquer du contenu classifié. Il va y avoir une formation et des ports d'accès spéciaux pour l'utiliser. Nous serons sur un réseau privé protégé.

Michael fronça les sourcils.

— Je croyais que les e-mails «point-gouv» que nous utilisions étaient largement suffisants. Tout ça commence à m'emmerder sérieusement.

— Je n'y suis pour rien, désolé. Je ne fais que porter les nouvelles.

— Je sais bien que vous n'y êtes pour rien.

— Tant mieux, parce qu'il y a encore autre chose.

Josh pointa du doigt le document.

— Cette copie du rapport est enregistrée à votre nom ; ce qui signifie que vous en êtes responsable. Officiellement, elle ne doit pas quitter ce labo. Tout déplacement d'une copie de document officiel va nécessiter de la paperasse. Et pas qu'un peu ! Peut-être même qu'il faudra un coursier accrédité. Je ne connais pas encore les détails pour transporter ces trucs. Disons simplement que vous êtes censé les déposer dans le bac de sécurité avant de quitter le laboratoire.

Michael allait faire un commentaire, mais il se contenta de soupirer et dit :

— Très bien.

La vérité était qu'il aurait dû s'y attendre. Peut-être même pouvait-il s'estimer heureux qu'ils n'aient pas verrouillé les choses bien plus tôt.

Avant que Josh n'ait le temps de lui annoncer d'autres nouvelles du même genre, le téléphone de Michael sonna. Il prit l'appel.

— Allô ?

— *Professeur Salomon ?*

— Oui. Qui est à l'appareil ?

— *Monsieur, c'est la réception de Jadwin Hall. J'ai devant moi un agent Cross qui dit avoir besoin de vous voir.*

Michael se demanda pourquoi la sécurité voudrait le voir.

— Hum, d'accord. J'arrive tout de suite.

Il raccrocha et se tourna vers Josh.

— Je dois y aller.

— Mais le rapport, il faut qu'il soit…

Michael lui lança un regard noir.

— Je le remplirai pour vous, professeur.

Michael descendit deux à deux les marches de l'escalier jusqu'au rez-de-chaussée, tout en se demandant ce que la police du campus pouvait bien lui vouloir. Un vol avait-il été commis dans un des labos ? Mais en arrivant dans le hall, il comprit tout de suite qu'il ne s'agissait pas d'une affaire interne. L'homme à la réception n'était pas un agent du campus ; il appartenait à la police urbaine. Il portait une arme de poing et tout l'attirail du policier.

— Professeur Salomon ? demanda-t-il.

— Oui. Que puis-je pour vous ?

— Monsieur, je suis l'agent Cross, de la police de Princeton. Je suis navré de vous déranger, mais mon sergent m'a envoyé ici pour vous récupérer. Apparemment, il y a eu un incident à votre domicile, et on a besoin de vous là-bas.

— Chez moi ?

Michael sentit son cœur battre plus fort.

— Il est arrivé quelque chose à ma femme ? À mon bébé ?

— On m'a dit que votre femme et votre enfant n'étaient pas chez vous. Le sergent m'a simplement demandé de vous ramener pour aider à régler certaines choses. Je suis désolé, je n'ai pas d'autres informations.

— Il faut que j'appelle ma femme, dit Michael en sortant son téléphone.

— Bien sûr. Mais pouvez-vous faire ça en route ? Je dois vous ramener aussi vite que possible. Ma voiture de patrouille est dehors.

Michael écoutait à peine.

— Oui, bien sûr, dit-il.

Il suivit l'agent en même temps qu'il appelait Maria. Il entendit sonner et sonner, mais ce fut la messagerie vocale qui répondit.

Il sentit son estomac se nouer. Les seules fois où Maria ne répondait pas au téléphone, c'était quand elle dormait. Il essaya de nouveau, mais l'appel fut basculé une fois de plus en messagerie.

Il grimpa à l'avant de la voiture de patrouille, et tenta d'appeler Maria une troisième fois. En vain. Il s'en voulut de n'avoir jamais pris la peine de demander à leurs voisins leur numéro de téléphone. Que pouvait-il bien se passer, bon sang ? Où était Maria ?

L'agent Cross démarra et traversa le campus jusqu'à la sortie.

— Vous avez besoin de l'adresse ? demanda Michael.

L'agent tapota sur l'écran tactile du tableau de bord.

— J'ai tout ce qu'il faut ici, merci. Détendez-vous. Je suis certain que le sergent répondra à toutes vos questions dès que nous arriverons.

Michael appuya sa tête contre le haut du siège et s'efforça de contrôler sa respiration. Il n'y avait qu'une question qui lui importait pour le moment : est-ce que sa famille allait bien ?

Alicia s'assit à sa place habituelle dans l'amphithéâtre, tout au fond sur la gauche. C'était le cours de Neuro 516. Un cours de neuroscience de troisième cycle. L'intitulé complet était : « Les bases neurales du comportement axé sur un objectif défini ». Cela aurait dû être un de ses cours préférés, mais cela faisait trois semaines qu'elle écoutait la professeure radoter. Elle n'apprenait rien du tout.

— *Le cerveau stocke très peu de glucose, qui est sa principale source d'énergie. Pour que les neurones deviennent actifs, il faut pomper des ions à travers la membrane des cellules neuronales, et cela dans les deux sens. L'énergie nécessaire au fonctionnement de ces pompes provient du glucose justement, et à mesure que ce dernier s'épuise dans le sang, il faut que davantage de sang afflue et transporte par conséquent du glucose supplémentaire. Tout ce flux sanguin se situe dans un rayon de trois millimètres autour de l'activité neuronale. La combustion du glucose et l'utilisation de l'oxygène modifient les propriétés du sang et nous aident à identifier les régions d'activité grâce à l'IRM fonctionnelle.*

Comme l'amphithéâtre était grand, des haut-parleurs muraux diffusaient la voix de la professeure. Alicia n'aurait pas été mécontente que quelqu'un coupe tout simplement ces haut-parleurs ; la voix monotone, presque robotique, de l'enseignante finissait par lui casser les oreilles. La veille, après son cours, elle était allée lui parler ; elle lui avait demandé pourquoi tout ce qu'ils avaient fait jusqu'à présent était de revoir la physiologie de base du cerveau. L'enseignante lui avait répondu : « Je dois m'assurer que tout le monde possède une base de savoir commune, avant de passer à des sujets plus avancés. »

La réponse avait démoralisé Alicia. Elle avait une personnalité de « type-A » bien trop marquée pour s'en satisfaire, mais elle savait aussi qu'elle n'y pouvait pas grand-chose. Elle continuerait d'assister au cours – elle devait au moins faire acte de présence – mais cela ne voulait pas dire qu'elle devait être attentive à des redites d'informations basiques qu'elle possédait déjà. Sachant que la professeure ne regardait que les personnes assises au premier rang, Alicia sortit son petit oreiller pour la nuque, se pencha en arrière et ferma les yeux.

Elle en avait assez entendu.

Le son de la voix de l'enseignante s'estompa, tandis qu'Alicia laissait vagabonder ses pensées, qui la ramenèrent dans le passé, à Lancaster, en Pennsylvanie. Sa grand-mère adoptive l'avait élevée non loin de là, dans une communauté Amish, à la sortie de la ville. Avec son physique asiatique, elle n'était pas passée inaperçue au sein de la communauté, mais cela n'avait jamais été un problème pour elle ; elle s'était toujours sentie la bienvenue.

Aller à Lancaster avait toujours été un moment de plaisir – surtout passer à la bibliothèque. Tous ces livres ! C'était là, de surcroît, qu'elle avait eu son premier contact avec un ordinateur. Elle y avait découvert tant de choses.

Mais elle sentit soudain, alors même qu'elle s'absorbait en plein rêve éveillé, que quelque chose clochait. Dans son rêve, elle marchait le long de North Duke Street en direction de la bibliothèque. Devant elle, elle vit un policier qui portait ce qui avait l'air d'être un fusil de gros calibre, avec un chargeur de grande capacité et une lunette de visée. Et à l'intersection suivante, à l'angle d'East Marion Street, elle repéra un autre officier, doté du même équipement, qui paraissait chercher quelque chose.

Elle croisa un piéton à l'air inquiet. L'homme baissa la tête, et accéléra le pas.

Alicia continua de marcher vers la bibliothèque, franchissant d'autres intersections où étaient postés d'autres policiers armés.

Décidément, il se passait quelque chose de réellement pas normal.

En passant devant l'hôtel de ville, elle surprit son reflet dans la vitre teintée d'une des voitures garées dans la rue. Elle s'arrêta, et y regarda à deux fois. La femme dans le reflet était à la fois elle, et quelqu'un d'autre. Elle paraissait plus âgée. Dix, quinze ans de plus peut-être. Elle avait des poches sous les yeux, et l'air hagard.

Alicia sentit un frisson courir sur sa nuque ; cette fois, elle accéléra le pas. Elle savait qu'elle avait prévu de voir quelque chose à la bibliothèque, mais quoi exactement, elle ne parvenait pas à s'en souvenir.

Elle finit par entrer dans le bâtiment, mais rien ne paraissait tout à fait normal là non plus. Une foule s'était rassemblée sous un écran près de l'accueil, et regardait le journal télévisé. Un journaliste qui tenait un micro s'efforçait de suivre un homme qui marchait d'un pas précipité dans la rue, les yeux dissimulés derrière des lunettes noires.

— *Docteur Sundenbach, on dit que la criminalité dans la zone métropolitaine de Washington a chuté de presque cent pour cent depuis l'utilisation de vos nouvelles méthodes de suppression des crimes. Comment fonctionne le Projet Morphée ?*

L'homme répondit sans ralentir le pas :

— *Si je vous le disais, je risquerais d'aider les criminels qui tentent par tous les moyens d'éviter le bras de la loi. La branche du gouvernement à laquelle j'appartiens a reçu pour mission d'éliminer le crime tel que nous le connaissons. Nous travaillons dans ce but avec les plus grands esprits de ce pays, et nous sommes tout près de réussir totalement à présent. Maintenant, si vous voulez bien m'excuser...*

L'homme s'engouffra à l'arrière d'une berline, et la voiture quitta les lieux.

Alicia fixa l'écran comme les autres personnes rassemblées

dans la bibliothèque, perplexe. Une femme âgée à côté d'elle murmura sans s'adresser à quelqu'un en particulier :

— Mon neveu a été mis en prison pour quelque chose à quoi il n'avait fait que *penser*. Il n'avait absolument rien fait encore.

Plusieurs personnes approuvèrent d'un hochement de tête, comme s'ils avaient déjà entendu parler d'histoires similaires.

— Ce n'est pas naturel, dit quelqu'un d'autre.

Le journaliste était à présent face caméra :

— *C'était l'insaisissable Dr. Sundenbach, de l'Agence du renseignement de la Défense. L'homme responsable du projet désormais connu sous le nom de « Projet Morphée ». Les méthodes utilisées ont suscité de nombreux débats, mais les résultats parlent d'eux-mêmes. Nous aimerions avoir votre avis...*

Alicia se réveilla en sursaut. Les étudiants commençaient déjà à vider l'amphithéâtre ; le cours était terminé. Elle s'activa pour ranger ses affaires dans son sac à dos. Mais en se levant, elle ressentit une brusque sensation de vertige. Elle dut s'agripper à son siège ; elle crut un instant qu'elle allait perdre connaissance ou vomir.

Que venait-il d'arriver ?

Elle avait le souvenir de choses qui...

Elle regarda autour d'elle, le cœur battant. Elle était à l'école. Comment était-ce possible ? Elle avait passé son diplôme il y avait de cela quatorze ans...

Elle fouilla dans son sac, en sortit sa trousse de maquillage, et s'observa dans le petit miroir.

En voyant son reflet, elle manqua *réellement* de s'évanouir. Le monde se mit à tourner. Elle prit une grande inspiration, et expira lentement.

Le fille dans le miroir, c'était elle plus jeune. À l'époque où elle était étudiante à l'université.

Qu'est-ce qui était réel ? Qu'est-ce qui ne l'était pas ?

Était-elle l'étudiante qui travaillait dur pour obtenir son doctorat, ou la chercheuse « post-doct » qui avait été impliquée dans ce qui aurait pu être la pire erreur de l'histoire de l'humanité ?

Dans un cas comme dans l'autre… il fallait qu'elle parle à Michael.

Il n'avait pas dû déménager à Washington encore. Il était probablement toujours professeur d'université.

Elle ferma les yeux, et le monde s'arrêta de tourner un instant. Elle se remémora la disposition des bâtiments du campus. Elle n'était qu'à dix minutes de marche de Jadwin Hall.

Mais comment allait-elle pouvoir l'approcher sans qu'il la croie folle ?

— *Bonjour, professeur Salomon. Vous ne me connaissez pas encore, mais dans une dizaine d'années, vous et moi allons nous rencontrer, nous associer, et conduire le monde à sa perte. Il faut qu'on parle.*

Ouais, ça n'allait probablement pas le faire…

— Est-ce que ça va ?

Alicia leva les yeux. Un étudiant était accroupi à côté d'elle, l'air inquiet.

— Oui, tout va bien. La super pêche. Tu peux y aller, je me débrouille.

Le garçon fronça les sourcils, se releva et s'éloigna.

Elle prit de nouveau une grande inspiration, et lentement, elle se releva.

— Je sens que ça va être une conversation intéressante, marmonna-t-elle toute seule en quittant à son tour l'amphithéâtre.

À bord de la voiture de patrouille, Michael franchit les barrières qui bloquaient l'accès à sa rue. Il vit les gyrophares d'un camion de pompiers et de deux autres véhicules de police, ainsi qu'une berline qu'il ne reconnut pas garée devant chez lui.

Il s'extirpa d'un bond de la voiture de patrouille dès qu'elle marqua l'arrêt. Il y avait du verre brisé un peu partout.

Un homme portant un costume et un badge d'un service officiel quelconque fixé à sa ceinture s'avança vers lui.

— Êtes-vous Michael Salomon ?

— Oui.

— Je suis l'inspecteur Connor du département de police de Princeton. Comme vous pouvez le voir, nous avons eu un petit incident ici.

La porte du garage était levée. Il vit que la voiture de Maria était toujours là, mais que le contenu de toutes les boîtes de classement soigneusement rangées sur les étagères, était éparpillé sur le sol du garage. Un pompier se promenait au milieu de ce chaos, examinant la zone où se trouvaient la chaudière et le chauffe-eau. Apparemment, quelque chose avait explosé.

— Où est ma femme ? demanda Michael en se dirigeant vers la porte d'entrée.

— Monsieur.

L'officier l'agrippa par le bras et le retint.

— La zone n'est pas encore totalement sécurisée. Les pompiers sont en train d'évaluer la situation, mais nous savons qu'il n'y a personne dans la maison, et que le chien est dans le jardin.

Michael se rendit compte qu'il entendait effectivement les

jappements de Percy par-dessus le bruit de moteur du camion de pompiers.

— Que s'est-il passé ?

— Il faudra attendre le rapport officiel des pompiers, mais j'ai l'impression qu'il y a eu une fuite de gaz.

Michael renifla l'air. En dehors des gaz d'échappement du camion de pompiers, il ne détecta rien d'autre.

— Il ne semble pas y avoir eu d'incendie. Je me trompe ? Je devrais peut-être essayer de voir les voisins. Peut-être que Maria s'est rendue…

— Nous avons déjà vérifié, et nous avons évacué tout le pâté de maisons. Votre femme et votre enfant ne se trouvaient pas dans le rayon d'évacuation. Vous vous attendiez à les trouver à la maison, c'est ça ?

— Oui !

Michael sentit son cœur s'accélérer de nouveau. Où Maria pouvait-elle être allée sans la voiture ?

— Est-ce que la poussette est dans le salon ? Peut-être qu'elle est allée promener le bébé.

Une des pompiers sortit de la maison et se dirigea vers eux. L'inspecteur fit les présentations.

— Harry, voici M. Salomon, le propriétaire de la maison. Monsieur Salomon, voici le lieutenant Kinzinger, des pompiers de Princeton.

Kinzinger ôta son casque et essuya son visage couvert de sueur. Il adressa un petit signe de tête à Michael, puis se tourna vers l'inspecteur.

— Il n'y a aucun doute, dit-il. Ce n'était pas un accident.

— Quoi ? bredouilla Michael.

Malgré la chaleur et l'humidité ambiantes, il sentit un frisson lui glacer l'échine.

— Quelqu'un a fait ça intentionnellement ?

— J'en ai bien peur, monsieur. Et ils n'ont même pas cherché à le dissimuler. On a trouvé une bouteille de propane au milieu de la cuisine, et quelqu'un a allumé des bougies dans une autre pièce. Mais vous avez de la chance, si je puis dire ; à part la quasi-totalité des fenêtres qui ont été soufflées, et bien sûr le bazar que cela a occasionné à l'intérieur de la maison, l'incendie n'a pas eu le temps de se propager. Il y a des dégâts, mais vous devriez pouvoir remettre la maison en état.

Pendant qu'ils parlaient, une berline banalisée se gara à cinq ou six mètres d'eux, un gyrophare bleu clignotant sur le tableau de bord.

— M. Salomon peut-il entrer dans la maison en toute sécurité ? demanda l'inspecteur. On ne sait pas exactement où sont sa femme et son enfant. Il voulait vérifier si la poussette se trouve ou non à l'intérieur.

— Bien sûr.

Le pompier fit signe à Michael de le suivre.

— Ne touchez à rien, c'est tout. Nous avons inspecté la maison pour nous assurer qu'il n'y avait pas de danger immédiat, mais une équipe du médico-légal va arriver pour tenter de relever des empreintes ou tout ce qui pourrait servir de preuve.

Michael enfouit ses mains dans ses poches, puis entra dans la maison. L'intérieur était dans un état catastrophique ; il y avait des marques de brûlure partout, comme si une boule de feu avait traversé la maison – ce qui n'était pas exclu d'ailleurs. C'était réellement un miracle que l'endroit n'ait pas été réduit en cendres.

Il traversa l'entrée et jeta un coup d'œil dans le salon. La poussette n'y était pas, ce qui lui redonna espoir. Maria était peut-être simplement allée faire une longue promenade. Il inspecta rapidement les autres pièces de la maison ; il n'y trouva pas davantage la poussette.

L'étage était en meilleur état. Des objets avaient été renversés des étagères, tout comme le téléviseur à écran plat, arraché de sa fixation murale ; et bien sûr il ne restait plus une seule fenêtre intacte, mais la structure de la maison n'avait pas été touchée. Chaque pièce, cependant, empestait la fumée ; il n'allait pas être facile de se débarrasser de cette odeur de brûlé, et de refaire de cet endroit un lieu de vie agréable.

— Qu'est-ce qui a bien pu pousser quelqu'un à nous faire ça ? demanda-t-il en redescendant l'escalier avec le pompier.

Soudain, il lui vint à l'esprit que c'était peut-être les personnes qui avaient tué la famille de Maria.

— C'est une bonne question, monsieur Salomon. L'équipe médico-légale qui va arriver est une des meilleures de la profession. J'espère qu'ils trouveront quelque chose.

L'aboiement de Percy leur parvint à travers les fenêtres cassées.

— Percy va bien ? demanda Michael. Le chien, je veux dire.

— Il va bien. Apparemment, il était dans le jardin quand c'est arrivé. Il ne laisse aucun de mes hommes l'approcher. En même temps, on ne peut pas lui en vouloir d'avoir peur avec ce qui vient de se passer.

Ils étaient dans la cuisine à présent. Le pompier désigna du doigt une barrière qui avait été placée juste derrière la baie vitrée coulissante brisée qui donnait sur le jardin.

— On a mis ça en place pour empêcher le chien d'entrer, mais vous n'avez qu'à l'écarter.

Michael déplaça la barrière juste assez pour pouvoir sortir ; puis il appela Percy. Le chiot poussa un aboiement déchirant en arrivant au coin de la maison, soulevant derrière lui des mottes de terre et d'herbe. Le jeune chien précipita ses presque trente kilos patauds sur Michael, avant de le lécher frénétiquement et de se blottir contre lui en pleurant et en jappant comme s'il essayait de lui raconter ce qui s'était passé.

— Je sais, mon grand. Il faut qu'on trouve maman et ta sœur.

Michael désigna du doigt la laisse de Percy, toujours accrochée au mur.

— Ça ne pose pas de problème si je prends sa laisse pour l'emmener hors d'ici ?

Le lieutenant attrapa la laisse et la lui tendit.

— Passons sur le côté. Je ne voudrais pas qu'il se blesse.

Michael attacha la laisse au collier de Percy, et ils firent le tour de la maison. Devant, une camionnette venait juste d'arriver. Percy agitait la queue avec hésitation face à tant d'activité inhabituelle.

L'inspecteur – Michael avait déjà oublié son nom – parlait avec un nouveau venu en costume et lunettes noires, mais il se tourna vers Michael en le voyant approcher.

— Avez-vous trouvé la poussette ?

Michael secoua la tête.

— Non, alors peut-être qu'elles sont allées se promener. Mais elle ne répond pas à son téléphone, et ça, ça ne lui ressemble pas. *Pas du tout.*

L'homme aux lunettes noires demanda :

— Sa famille ? Quelqu'un de sa famille a-t-il pu passer la prendre ?

— Sa famille a été tuée il y a des années, là-bas, en Colombie.

L'inspecteur désigna d'un geste l'homme au costume.

— Voici l'agent Glen Bernstein, du… mais je vous laisse vous présenter vous-même.

Bernstein tendit sa carte à Michael et lui montra sa plaque du Bureau fédéral d'enquête.

— Professeur Salomon, j'appartiens au FBI. Je suis envoyé par notre bureau de Newark. Marchons un peu, si ça ne vous ennuie pas. Il y a plusieurs choses dont j'aimerais vous faire part.

Percy laissa échapper un léger grognement en levant les yeux vers l'homme.

— Percy, ça suffit, dit Michael, avant de s'éloigner lentement de la maison.

Le chien se calma à contrecœur.

— Professeur Salomon…

— Appelez-moi Michael. Laissons ce « professeur » aux étudiants.

— Très bien… Michael. Vous l'ignorez probablement, mais diverses agences de notre gouvernement se sont retrouvées impliquées dans ce qu'on appelle l'enquête d'habilitation secret défense vous concernant. Par conséquent, nous disposons à présent au FBI d'un dossier sur vous, et sur chacun des membres de votre équipe.

Michael l'ignorait en effet ; s'il l'avait su, il aurait tenté de s'y opposer. Mais étant donné les circonstances, ce n'était peut-être pas une si mauvaise chose. Tout ce qui pouvait aider à trouver sa femme et sa fille était bon à prendre.

L'agent continua :

— Il y a un peu plus d'une heure, on m'a informé des préoccupations en matière de sécurité concernant chacun des membres de votre équipe, ainsi que vous-même.

— Des préoccupations en matière de sécurité ?

— Oui, monsieur. Je ne peux pas entrer dans les détails, mais nous vous avons assigné, à vous, ainsi qu'à une poignée d'autres membres de l'équipe, un service de sécurité. Un agent va vous suivre comme votre ombre, juste pour s'assurer que ce qui est arrivé cet après-midi ne se reproduise pas.

Michael se figea brusquement. Les derniers mots de l'homme lui donnèrent la chair de poule, et il sentit son estomac se retourner.

— Êtes-vous en train de me dire…

— Professeur… Ce que j'essaie de vous dire, c'est que nous croyons que votre femme a été enlevée.

Michael ressentit soudain une sensation d'oppression au niveau de la poitrine. Il eut du mal à respirer.

— Qu'est-ce qui vous fait croire ça ? demanda-t-il.

L'agent pointa du doigt le lampadaire au-dessus d'eux.

— Vous voyez ce tube gris là-haut ? C'est une caméra. Strictement par mesure de sécurité, nous faisons surveiller votre maison depuis quelques temps déjà. Et il se trouve que cette caméra a enregistré un incident ce matin, quelques heures après votre départ. Je vais vous montrer.

L'homme sortit son téléphone, sélectionna quelque chose, puis tourna l'écran vers Michael. À l'écran apparaissait une vidéo de sa maison, avant que toutes les fenêtres ne soient soufflées par l'explosion. Deux voitures s'arrêtèrent dans l'allée. Plusieurs hommes bien habillés en descendirent ; certains firent le tour de la maison, tandis que l'un d'eux s'approchait de la porte d'entrée.

Sa femme ouvrit la porte, et une conversation s'engagea. Et puis Michael vit sa femme transportée, inconsciente, de la maison vers une des voitures. Un autre homme sortit juste après avec Felicia dans son transat. En l'espace de quelques secondes, sa famille avait disparu.

Percy aboya et son poil se hérissa. Le chien sentait le désarroi de Michael, et la peur qui se dégageait de lui par vagues.

— Est-ce que quelqu'un suit la piste des véhicules ? demanda désespérément Michael. On voit parfaitement les plaques d'immatriculation sur la vidéo.

L'agent hocha la tête.

— Croyez-moi, nous faisons tout ce que nous pouvons pour retrouver votre famille.

Il rangea le téléphone dans sa poche.

— Quelqu'un a-t-il essayé de vous contacter à propos du projet sur lequel vous travaillez ? Posé des questions qui vous ont paru suspectes ?

Michael sentit le monde tourner de nouveau. Il crut un instant perdre l'équilibre, et il s'accroupit. Son estomac se serra, et il vomit sur le trottoir.

Percy chouina en enfouissant son museau entre la hanche et le bras de Michael.

Quelques instants plus tard, l'agent s'approcha de lui, et lui tendit une bouteille d'eau en plastique.

— Buvez ça, monsieur.

L'agent était accroupi à côté de lui.

Michael respirait difficilement. Le monde tournait toujours. Sa gorge le brûlait. Il prit une gorgée d'eau, se rinça la bouche et cracha.

— Professeur, je sais combien tout ça est pénible pour vous. Mais croyez-moi quand je vous dis qu'un tas de personnes travaillent à découvrir qui a fait ça. Mais nous allons avoir besoin de votre aide. Quelqu'un a-t-il essayé d'aborder avec vous le sujet de votre travail ?

Michael secoua la tête.

— Non. Personne.

Il regarda l'agent d'un air paniqué.

— Le père de ma femme était officier de police. Il a été

chargé de faire tomber des éléments d'un cartel de la drogue en Colombie. Le cartel en question a fini par tuer tous les membres de la famille de ma femme. Vous croyez que ça pourrait être eux ?

L'agent fronça les sourcils. De toute évidence, c'était une information qui n'avait pas encore été portée à sa connaissance.

— Je vais veiller à ce que nos hommes prennent tout ça en compte, et vérifient cette piste. Pour le reste, concernant votre travail : si qui que ce soit vous contacte pour obtenir n'importe quelle information, ou vous pose des questions qui vous paraissent infondées, prenez immédiatement contact avec nous. Cela peut nous fournir l'élément qui nous manque pour remonter jusqu'à votre femme et votre fille.

Michael le regarda et demanda :

— Vous croyez que quelqu'un va me contacter ?

L'homme acquiesça.

— Oui, c'est probable.

Une autre berline banalisée se gara près d'eux. Un homme en descendit et se dirigea vers eux.

— Professeur Salomon, voici l'agent Nick Cole. Il va vous conduire à votre labo pendant que je m'occupe d'organiser votre hébergement provisoire. Y a-t-il autre chose dont vous ayez besoin ? Des questions ?

— Autre chose dont j'ai besoin ?

Michael essuya ses larmes et laissa échapper un rire amer.

— J'ai besoin de tuer ceux qui ont fait ça à ma famille. Voilà ce dont j'ai besoin.

Bernstein tapota l'épaule de Michael, puis se tourna vers l'agent Cole.

— Je te laisse t'occuper de lui, Nick.

Michael essuya son visage, secoua la laisse de Percy, puis

suivit l'agent Cole jusqu'à sa voiture. Ce dernier le regarda d'un air compatissant en lui ouvrant la portière côté passager, en même temps qu'il ouvrait l'autre, à l'arrière, pour Percy. Michael monta dans la voiture, en s'efforçant de respirer normalement.

Il regarda la maison, incapable de chasser de son esprit l'image de sa femme emmenée vers les voitures, inconsciente.

Un sentiment de rage profonde l'étreignit. Il prit une grande inspiration, puis expira lentement pour dissiper sa colère

Il n'y avait rien qu'il puisse faire pour le moment.

Il fallait qu'il se concentre…

Il n'y avait que quelques heures que tout cela était arrivé.

Le FBI était sur le coup.

L'agent Cole se glissa au volant, enclencha la marche avant, et repartit lentement par où il était arrivé.

Michael devait retourner au labo…

Et au projet Morphée.

CHAPITRE HUIT

Une brise d'automne soufflait sur le campus. Michael et une poignée d'autres scientifiques du projet se pressaient à l'entrée du hall, regardant les huit voitures de police garées, gyrophare en marche, devant Jadwin Hall.

— Je ne comprends pas, dit Michael aux agents du FBI qui les attendaient à la porte quand ils sortirent. Nous n'avons même pas le droit de conduire ?

Les oreilles de Percy pivotèrent comme des radars tandis qu'il observait les visages des uns et des autres, reniflant toutes les nouvelles odeurs qui lui arrivaient. Le chien s'était comporté remarquablement bien au labo, surtout après l'expérience traumatisante qu'il venait de vivre.

L'agent spécial en charge secoua la tête.

— Monsieur, nous ne faisons que suivre le protocole. Le dispositif de sécurité mis en place – pour votre propre bien, je le rappelle – nécessite que nous vous escortions, vous et les principaux membres de votre équipe, jusqu'à un hôtel prévu pour vous accueillir en toute sécurité. Vous y aurez des chambres toutes situées au même étage, et des agents monteront la garde 24 heures sur 24.

— Mais, et nos voitures ? s'enquit un des scientifiques. Nous sommes censés les laisser là, comme ça ?

— Non, vous allez les conduire jusqu'à l'hôtel. Aujourd'hui exceptionnellement, vous êtes autorisés à conduire sous escorte policière. L'hôtel se trouve à moins de deux kilomètres du campus. Mais ensuite, vous ferez la navette entre l'hôtel et le laboratoire dans *nos* voitures.

— Combien de temps est-ce que cela va durer ? voulut savoir un autre scientifique. J'ai une femme et des gosses. Je suis pour ces mesures de sécurité, étant donné ce qui est arrivé à la famille du professeur Salomon, mais ce n'est pas tenable à long terme, vous vous en rendez compte ?

— Nous comprenons parfaitement vos préoccupations. Des policiers en uniforme veillent sur vos maisons et vos familles respectives, et nous faisons le maximum pour que tout cela ait le moins de répercussions possibles sur vos vies. Je peux vous assurer que ces mesures sont *temporaires*. Dès que nous aurons identifié et neutralisé la menace, tout redeviendra normal.

— Mais, et… ?

— Ça suffit, coupa l'agent en levant une main, paume ouverte. Ce n'est pas un référendum ; il ne s'agit pas dire si on est d'accord ou pas. Vous êtes tous menacés plus ou moins directement ; c'est pour votre sécurité et celle de vos familles que avons pris ces décisions. Nous ferons de notre mieux pour que tout cela soit aussi confortable pour vous que possible.

Il leur désigna le parking d'un geste, et ajouta :

— Et maintenant, tous en voiture. Avec un peu de chance,

tout cela sera terminé avant que vous n'ayez le temps de vous en rendre compte.

Michael décida de donner l'exemple. Il se tourna vers les autres et dit :

— Bon, on se retrouve à l'hôtel, les gars. On passera notre frustration sur le menu du dîner, ce soir. C'est le FBI qui régale.

Il se dirigea vers sa voiture en cherchant Percy du regard pour le faire monter à l'arrière, mais le temps qu'il se mette au volant, le chien avait déjà sauté sur le siège avant, côté passager.

— Nouvelles odeurs, hein, Percy ? Forcément, tu prends toujours la voiture de maman.

Le jeune chien gémit et se mit à gratter la boîte à gants.

— Arrête ça. Cette voiture est presque neuve. Tu ne vas quand même pas faire tes griffes dessus.

Percy baissa les oreilles, renifla encore le tableau de bord, puis se remit à gratter la boîte à gants.

— Percy, il n'y a rien là-dedans, dit Michael en se penchant pour ouvrir le petit compartiment.

Tout ce qu'il contenait, c'était le manuel de la voiture et les papiers du véhicule.

— Tu vois ?

Percy donna un coup de patte et renversa le contenu de la boîte à gants au pied du siège.

— Percy, bon sang. Allez, file derrière, d'accord ? Tu mets le bazar, c'est tout ce que tu fais.

Il ramassa le manuel et les papiers et les remit dans la boîte à gants, mais il sentit en même temps quelque chose. Il repéra une carte de visite.

Et aussitôt, une impression de déjà vu le frappa. Un souvenir, gravé dans son esprit. Un souvenir qui datait de la journée. Sauf que…

Il sentait encore l'odeur du gazon fraîchement coupé provenant de chez le voisin, tandis qu'il sortait de la maison en début de matinée.

Tout comme l'étreinte amoureuse de Maria, qui lui donnait un baiser sur le pas de la porte, Felicia dans les bras, Percy à ses pieds.

Il ressentit une nouvelle fois la peur qui l'avait submergé, et la douleur d'apprendre que sa famille avait été enlevée.

Et voilà qu'en fin de journée – à la fin de ce *premier* jour – il tombait sur cette carte de visite.

La carte qui avait tout changé.

Et en se voyant récupérer le petit rectangle blanc cartonné, il revécut l'horreur de voir un ongle collé derrière avec du ruban adhésif.

L'ongle décoré de Maria.

Il n'y avait aucun doute : c'était bien un des siens. Il ne comptait plus les fois où il l'avait vue déposer délicatement trois minuscules strass dans le gel durcissant de sa manucure – représentant chacun un membre de sa famille assassiné en Colombie.

Un avertissement manuscrit figurait sur la carte.

« Faites-leur confiance. Pour le bien de ceux que vous aimez. »

Michael sentit déferler en lui une vague de désespoir en se voyant marcher dans un parc inconnu, la tour en forme d'obélisque du Washington Monument visible au loin. Quelqu'un dans la foule le bouscula et laissa tomber une autre carte de visite.

Michael la ramassa.

Il y avait deux ongles dessus. Un ongle appartenant à Maria… et un plus petit. Minuscule. Un ongle de Felicia, aucun doute.

« Ils attendent que vous terminiez votre travail. »

D'autres souvenirs mirent tous ses sens en émoi. Des souvenirs de faits qui ne s'étaient jamais produits, et qui étaient pourtant si vivants, si détaillés, qu'il était certain de les avoir tous vécus.

Et brusquement, cela s'arrêta. Il était de retour dans sa voiture, fixant la carte de visite sur le plancher.

Il s'attendait à ce qu'il s'agisse de la carte dont il avait gardé le « souvenir » précisément. Mais celle-ci était différente. La carte qu'il venait de « voir », avec l'ongle collé au dos, était blanche, ordinaire, sans rien d'imprimé dessus. Celle-ci présentait un logo en forme de pyramide, avec un œil au centre, qui lui fit penser à la pyramide qui se trouvait au dos des billets de un dollar.

Il se souvint d'avoir entendu dire qu'on appelait cela l'Œil de la Providence.

D'une main tremblante, il tendit le bras et ramassa la carte. Puis, prenant une grande inspiration, craignant le pire, il la retourna.

Une mèche de cheveux noirs était collée de l'autre côté avec du ruban adhésif.

Il l'approcha de ses narines. Il reconnut clairement le parfum du shampooing à la lavande de Maria.

Sous la mèche de cheveux, cinq mots étaient inscrits :

« Ne leur fais pas confiance. »

C'était l'écriture de Maria.

Au même instant, quelqu'un cogna à la vitre de Michael. Il sursauta si fort qu'il lâcha la carte. C'était un des agents. Michael descendit sa vitre.

— Professeur ? Nous vous attendons.

— Oh, très bien. Désolé, je me suis laissé distraire.

Michael remonta sa vitre, sortit en marche arrière de la place de stationnement, puis suivit les autres voitures pour rejoindre leur « planque » supposément sécurisée.

« Ne leur fais pas confiance. »

Il avait l'impression d'entendre la voix de Maria prononcer ces mots.

Qu'est-ce que ça signifiait ?

Maria avait-elle mis ce message dans sa voiture avant son enlèvement ?

Comment ? Et dans ce cas, pourquoi la mèche de cheveux ?

Une mèche de cheveux valait toujours mieux que ce qu'il avait trouvé au dos de la carte dans son souvenir ; dans sa vision, ou quoi que ce fût.

Alors qu'il tournait à droite dans Washington Road, avec la moitié de l'escorte de police derrière lui, il resserra l'étreinte de ses doigts autour de son volant. Non, Maria n'avait certainement pas mis ce mot dans sa voiture, cela n'avait pas de sens. Elle ignorait qu'elle allait être enlevée. Mais alors qui ? Ses ravisseurs ?

Pourquoi ?

— Percy, qu'est-ce que tout ça veut dire ?

Percy inclina la tête sur le côté, l'air perplexe.

— Ouais, tu es comme moi. Tu n'en sais rien. J'ai l'impression qu'on essaie de me dire quelque chose d'important, mais… je ne sais pas ce que je dois faire de cette information.

Sans cesser de rouler, il tendit le bras entre ses jambes et réussit à ramasser la carte. Il sentit une fois de plus les cheveux de Maria ; il ne détecta aucune odeur de fumée. L'espace d'un instant, il s'était dit que peut-être quelqu'un avait prélevé les cheveux sur une brosse dans la maison après l'explosion, mais aucune odeur de fumée ne venait étayer cette hypothèse.

Il se représenta de nouveau Maria écrivant au dos de la carte et y collant une mèche de cheveux. Cela n'avait aucun sens, pas plus que tout le reste. Essayait-elle de l'avertir de quelque chose ? Mais elle savait que d'autres que lui risquaient de tomber dessus ?

Et quelle était la signification de ce logo en forme de pyramide ?

Il avait tant de questions sans réponse. Sa femme et sa fille avaient besoin de lui, et il les abandonnait lamentablement.

Derrière un bosquet, devant le bâtiment de chimie Frick, Alicia regardait un convoi de voitures avec une escorte de police quitter le campus. À l'aide de son téléphone, elle zooma sur la voiture qui fermait le convoi. La qualité de l'image n'était pas fantastique, mais elle reconnut tout de même le profil de Michael, et ressentit un petit pincement au cœur.

Tout cela était si étrange. Pour tout le monde, elle avait l'air d'une étudiante de vingt-deux ans avec toute la vie devant elle, alors qu'elle se sentait bien plus âgée. Elle avait vu l'avenir, et elle savait qu'en dépit de toutes les règles, elle s'était autorisée – elle *s'autoriserait ?* – à tomber amoureuse d'un homme plus âgé.

Un des principaux responsables d'un projet dans lequel elle s'était impliquée quand sa propre équipe de recherche avait fusionné avec la sienne.

Michael avait toujours redouté les utilisations qui pourraient être faites de leurs recherches. Elle avait été l'idiote utile qui n'avait rien vu venir.

Pourtant, il y avait d'énormes lacunes dans ses souvenirs ; tout ne s'était pas transféré. Elle se souvenait que dans un avenir relativement proche, ils seraient capables d'envoyer les souvenirs de quelqu'un à travers le temps et l'espace… mais elle ne se souvenait pas comment, ni même par quel mécanisme.

Et tandis qu'elle regardait la voiture de Michael disparaître, elle se rendit compte à quel point elle était dans le pétrin ; dans quel pétrin tout le monde était. Il allait s'écouler une décennie avant que tout cela n'arrive, mais cela arriverait. *C'était* arrivé. Elle ne se souvenait peut-être pas de tous les détails de ses recherches, mais elle se souvenait parfaitement de ce qu'il lui était arrivé.

Pour commencer, il y avait eu la trahison du gouvernement.

Puis, le temps passé en détention solitaire.

Et enfin, l'évasion. Ensuite, avec de l'aide, elle avait pu échafauder un plan pour défaire ce qu'elle avait fait.

Ce que Michael et elle avaient fait.

Mais Michael… n'en avait encore aucune idée.

Elle serra les dents de frustration. Ce n'était pas seulement qu'il y avait des choses dont elle ne se souvenait pas ; c'était pire que cela, parce qu'elle était consciente des « blancs » qui existaient. C'était comme de savoir que vous connaissiez l'alphabet, tout en étant incapable de le réciter ; comme si les souvenirs étaient là, mais que le chemin qui y conduisait n'existait pas encore – précisément ce qui n'avait pas été transféré avec le reste.

Mais Michael… elle se souvenait de lui. Très clairement. Douloureusement aussi. Ils étaient censés se marier, mais quelque chose était arrivé.

Quelque chose…

Elle avait l'impression de perdre la raison.

Il fallait qu'elle le voie. Vite.

Percy tirait sur sa laisse pendant que Michael le promenait. Le campus offrait toute une palette de nouvelles odeurs ; le chien s'amusait beaucoup.

Ce qui n'était pas le cas de Michael. Quatre jours s'étaient écoulés depuis l'explosion dans sa maison, et le FBI n'en savait pas plus. Aucune nouvelle de Maria et Felicia. Rien.

Pour ne rien arranger, il y avait cette ombre qui le suivait partout. Ce n'était pas toujours le même type, mais il y avait un membre de l'équipe de sécurité avec lui vingt-quatre heures sur vingt-quatre. Les autres scientifiques étaient encore plus mécontents de la situation, surtout ceux qui avaient une famille. Ils étaient naturellement scandalisés d'être séparés de leurs épouses et de leurs enfants, sans savoir combien de temps cela allait durer. En vérité, la situation n'allait plus être tenable bien longtemps ; la révolte couvait.

Michael se retourna brusquement vers l'agent qui le suivait :

— Est-il normal que vous mettiez tant de temps pour retrouver quelqu'un ? Vous avez une vidéo de ces types, des plaques d'immatriculation. Ça fait quatre jours.

L'agent afficha un air désolé, bien que ce fût pas de sa faute.

— Je suis sûr que l'ASC vous contactera dès qu'il aura appris quelque chose.

— L'ASC ?

— L'agent spécial en charge. L'agent Bernstein. Voulez-vous que j'appelle pour savoir s'il y a du nouveau ?

— Oui, s'il vous plaît.

Michael savait que c'était inutile, mais il commençait réellement à perdre patience. Sa femme était dans la nature, quelque part, vivant peut-être un enfer.

— Je comprends combien c'est difficile pour vous, professeur, mais nous faisons tout notre possible.

Ça ne suffit pas, manifestement, songea Michael.

Un écureuil passa en courant. Percy aboya et tira sur sa laisse. Michael le retint.

— Du calme, Percy. Casse-noisettes n'a pas envie de jouer avec toi maintenant.

On lui avait donné la possibilité de laisser Percy à l'hôtel, mais il s'était dit qu'avoir le chien avec lui lui donnerait une excuse pour aller se promener un peu. Il avait besoin de ces moments-là pour s'aérer l'esprit, prendre du champ pour réfléchir. Il y avait toujours un agent avec lui, mais leur présence était discrète. Ils ne disaient jamais un mot à moins qu'on ne leur adresse la parole.

Alors qu'ils s'en retournaient du laboratoire de chimie Frick vers Jadwin Hall, Michael repensa pour la énième fois à la carte qu'il avait trouvée dans la boîte à gants. La mèche de cheveux appartenait bien à Maria, cela ne faisait aucun doute, mais il ne comprenait toujours pas le sens du message. Il ne s'agissait même pas d'un *nouveau* message. C'était le même avertissement que Maria avait déjà formulé devant lui.

Il n'en avait pas parlé au FBI. Il ignorait pourquoi d'ailleurs.

Quelque chose, son instinct peut-être, lui soufflait qu'il valait mieux qu'il garde cela pour lui. Le FBI suivait déjà des pistes ; ce n'était pas le moment de les distraire.

Il espérait avoir fait le bon choix.

Ils arrivèrent à Jadwin Hall au moment même où Josh sortait du bâtiment. Il les vit et adressa un chaleureux bonjour à Percy :

— Salut, Percy ! Comment ça va, mon gros patapouf de chiot ?

Michael se mit à rire en se rendant compte qu'il était moins populaire que son chien.

— Comment ça se passe, Josh ?

L'étudiant regarda nerveusement autour de lui pour s'assurer qu'il n'y avait personne alentour. Puis il murmura :

— Il se peut que d'ici quelques heures nous ayons assez de tachyons pour constituer le faisceau que vous avez demandé. Voulez-vous jeter un dernier coup d'œil à l'ensemble ?

Michael acquiesça d'un hochement de tête.

— Oui. Voyons ça.

Michael jeta un coup d'œil par la vitre de la chambre à vide. Un fil de cuivre nu était tendu à l'intérieur, et la partie blindée d'un câble réseau Ethernet standard entrait dans la chambre par une des parois.

Josh désigna du doigt le rack d'ordinateurs auquel le câble était connecté.

— C'est un câble Twinax 100G avec du trafic en direct dans les deux sens. Nous avons un émetteur à une extrémité et une trace Wireshark à l'autre.

— Est-ce que le signal est cohérent dans sa forme actuelle ?

Ça m'inquiète un peu d'avoir une telle quantité de fil non blindé dans la chambre. Est-ce qu'on a vérifié que les traces de paquets ne montrent pas de ratés du côté de la transmission à celui de la réception ?

— Le signal est parfaitement net. Nous sommes fin prêts. Nous attendons juste de collecter les derniers tachyons, et nous pourrons commencer.

— Combien de temps encore ?

Josh vérifia les données sur le moniteur.

— En fait, ça devrait être bon d'ici une heure ou deux.

— Très bien, ça me laisse le temps de balader encore un peu Percy. Il y a un écureuil dehors avec lequel il aimerait bien faire connaissance.

En entendant le mot « balader », Percy aboya. Plusieurs scientifiques de l'équipe levèrent les yeux. C'était bizarre d'avoir un chien dans un labo, mais tout le monde adorait Percy.

Michael chercha du regard l'agent qui l'avait accompagné. D'ordinaire, les gars s'asseyaient à l'entrée du labo, mais il n'était pas là. Michael n'allait certainement pas s'en plaindre. Pour une fois, il put sortir du bâtiment sans escorte – seul avec Percy.

Comme ils s'éloignaient de Jadwin Hall en traversant la vaste pelouse, Percy agita vigoureusement la queue.

— Je suis d'accord, Percy. On est mieux juste tous les deux.

Tout en disant cela, Michael ressentit une pointe de culpabilité. Les agents du FBI s'efforçaient juste d'empêcher qu'il soit enlevé lui aussi. Mais au fond de lui, il se demandait si ce n'était pas ce qu'il *voulait*, être enlevé justement. Parce que cela voudrait dire revoir Maria et Felicia.

À moins qu'il ne se berce d'illusions en croyant cela.

Il espérait sincèrement que non.

— Professeur Salomon ?

Il se retourna. Une étudiante arrivait dans sa direction en courant au petit trot. Petite, le type asiatique ; peut-être une jeune diplômée, ou une étudiante en dernière année.

— Oui ? dit-il.

Elle s'arrêta devant lui et le fixa, comme si brusquement elle ne trouvait pas les mots.

Percy tirait sur sa laisse. Michael suivit le mouvement, et fit signe à la fille de lui emboîter le pas.

— Si vous voulez parler, il va falloir aller là où le chien nous mène.

— Percy, c'est bien ça ? dit la fille.

— Oui. Comment connaissez-vous son nom ?

La fille hésita.

— J'ai dû l'entendre quelque part.

Il y avait quelque chose de bizarre chez cette fille. S'il n'était pas surprenant qu'en tant qu'étudiante elle connaisse son nom à lui, d'où tenait-elle celui de son chien ?

Michael s'arrêta et se retourna pour la regarder.

— Qu'est-ce que je peux faire pour vous, mademoiselle ?

Les yeux de la fille se mirent soudain à briller ; elle était au bord des larmes, et ses joues s'empourprèrent.

— Tout va bien, mademoiselle ?

— Michael, je suis…

— Professeur Salomon, si ça ne vous ennuie pas.

— Bien sûr. Désolée, c'est juste que… je sais que vous n'allez pas me croire, parce que c'est totalement dingue.

L'attention de Michael fut attirée par la chaîne en or que la fille portait autour du cou, et qui scintillait au soleil. Elle était complétée d'un pendentif représentant une pyramide contenant un œil ouvert.

L'Œil de la Providence. Le symbole qui figurait sur la carte de visite.

— Micha….Professeur, reprit la fille. Je suis venue vous mettre en garde concernant le projet Morphée. Il faut tout arrêter, ou bien vous et moi allons finir par mener le monde à sa perte.

Michael recula de deux pas.

Comment pouvait-elle avoir entendu parler du projet Morphée ?

Il fut submergé par le doute.

— Qui vous a demandé de me parler ?

Elle se rapprocha ; elle était en larmes.

— Je m'appelle Alicia Yoder. Vous n'allez pas me croire, mais dans dix ans, vous et moi travaillerons ensemble sur le projet Morphée. Je suis responsable du processus d'externalisation de la mémoire, et c'est vous qui allez découvrir comment faire voyager certaines choses à travers le temps et l'espace. Ensemble, nous allons mener le monde à sa perte. C'est la raison de ma présence ici. Nous devons tout arrêter avant qu'il ne soit trop tard.

— L'externalisation de la mémoire ?

— On ne sait pas encore faire cela, mais j'ai trouvé un moyen. Ou plutôt je vais en trouver un.

Elle essuya les larmes de son visage.

— Je vois bien que vous me regardez comme si j'étais folle, et je reconnais que vous avez toutes les raisons de le croire, mais je peux vous jurer que vous vous trompez. Je fais en ce moment même des expériences avec des ultrasons focalisés à l'Institut des neurosciences. Je prends des souris génétiquement identiques ; j'en entraîne une à parcourir un labyrinthe, puis je travaille sur des méthodes pour transférer cet entraînement à la souris non entraînée. Et j'ai réussi. La deuxième souris parcourt le labyrinthe aussi bien que sa jumelle, alors qu'elle n'est encore jamais allée dans ce labyrinthe. Et ce n'est que le début. Je vais finir par découvrir comment prendre des souvenirs et les transformer en datagrammes transmissibles.

Michael la regardait, les yeux écarquillés.

— Vous dites que vous allez réussir à prendre un souvenir et à le transformer en données… ?

Alicia ne put retenir ses larmes de nouveau.

— … et à envoyer ces souvenirs dans le passé, oui.

Michael la fixait toujours, bouche bée. Qu'est-ce que cette fille venait de dire déjà ?

« Dans dix ans, vous et moi travaillerons ensemble sur le projet Morphée. »

Si ce qu'elle disait était vrai, alors une future version d'elle-même avait envoyé un message de mise en garde… dans le passé.

Il repensa soudain à l'étrange vision éveillée qu'il avait eue juste avant la naissance de Felicia, lorsqu'il s'était vu devant la tombe de sa fille. Un souvenir d'une vie sans Maria. Une vie de solitude.

Il sentit que la tête lui tournait ; il s'accroupit et passa un bras autour de Percy, qui se mit à chouiner, inquiet.

Se pouvait-il qu'il se soit envoyé à lui-même une mise en garde concernant le danger de mort qu'encourait son bébé ? Était-ce possible ?

— Michael, quelqu'un vient.

Il leva les yeux et vit un agent qui accourait dans leur direction.

Alicia tendit son téléphone.

— Vite, prenez une photo de mon numéro, et appelez-moi. Il faut qu'on parle.

Il sortit son téléphone d'une main tremblante et réussit à prendre une photo de son numéro. Alicia s'éloigna avant que l'agent n'arrive ; il n'avait pas l'air ravi du tout.

Avant que l'homme puisse dire un mot, Michael demanda d'un air innocent :

— Avez-vous apporté des sacs à déjections ?

L'agent regarda le petit cadeau tout frais qu'avait laissé Percy, et secoua négativement la tête.

— Bon, dans ce cas, je vais devoir revenir m'occuper de ça plus tard, si c'est toujours là, dit-il en se reprenant la direction de Jadwin Hall. J'ai une expérience à superviser.

Il se mit à marcher d'un pas plein d'assurance, ne voulant pas que l'agent croie que quelque chose n'allait pas et se mette à poser des questions. Mais l'inquiétude le rattrapa. L'expérience en question comportait un gros enjeu. Si elle se révélait prometteuse, cela signifierait des jours, des semaines, des mois, peut-être un an de recherche. Dans le cas contraire, il se pouvait que cela marque la fin du projet.

Mais ce n'était pas pour cela qu'il était aussi inquiet.

Il n'avait pas peur que l'expérience échoue.

Il s'inquiétait de ce qui allait arriver si, au contraire, elle réussissait.

CHAPITRE NEUF

Alicia se réveilla en sursaut en entendant quelqu'un marcher sur le sable qu'elle avait saupoudré juste devant la porte de son dortoir – un truc que son père lui avait appris il y avait bien longtemps. Il était trois heures du matin ; ce n'était pas une heure à laquelle les gens traversaient habituellement les couloirs des dortoirs de Whitman. La chambre était plongée dans le noir. Elle tendit le bras vers sa table de chevet et attrapa la torche électrique que son père lui avait offerte avant sa première année universitaire.

Son père travaillait pour une agence gouvernementale qu'il s'était toujours refusé à nommer, et il lui avait inculqué très tôt ce réflexe de prudence qui frisait la paranoïa. Elle avait toujours trouvé que c'était ridicule, ou du moins inutile, mais à présent qu'elle était consciente de ce qui allait advenir de ce monde dans les années à venir, elle avait changé d'avis.

Elle entendit de nouveau marcher, un grincement – et puis plus rien. Quelqu'un se tenait juste devant la porte de son dortoir. Instinctivement, elle pressentit que quelque chose clochait.

D'un glissement du doigt exercé, elle actionna le lecteur biométrique de la lampe et s'extirpa du lit. Elle sentit la lunette de la torche électrique se réchauffer tout en n'émettant aucune lumière. Alors qu'elle se rapprochait de la porte, pieds nus, elle perçut un léger bruissement derrière ; il y avait quelqu'un, aucun doute.

Elle s'était représentée ce moment, elle en avait rejoué plusieurs fois le scénario, depuis qu'on lui avait donné cette lampe pour se défendre contre d'éventuels agresseurs. En plus d'être une torche électrique fonctionnelle, c'était aussi une arme discrète, car ne passant pas pour telle. Se balader avec ce genre de truc dans le New Jersey, c'eut été s'exposer à des poursuites ; quant au campus, il n'autorisait pas davantage ce genre d'objet.

Elle recula sur le côté de la porte et attendit, cherchant à entendre quelque chose… Elle se demanda si ses sens ne lui jouaient pas un tour.

Mais soudain, la serrure cliqueta, la porte s'ouvrit, et deux sombres silhouettes se précipitèrent à l'intérieur.

Alicia frappa par derrière.

Le premier intrus reçut un violent coup de torche électrique sur l'arrière du crâne. Il y eut un craquement, et un grésillement. L'homme s'écroula sur le sol, mais son complice pivota sur lui-même et fit face à Alicia. Elle lui asséna un coup de pied latéral à la poitrine. L'homme laissa échapper un grognement en reculant de deux pas sous la force de l'impact, mais il sourit en brandissant une sorte de bombe aérosol.

Un nuage de brume jaillit de la bombe. Alicia se baissa pour l'éviter, et enchaîna avec un balayage pour tenter de faire tomber l'homme, mais il avait anticipé sa tentative. Torche à la main, elle s'élança alors dans un mouvement ascendant, et appliqua le bout de la torche brûlant contre le menton de l'homme.

Elle fut choquée de voir le métal s'enfoncer dans la peau de son agresseur, sous la mâchoire, et pénétrer dans sa tête. Une odeur écœurante de peau brûlée lui parvint aux narines.

Elle recula en titubant, et lâcha la torche. Durant un instant, elle perdit la notion du temps ; et puis elle se rendit compte qu'elle était allongée sur le sol. Elle rampa précipitamment, paniquée, jusqu'à l'autre bout de la pièce.

Elle sentit son estomac se retourner. Elle avait dû respirer la substance que l'homme avait pulvérisée.

Elle distingua les silhouettes sombres des deux hommes gisant au sol de la petite chambre. Ils ne bougeaient pas. Le deuxième était mort, cela ne faisait aucun doute ; le premier était probablement inconscient seulement.

Bien qu'elle se sentît désorientée et prise de nausée, elle alla jusqu'à son lit, récupéra son téléphone portable, et passa un appel qu'elle n'aurait jamais imaginé passer dans de telles circonstances.

Deux sonneries retentirent avant qu'elle n'entende une voix d'homme familière :

— *Oui ?*

— Papa, j'ai besoin de toi. Il est arrivé quelque chose de vraiment grave.

— *Où es-tu ?*

— Je suis dans mon dortoir. Deux hommes ont forcé ma porte et m'ont attaquée. L'un des deux s'est servi d'une espèce de bombe lacrymo, mais sûrement prévue pour que je perde connaissance.

— *Où sont-ils maintenant ?*

— Ils sont toujours là. J'ai tué l'un d'eux. L'autre est inconscient, mais je ne sais pas depuis combien de temps exactement. J'ai sûrement perdu connaissance pendant un moment moi aussi à cause de ce truc qu'il a aspergé. J'ai peur, papa.

— *Alicia, écoute-moi très attentivement. Sors de ta chambre, tranquillement. Ne cours pas, sors du dortoir en marchant calmement et tâche de rester hors de vue. Je ne suis pas aux États-Unis pour le moment, mais je reviens. Je vais devoir te mettre en attente, passer quelques coups de fil, et puis je te reprends. Reste en ligne, mais sors tout de suite.*

Alicia s'habilla rapidement, quitta précipitamment sa chambre, descendit l'escalier au bout du couloir, puis sortit du bâtiment. Elle ne savait pas trop où aller ; elle voulait juste s'éloigner de ces hommes. Elle évita la lumière des lampadaires, et garda son téléphone collé à l'oreille.

Soudain, elle se rendit compte qu'en dépit de tout ce qui venait d'arriver, elle n'avait jamais été hors d'haleine, n'avait jamais sentie son cœur s'accélérer. Mentalement, elle était terrorisée, mais cette réaction ne semblait avoir l'avoir affectée physiquement. C'était presque comme si son future moi pilotait à distance sa version rajeunie.

— *Alicia ?*

— Oui, murmura-t-elle.

— *J'ai un ami nommé Brice en ligne. Je lui ai raconté ce qui s'est passé.*

— Papa, il y a d'autres choses dont je ne t'ai pas parlé.

— *Chérie, une chose à la fois, d'accord ? Brice, allez-y.*

— *Alicia ?* fit une voix d'homme plus aiguë que celle de son père, et au débit plus lent.

— Oui.

— *Je sais combien la situation doit être effrayante. Je vais tâcher d'être le plus direct possible. Des hommes arrivent en ce moment même sur le campus, à ma demande. Ils vont s'occuper de ce qui se trouve dans votre chambre. Restez à l'écart une bonne dizaine de minutes, et tout sera réglé. Avez-vous compris ?*

— Oui, mais… et s'il y en avait d'autres ?

— *Je comprends votre inquiétude, mais nous nous occupons de ça aussi. Chaque chose en son temps. Il nous faut identifier qui vous a attaqué, afin de pouvoir mieux cerner la nature de la menace. S'ils vous ont ciblée, c'est pour une raison précise. Nous devons comprendre quelle est cette raison.*

Alicia grimaça.

— Je crois la connaître.

— *Alicia, laisse Brice mener son enquête. Nous allons voir tout cela, ne t'inquiète pas*, dit son père, catégorique. *Brice, je serai à l'aéroport dans trente minutes. Je fais le point avec ma fille. Fais ce que tu as à faire. On rediscute avant que mon avion décolle.*

— *Compris.*

Un « clic » se fit entendre. Alicia comprit que Brice avait raccroché en entendant son père reprendre :

— *Tu as dit que tu croyais savoir pourquoi on s'en est pris à toi, c'est bien ça ?*

— Papa, tu ne vas pas me croire, mais je ne suis pas folle. J'ai brusquement des souvenirs d'événements qui se situent dans le futur, dans quatorze ans exactement. Je crois qu'il y a des gens dans ce futur qui en manipulent d'autres, ici, maintenant, et les poussent à me tuer. Ils ne veulent pas que je change leurs plans.

Elle entendit son père prendre une grande inspiration, puis expirer lentement. Quand il reprit la parole, il le fit d'une voix étonnamment calme, compte tenu de ce qu'elle venait de lui expliquer.

— *Je crois que je vais avoir besoin d'un peu plus d'explica-*

tions avant de décider comment répondre à cela. Raconte-moi tout, je t'écoute. Commence par le commencement.

Le père d'Alicia grimpa l'escalier d'accès du jet militaire banalisé, dont les réacteurs sifflaient, assourdissants, sur la piste.

— Brice, hurla-t-il pour être entendu par-dessus le bruit des moteurs, tu n'es pas sérieux.

— *Je suis très sérieux, Levi. Les deux types étaient des agents du FBI, et ils sont tous les deux morts. J'ignore de quoi elle s'est servie, mais ça a fait du grabuge. Ce sera un enterrement cercueil fermé pour un des deux. L'autre a succombé à un coup sur l'arrière du crâne. Fracture et séparation des vertèbres C2 et C3 apparemment. J'ai vérifié tous les e-mails qu'ont reçus les deux agents au cours du dernier mois. Je n'ai rien trouvé concernant Alicia.*

— Alors, nom de Dieu, qu'est-ce qu'ils foutaient dans l'école de ma fille, à entrer par effraction dans sa chambre au beau milieu de la nuit ?

— *Honnêtement, ça pue, tout ça. Je ne sais pas. Nos gars m'envoient la bombe aérosol ici, à Washington. Je vais l'examiner, mais d'après l'étiquette, ce serait du sévoflurane. C'est un puissant agent anesthésique.*

— Je sais ce que c'est, Brice. Il y a des années que j'utilise ça sur le terrain.

Levi boucla sa ceinture. Il occupait l'unique siège passager de l'avion-cargo autrement vide.

— Je ne vois pas qui pourrait vouloir s'en prendre à ma fille avec du sévoflurane, c'est complètement dingue.

— *Je suis navré de te dire ça, Levi, mais ce n'est pas tout.*

Son téléphone... Il y a deux jours, la NSA l'a ciblé. L'agence a été autorisée à l'indexer.

Levi fronça les sourcils.

— Qu'est-ce que ça signifie ?

— *Que n'importe quelle conversation sur ce téléphone est traitée comme provenant potentiellement d'un agent étranger. Tout est enregistré, les lieux où elle va sont géolocalisés. Il est donc possible que quelqu'un nous ait entendus parler tout à l'heure, et ait pris des dispositions en conséquence.*

— Les enfoirés ! pesta Levi en serrant les dents, en même temps que le bruit des moteurs du C-17 montaient en intensité.

— Elle n'est pas en sécurité à l'école. Brice, j'ai besoin que tu m'aides sur ce coup-là. Mon avion est sur le point de décoller, mais je n'atterrirai pas à Andrews avant une dizaine d'heures.

— *Ne t'inquiète pas. Je ferai ce qu'il faut.*

Levi serra les poings.

— Il *faut* que je sache qui a fait ça, Brice.

— *Je te promets de faire tout ce que je peux.*

Levi se sentit collé au fond de son siège tandis que l'avion accélérait sur la piste. L'appareil s'inclina et s'éleva dans les airs.

Il rangea son téléphone. Il n'y avait rien qu'il puisse faire concernant ce que ce gaz avait fait à sa fille pour qu'elle croie venir du futur. Il espérait seulement que cette folie se dissiperait avec le temps.

Mais sa petite fille attaquée...

Il fit craquer ses articulations. *Ça*, il pouvait y faire quelque chose.

Il n'était pas encore 4 heures du matin quand le téléphone d'Alicia sonna. Fatiguée de marcher, elle avait fini par s'arrêter et se cacher dans des buissons derrière Fisher Hall.

— Allô ? murmura-t-elle.

— *Alicia, c'est Brice. Un de nos hommes a laissé un téléphone pour vous à cinq mètres à l'est-nord-est de votre position actuelle.*

Alicia n'était pas certaine d'avoir bien entendu.

— Quoi ? De quel côté est l'est-nord-est ?

— *Vous êtes à l'extrémité nord de Fisher Hall. Posez votre main droite sur le mur, et vous êtes face à l'est. Avancez sur cinq mètres, en dépassant le bâtiment. Vous trouverez le téléphone.*

Elle ne prit même pas la peine de lui demander comment il l'avait localisée aussi précisément. Connaissant les relations de son père, ils avaient probablement géolocalisé son téléphone par satellite, ou quelque chose comme ça.

— D'accord, je regarde.

Elle se déplaça selon les indications, puis chercha à tâtons sous le feuillage des buissons. Moins d'une minute plus tard, ses doigts trouvèrent le téléphone.

— Je l'ai.

— *Bien. Allumez-le et placez votre index au milieu de l'écran.*

Alicia appuya sur une touche sur le côté du téléphone. Il s'alluma. Elle plaça ensuite son doigt sur l'écran.

— *Très bien, je cherche votre signal... je l'ai. Dites-moi quand on vous invite à entrer un mot de passe.*

Presque aussitôt, un clavier virtuel apparut sur l'écran.

— Ça y est, dit Alicia.

— *Tapez les lettres et les chiffres suivants. Quatre.*

— Quatre.

— *A.*

— A.

Il continua de lui dicter une suite de caractères étonnamment longue. Quand il eut terminé, un écran normal apparut sur le téléphone.

— On dirait que le téléphone est opérationnel maintenant.

— *Bien. Vous n'aurez plus à refaire ça. Il est réglé à présent sur vos données biométriques. Votre empreinte digitale, c'est tout ce qu'il vous faudra pour le déverrouiller. Je vais vous appeler sur le nouveau numéro.*

Brice mit fin à l'appel. Presque aussitôt, le nouveau téléphone se mit à vibrer. Alicia le colla à son oreille.

— Oui ?

— *Okay, Alicia. À partir de maintenant, c'est votre téléphone. Abandonnez l'ancien là où vous êtes. Quelqu'un s'en sert pour vous suivre.*

Quelqu'un en plus de vous, songea Alicia.

Elle lâcha son ancien téléphone.

— C'est fait. Et maintenant ?

— *Maintenant, je vais vous diriger vers un endroit sûr. Marchez vers le nord jusqu'au parking de Dillon Court. Vous devriez voir un ensemble de bâtiment juste devant vous.*

Alicia s'éloigna des buissons et marcha rapidement en direction du nord.

— Oui, je sais où c'est.

— *Okay. Je vois votre position. Passez entre les bâtiments est et ouest, et tournez à gauche. Il y a un pick-up Ford F-150 bleu garé sur le côté ouest du parking. Dites-moi quand vous le voyez.*

Alicia se sentait quelque peu nue et vulnérable en traversant le campus avant le lever du jour, sans rien sur elle à part sa carte d'étudiante accrochée au sweat-shirt qu'elle avait enfilé. Pas de sac, pas de portefeuille, pas de permis de conduire ni de cartes de crédit. Mais c'était peut-être mieux comme ça.

Il y avait très peu de voitures sur le parking. Elle repéra facilement le pick-up.

— Je le vois.

— *Grimpez au volant. La porte du côté conducteur est déverrouillée. Les clés sont cachées derrière le pare-soleil, côté passager.*

— Euh… je n'ai même pas mon permis de conduire sur moi. Il est resté dans le dortoir, avec mon sac à main et tout le reste.

— *Ne conduisez pas comme une folle, et tout ira bien.*

Alicia balaya le parking du regard ; il n'y avait personne alentour. Elle ouvrit la portière et se glissa derrière le volant. Elle abaissa le pare-soleil côté passager, et une clé lui tomba dans la main.

— J'y suis, et j'ai la clé.

— *Okay. Je vous envoie une adresse – c'est à New York, de l'autre côté de l'Hudson. Vous y serez en sécurité. Je continue de vous surveiller en route. Avez-vous des questions ?*

— Non. Merci pour tout ce que vous faites.

— *Inutile de me remercier. Deux hommes au physique imposant vous attendront à destination. Ils n'en ont peut-être pas l'air, mais ils font partie de notre équipe. Débrouillez-vous pour arriver là-bas en un seul morceau, et nous nous occuperons du reste.*

— Merci, Brice.

— *Plus de merci, d'accord ?*

Alicia mit fin à l'appel. Elle démarra le pick-up et enclencha la marche avant. Elle était fière d'avoir tenu le coup, de ne pas s'être complètement effondrée. Des assaillants, des téléphones portables surveillés, des planques… jamais elle n'aurait imaginé se retrouver au milieu d'une telle pagaille.

Et pourtant… Toute cette folie n'allait faire que compliquer sa mission. Comment allait-elle convaincre Michael de mettre fin au projet ? Si elle n'arrivait pas à l'arracher des griffes du gouvernement, à quoi bon tenter d'échapper à la mort ?

Ceux qui s'en étaient pris à elle faisaient probablement partie du gouvernement justement. Ils voulaient l'empêcher de nuire dans le future, court-circuiter la menace qu'elle allait représenter en venant la chercher dans son propre passé.

Comme elle s'engageait sur l'US 1 qui longeait toute la côte est, elle décida de suivre à la lettre le plan d'évasion que ce type, Brice, avait mis au point, en attendant de pouvoir parler à son père face à face.

Ce qui posait une autre question. Son père travaillait pour le gouvernement – ou plutôt pour une branche clandestine de celui-ci. Pouvait-elle lui faire confiance ?

Elle pensait que oui. Elle l'avait toujours fait. Elle savait qu'il avait toujours eu à cœur de la protéger. Mais pour le moment, il était difficile de faire confiance à qui que ce soit.

Michael leva la tête du pupitre de commande, se frotta les yeux et jeta un coup d'œil à l'horloge murale du labo. La pompe à vide émettait comme d'habitude un bruit sourd, tandis qu'elle travaillait à maintenir un vide presque parfait à l'intérieur. Tout le monde attendait que la parabole ait terminé de collecter la quantité de particules nécessaire.

— Josh ! cria-t-il pour être entendu par-dessus le bruit de la pompe à vide. Nous sommes à 99 % depuis presque une heure. Essayez de faire quelque chose.

L'étudiant leva les yeux de son téléphone et le fixa avec des yeux injectés de sang.

— Ce n'est pas à moi de faire en sorte que vos particules bénies soient captées par la parabole plus vite qu'elles ne le sont déjà.

— Je sais. J'ai juste besoin de quelqu'un sur qui hurler pour rester éveillé.

— Ravi de rendre service !

Josh eut un grand sourire et secoua la tête.

Michael se leva et se dirigea vers le centre du labo où se trouvait la chambre à vide, reliée à un rack d'ordinateurs par un câble épais. Les yeux tirés, il regarda les ingénieurs qui s'occupaient de l'extrémité du câble, et demanda :

— Est-ce qu'on est prêts à faire passer ces bits dans les câbles ?

Gino, l'informaticien à la grosse barbe noire broussailleuse, acquiesça.

— J'attends votre feu vert, et j'envoie ces paquets IP comme personne.

— Redites-moi un peu comment nous allons détecter d'éventuels changements dans ces paquets ?

— Chaque paquet de transmission, commença Gino – gesticulant avec les mains en parfait Italien qu'il était – contient énormément de données, mais compte tenu du fait que ces routages vont directement à Susan (il désigna du pouce la femme assise devant un terminal au bureau qui se trouvait en face de lui), la plupart n'ont pas d'importance. Les deux seules choses qui nous intéressent dans les données du paquet IP sont la fonction monotone croissante, et la valeur de temporisation haute résolution. C'est tout ce qui est transmis.

— Et c'est là que j'interviens, dit Susan d'un ton amusé. Je reçois le paquet, et le spoole sur le RAID, mais à tout moment, je peux passer en revue ces paquets et rechercher des ratés. Et si, d'une manière ou d'une autre, la trame Ethernet ou l'en-tête IP ont été écrasés, je serais en mesure de le détecter.

— Parfait, approuva Michael.

— Quand est-ce qu'on sera prêts ? demanda Gino.

— C'est imminent, dit Michael.

— Ouais, on a déjà entendu ça il y a plusieurs heures, soupira Gino.

— La faute à Josh, rigola Michael.

Il venait de se rasseoir à son bureau quand le moniteur fixé au plafond afficha « 100 % ». Quelques applaudissements fatigués se firent entendre dans le labo.

Ils avaient assez de tachyons à présent pour lancer l'expérience.

Michael sentit une brusque poussée d'adrénaline se diffuser dans ses veines, lui faisant oublier toute fatigue. Il mit ses écouteurs, et se connecta à la ligne sécurisée utilisée pour les audio-conférences.

— *Vous êtes la première personne « sur le pont »*, lui notifia l'opérateur automatique. Plusieurs bips et annonces s'ensuivirent, le prévenant de l'arrivée des autres participants. Puis la voix de Josh se fit entendre :

— *J'ai envoyé une alerte « high-side », professeur. Tout le monde devrait se connecter.*

— « High-side » et « low-side » étaient des termes que Michael n'avait appris que récemment. La communauté du renseignement du gouvernement communiquait par le biais de deux réseaux principaux, un réseau de « haut niveau », censé être réservé aux documents classifiés, et un réseau de « bas niveau », réservé aux documents non classifiés ou à ceux ayant un degré de « classification » suffisamment bas. Michael ignorait où se situait la frontière exactement, puisque tout ce qui concernait le projet Morphée n'était autorisé que sur les réseaux de niveau supérieur. En outre, étant donné que tout le monde ici était novice en matière de protocoles de sécurité, tout le trafic de courrier électronique passait par Josh, qui avait été formé par les gars de Washington pour savoir comment agir en sentinelle du système. Il était le « gardien » de la messagerie, et tout ce qui allait quelque part devait d'abord passer par lui.

— Josh, prévenez-moi quand tout le monde est à bord. Je pense que nous sommes tous pressés d'en finir avec ça.

Il fallut encore deux minutes avant que le dernier des ingénieurs soit connecté. Deux personnes s'étaient endormies à leur bureau ; il avait fallu les réveiller.

— *Professeur, nous sommes tous là. Tout le monde est connecté sur le canal sécurisé, et vous partagez déjà l'écran du pupitre de commande.*

— Merci, Josh. Très bien, les amis, permettez-moi de revenir en deux mots sur ce que cette expérience tente de démontrer :

« Des paquets de données vont circuler via un ensemble de fils non blindés tendus en travers de la chambre à vide, et nous allons les « bombarder » avec un faisceau de tachyons. Sachant que les particules sont chargées, nous nous attendons à ce qu'il y ait une sorte d'anomalie ou de soubresaut qui se produise entre le côté transmission et le côté réception.

« En d'autres mots, nous espérons que certains paquets seront altérés. Si c'est le cas, alors nous saurons que les tachyons et la matière telle que nous la connaissons peuvent interagir. Dans le cas contraire, nous passerons au plan B.

Il s'efforçait d'avoir l'air convaincu de ce qu'il disait, mais la vérité, c'était qu'il n'y avait pas vraiment de plan B. Si ça ne marchait pas, il ignorait quelle serait au juste la prochaine étape.

— Bon, commençons à présent. Informatique, comment sommes-nous côté transmission réseau et stockage ?

— *Professeur, nous sommes en mesure de transmettre un peu moins de deux cents millions de paquets IP par seconde via les câbles biaxiaux. Cela nous donne une granularité d'environ cinq nanosecondes en unités de temps.*

Michael se renversa contre le dossier de sa chaise et fixa les dalles du plafond.

— Quelle est la quantité de trafic réseau que nous pouvons absorber, au juste ? Quelles sont les limites ?

— *Nous disposons d'un système de stockage RAID à haute performance qui devrait nous permettre de suivre le rythme du trafic de cent gigabits. Quant à notre capacité de stockage proprement dite, il faudra facilement plusieurs heures de données à très haut débit pour que le système commence à rechigner.*

— Génial. Lancez le trafic et l'enregistrement du même coup. Vérifiez une dernière fois que rien n'empêche la circulation des données.

— *Compris,* dit Gino. *Ça y est, les paquets circulent.*

— *J'échantillonne les paquets spoolés dans l'analyseur Wireshark,* dit Susan, assez fort pour être entendue dans tout le labo. Tout se passe bien jusque-là.

— Ingénierie, à vous de jouer. Où en sommes-nous avec le profil de la courbe de puissance que j'ai envoyé ? La faisceau sera un peu plus rapide cette fois, ce qui devrait faciliter les choses au niveau de votre réseau électrique, mais il durera tout de même quinze microsecondes.

— *Ici Jan. Aucun problème apparent de mon côté. Tout devrait bien se passer cette fois encore.*

— Tant mieux. Quelqu'un a-t-il des problèmes, ou une interrogation de dernière minute avant que nous ne déclenchions le lancement ?

Michael attendit quelques secondes ; puis il dit :

— Je prends ce silence pour un non, et donc pour un feu vert. Josh, commencez le compte à rebours.

— *Dix*, commença à décompter une voix de synthèse. *Neuf, huit, sept...*

Michael se pencha en avant et, à l'aide de sa souris, agrandit les écrans partagés provenant des côtés émission et réception du réseau.

— *Trois, deux, un, lancement.*

Un grand bruit sourd résonna dans le laboratoire, comme le faisceau de tachyons quittait son confinement et ralentissait pour être juste au-dessus de la vitesse de la lumière.

— Susan, on arrête d'essayer de capturer le trafic, et on voit si on parvient à trouver quelque chose d'intéressant. C'est à vous.

— *J'arrête la capture. J'essaie de récupérer les données. Je lance un comparatif.*

La jeune femme avait l'air excitée, mais tous l'étaient en réalité. En regardant les postes de travail autour de lui, ce ne fut plus des visages aux yeux tirés que vit Michael, mais des regards alertes. Tous paraissaient soudain revigorés.

Un souffle ébahi retentit sur la ligne. Michael leva aussitôt les yeux vers le moniteur. On y voyait l'instant d'avant encore ce que faisait Susan, mais elle avait cessé de partager son écran, et son icône sur l'interface Teams était muette à présent. Il se tourna vers elle et la regarda à travers le laboratoire. Il la vit se blottir contre Gino ; tous les deux gesticulaient devant leurs écrans.

Après une bonne minute, Susan se reconnecta à l'audioconférence, et partagea de nouveau son écran.

— *Professeur, il n'y a aucun doute. À treize microsecondes, nous avons un paquet altéré dans les données spoolées.*

Tout le labo laissa éclater bruyamment son enthousiasme, réveillant Percy qui dormait dans son panier. Il laissa échapper un jappement dérouté. Michael sourit.

— *Professeur… professeur*

La voix de Susan était écrasée par la diaphonie de l'audioconférence.

Les icônes de tous les participants furent soudainement muettes, hormis celle de Josh.

— *Les amis, laissez Susan terminer ce qu'elle a à dire. Vous parlez tous en même temps ; elle n'arrive pas à placer un mot. Allez-y, Susan.*

Les lignes furent aussitôt rétablies, et Susan reprit :

— *Professeur, vous devez savoir que seuls cinq paquets ont été altérés dans tout le flux, mais tous se situent dans l'intervalle des quinze microsecondes.*

— *Professeur, c'est Carl Sundenbach.*

Michael ouvrit de grands yeux. Le scientifique de la DARPA à l'œil rouge.

— *Je dirais que le flux de quinze microsecondes a dû produire environ trois mille paquets. Si on a cinq altérations, ça nous fait un rapport d'environ 0,05 %. Est-ce qu'on ne pourrait pas essayer de voir s'il est possible de créer un faisceau plus puissant afin d'obtenir une meilleure interaction tachyonique-baryonique ?*

Michael était agacé, mais il répondit d'une voix calme :

— Carl, ça fait partie des prochaines étapes qui figurent sur ma liste. Mais n'oubliez pas qu'il nous reste beaucoup de choses à explorer avant que tout ceci ne puisse passer de l'expérience de laboratoire à une quelconque application tactique.

Il eut à peine prononcé ces mots qu'il les regretta. La mise en garde de Maria ne quittait pas son esprit.

« Je n'ai pas confiance dans ces gens-là. »

— Gino, Susan, j'aurai besoin de votre rapport avant que vous ne partiez.

Josh prit le relais de l'audioconférence à cet instant. Quand tout fut terminé, Michael se leva et s'étira.

Il était presque 5 heures du matin, et il avait désespérément besoin de dormir.

Mais en voyant l'agent du FBI qui se tenait à l'entrée du labo, il se souvint qu'il n'allait pas pouvoir rentrer chez lui, qu'il n'allait pas retrouver sa famille, qu'il ne savait même pas où elle était – ni même si elle était encore en vie.

Quand il était au travail, il lui arrivait presque de croire que tout allait bien dans sa vie. Mais dès qu'il franchissait la porte du labo, il se prenait la réalité en pleine face.

Il était prisonnier de sa propre vie – et c'était une prison qu'en partie il avait lui-même créée.

CHAPITRE DIX

Alicia gara le pick-up Ford à l'angle de Lenox Avenue et de la 127ᵉ Rue Ouest à Harlem. Elle n'était encore jamais venue dans ce quartier. Le soleil se levait, et les rues commençaient juste à s'éveiller. Peu de voitures circulaient, et les piétons étaient presque aussi rares ; elle éprouva un étrange sentiment de vulnérabilité tandis qu'elle marchait en direction de l'adresse qu'on lui avait donnée.

Alors qu'elle approchait de sa destination, elle entendit résonner de la musique techno. Elle remarqua deux videurs plantés devant une grande porte surmontée de néons violets.

Une boîte de nuit, semblait-il, bien qu'aucune enseigne ne figurât nulle part. Elle avait entendu parler de ces boîtes de nuit « underground », mais elle en ignorait tout, ayant été élevée au sein d'une communauté Amish par sa grand-mère adoptive.

En réalité, c'était à peine si elle avait déjà mis les pieds dans un bar.

Elle s'arrêta et fixa les deux hommes qui se tenaient devant la porte du night-club. Ils étaient énormes ; cent trente kilos chacun peut-être, et bâtis comme des haltérophiles.

Leur peau et leurs vêtements noirs les fondaient dans l'ombre projetée par l'auvent qui surplombait l'entrée du club. L'un d'eux se tourna vers elle et cligna des yeux, mais en dehors de cela, sa présence ne suscita aucune autre réaction chez lui.

Alicia se souvint des indications de Brice : « *Deux hommes au physique imposant vous attendront à destination.* »

Elle prit une grande inspiration, et se dirigea droit vers l'homme qui avait tourné la tête dans sa direction.

— On m'a dit que deux hommes imposants physiquement m'attendraient ici. Est-ce vous ?

Ils la fixèrent durant quelques secondes, avant que l'un des deux réponde, avec un léger accent jamaïcain :

— Ça dépend de qui vous êtes, m'zelle.

— Est-ce que le nom d'Alicia Yoder peut vous aider ?

— Vous seriez Alicia Yoder, c'est ça ?

— Oui.

L'homme se pencha en avant et loucha sur la poitrine d'Alicia.

Elle fit un pas en arrière.

L'homme fronça les sourcils, secoua la tête et dit :

— M'zelle, je ne peux pas lire ce qu'il y a d'écrit sur votre carte si vous vous éloignez.

— Oh !

Alicia rougit, embarrassée, en portant la main au badge dans lequel était glissée sa carte d'étudiante, et qui était fixé juste au-dessus de son sein gauche.

— Pardon, fit-elle. Voilà.

Elle dégrafa le badge et le leur tendit.

Les hommes n'y touchèrent pas, mais ils hochèrent la tête et s'écartèrent pour lui laisser le passage en l'invitant à entrer.

L'étrange musique électronique aux sons percussifs résonnait à l'intérieur. Alicia rentra les épaules en poussant la porte, s'attendant à être assaillie par la puissante rythmique, mais la musique cessa aussitôt, et elle pénétra dans un espace totalement silencieux.

Ce n'est que lorsque la porte se referma derrière elle que la musique reprit – de *l'extérieur*.

Ou plutôt, de l'intérieur de la porte elle-même.

Alicia se trouvait à présent dans un hall d'entrée aux murs lambrissés, où flottait une odeur de cire et de tabac boucané, qui lui rappela, par quelque mystérieuse association, la maison de sa grand-mère. Une sorte de comptoir de réception se trouvait en face d'elle, tenu par un homme à l'air digne, les cheveux blancs, grand et mince. Elle s'approcha du comptoir et, quoiqu'elle trouvât cela plutôt saugrenu, elle lui tendit sa carte d'étudiante.

— Je m'appelle Alicia Yoder. Je suis envoyée par Brice, dit-elle.

— Mademoiselle Yoder, c'est tellement bon de vous voir. Je suis M. Watkins, le propriétaire de cet établissement. Vous êtes attendue.

L'homme s'exprimait dans un anglais très chic, qui rappela à Alicia le majordome de *Downton Abbey*. Il lui fit signifia d'un geste que sa carte était inutile.

— Le directeur Brice m'a laissé des instructions très claires vous concernant. Nous nous occuperons de votre identité dans un moment.

Il se pencha par-dessus le comptoir et plissa les yeux en la regardant.

— Mademoiselle, vous portez là un collier, ma foi, très original.

Alicia mit la main à son cou et sourit.

— Mon père me l'a donné quand je suis entrée à l'université. Il m'a dit que c'était un porte-bonheur, qu'il me protégerait.

— Oh, je vois, dit l'homme en souriant.

Il jeta un coup d'œil à sa montre. Puis :

— Je crois que nous devrions commencer, dit-il. Mais procédons dans l'ordre, n'est-ce pas ? Commençons par le commencement…

Il s'accroupit et récupéra sous le comptoir une petite boîte noire laquée, qu'il posa devant Alicia.

Elle la ramassa et la retourna dans sa main. Elle n'aurait su dire de quoi elle était faite exactement. Cela ressemblait à du bois ; c'était lourd en tout cas pour un objet de cette taille.

— Qu'est-ce que c'est ?

Watkins sortit une petite fiche cartonnée d'une poche intérieure de sa veste de costume et chaussa ses lunettes. Il commença à lire ce qu'il y avait d'écrit dessus, et dit :

— Mademoiselle Yoder, je crains de compliquer les choses en tentant de vous en faire moi-même une description technique ; je vais donc plutôt lire ce que le directeur Brice a écrit sur cette carte.

« La boîte d'incorporation possède un revêtement laqué composé d'un micro-générateur de chaleur en réseau, lui-même fabriqué à partir d'un substrat de silicium. La résistance électrique de l'élément chauffant mesurera les différences de température entre ce qui est en contact avec le revêtement laqué et ce qui ne l'est pas,

au niveau des crêtes papillaires du doigt qu'Alicia Yoder devra appliquer. »

Alicia fronça les sourcils.

— Donc, si je comprends bien, c'est un lecteur d'empreintes digitales ?

Le vieil homme acquiesça d'un hochement de tête, et loucha sur la fiche en tenant la carte à bout de bras.

— C'est effectivement un lecteur d'empreintes digitales, mais c'est aussi un peu plus que cela. Je vois également sur cette fiche un ensemble d'instructions, ainsi qu'un avertissement, si je puis me permettre.

« Il vous faut appuyer votre index sur la surface de la boîte, et l'y garder durant dix secondes. Servez-vous du même doigt que celui que vous avez utilisé pour débloquer le téléphone que vous avez reçu. Ne vous servez pas d'un autre doigt, c'est crucial.

« Il se peut que vous remarquiez un petit nuage de fumée — c'est normal. Des circuits sont intégrés dans le boîtier ; ils enregistrent les données des empreintes digitales ainsi que des informations galvaniques et quelques données biométriques exclusives. Grâce à ces informations, l'identité enregistrée dans la boîte correspondra à votre signature corporelle. »

Alicia tendit son index, regarda Watkins, et écarquilla les yeux de surprise.

Le vieil homme tenait un pistolet dans sa main droite, et le pointait directement sur elle. Il lui désigna la boîte d'un geste.

— Mademoiselle Yoder, il est temps. Tenez-vous-en strictement aux consignes.

Bien qu'il dirigeât son arme directement sur elle, elle n'avait pas peur. En temps normal, elle aurait été terrifiée, mais toute cette situation produisait sur elle exactement l'effet inverse. Elle en éprouva un petit frisson.

Tout cela avait un petit côté *John Wick*.

— Vous n'êtes pas obligé de pointer ça sur moi. Je n'ai pas l'intention de faire quelque chose de mal.

Le vieil homme lui sourit gentiment.

— On n'est jamais certain de ce genre de choses. Vous devez vous identifier correctement.

Watkins avait prudemment fait deux pas en arrière sans cesser de pointer son arme sur elle. Malgré son attitude polie et son air digne, une chose était sûre : il savait ce qu'il faisait avec cette arme.

Alicia plaça son index sur le dessus de la boîte et appuya. Un filet de fumée s'en échappa, et une petite ligne se mit à brûler en travers. Elle compta jusqu'à dix, et dit :

— Voilà, ça fait dix secondes. Et maintenant ?

— On dirait que la boîte s'est descellée d'elle-même.

Watkins replaça son arme dans un étui d'épaule qu'il portait sous sa veste.

— Veuillez soulever le couvercle de la boîte, s'il vous plaît.

Alicia tint la boîte dans une main, secoua légèrement le couvercle et le souleva. À l'intérieur, insérée dans une garniture de velours, se trouvait une pièce en argent orné d'un logo gravé : une pyramide contenant un œil ouvert.

Le même motif que sur son pendentif.

Elle prit la pièce dans l'écrin et la retourna. Côté face, une autre gravure représentait un aigle capturant un serpent. Une imagerie insolite.

Elle envoya la pièce en l'air d'une chiquenaude, et la rattrapa.

— Bon, mais pourquoi cette pièce ?

— Si cela ne vous ennuie pas, dit Watkins, tenez-la avec l'Œil de la Providence tourné vers le haut, et tendez la main vers moi.

Alicia tint la pièce, pyramide tournée vers le haut. Watkins tendit la main à son tour et saisit la pièce par l'autre bout.

— Ne la lâchez pas surtout, lui dit-il.

Durant un instant, ils tinrent tous les deux la pièce. Alicia se demanda à quoi tout cela pouvait bien rimer. Mais au même instant, la pièce commença à se réchauffer, et l'œil de la pyramide se mit à briller.

— Ouah, ça, c'est vraiment cool !

Watkins lâcha la pièce et hocha brièvement la tête.

— Ceci, mademoiselle Yoder, est une reconnaissance d'identité entre deux personnes membres d'une même confrérie. L'éclat de l'œil confirme que les deux personnes appartiennent bien à ladite confrérie.

D'un claquement de doigt, il fit apparaître une pièce identique.

— C'est ce que nous utilisons à la place d'une identification, disons plus formelle. Nous n'utilisons pas de photo. Il n'y a pas de poignée de main secrète. Et si, à Dieu ne plaise, vous vous faites voler cette pièce, elle ne sera d'aucune utilité à son nouveau possesseur : elle ne fonctionne qu'entre membres de la confrérie.

Alicia frotta le côté pile de la pièce et la fixa durant de longues secondes, avant de lever les yeux vers Watkins.

— Mon père possède-t-il une de ces pièces ? s'enquit-elle.

Watkins sourit.

— Je vous invite à lui poser vous-même la question.

D'un geste, il désigna sa gauche :

— À présent, je vais vous conduire à votre prochain rendez-vous.

Alicia regarda dans la direction indiquée. Elle vit soudain se profiler un couloir, dont elle aurait juré qu'il n'était pas là quelques secondes plus tôt encore.

Watkins fit le tour du comptoir d'accueil, et l'invita à le suivre.

— Venez, mademoiselle Yoder, votre voyage se poursuit par ici.

— Vous pouvez m'appeler Alicia, vous savez ? Vous n'êtes pas obligé de me donner du « mademoiselle Yoder ».

— C'est fort aimable à vous, mademoiselle, mais après autant d'années passées à assurer ces fonctions d'accueil, il y a statistiquement plus de chances que je sois victime d'un phéno-mène de combustion spontanée, qu'il n'y en a que je déroge au protocole.

Le vieil homme marchait rapidement, obligeant Alicia à accélérer le pas à son tour pour le suivre. Elle ignorait qui était réellement ce M. Watkins, mais elle l'aimait bien. Il y avait chez lui quelque chose de mystérieux et de vieux jeu à la fois ; il lui fit penser à une version plus âgée de 007. Elle n'aurait pas été surprise d'apprendre que, dans sa jeunesse, il ressemblait à Roger Moore, qui était pour elle la quintessence de James Bond.

Le couloir était éclairé par des appliques murales à l'an-cienne, dont les ampoules produisaient une lumière vacillante, imitant les effets d'une flamme.

Watkins s'arrêta à quelques pas de ce qu'elle avait pris initialement pour la fin du couloir, mais qui était en fait le haut d'un escalier. Le vieil homme l'invita à descendre les marches et dit :

— Mademoiselle, le train vous attend.

— Le train ?

Alicia s'approcha et regarda en bas de l'escalier.

Soudain, elle entendit un « clic » derrière elle. Quand elle se retourna, elle se retrouva face à un mur nu, uniquement lambrissé.

— Nom de Dieu ! Watkins ?

Le couloir qu'elle venait de traverser avait disparu, ainsi que le mystérieux Britannique.

Elle cogna au mur, supposant qu'il devait s'agir d'une cloison mue par un mécanisme de coulissement quelconque ; mais le mur sonnait plein, et ne bougeait pas.

— Bordel, mais qu'est-ce qui se passe ?

Elle sentit son esprit s'emballer, cherchant à comprendre. Si les murs de cet endroit n'étaient pas montés sur roulettes ou quelque chose comme ça, alors quoi ? Après quelques secondes passées à fixer le mur nu, elle se tourna de nouveau vers l'escalier.

Entre la musique sinistre qu'elle avait entendue à l'entrée et les couloirs qui apparaissaient ou disparaissaient, cet endroit baignait véritablement dans une atmosphère de maison hantée.

N'ayant d'autre choix à présent que d'avancer, elle descendit l'escalier.

Un wagon ferroviaire aux lignes élégantes l'attendait en bas, portes ouvertes.

Elle fixa ce train au wagon unique, tout en se demandant si un train qui ne comportait qu'une voiture s'appelait toujours un train. D'un haussement d'épaules, elle mit de côté ses interrogations lexicales, et se concentra sur la situation.

— On dirait bien qu'on ne me laisse pas beaucoup le choix, marmonna-t-elle pour elle-même.

Elle monta à bord.

Aussitôt, une voix de synthèse annonça : « *Le train partira dans dix secondes. Veuillez s'il vous plaît vous tenir aux poignées ou aux barres de maintien afin de ne pas être projeté en arrière. Cet avertissement ne sera pas répété.* »

Alicia se précipita vers une place assise et agrippa une des barres d'appui.

« *Cinq secondes. Quatre. Trois. Deux. Un.*

Alicia se sentit plaquée contre son siège comme le train accélérait à une vitesse proche de celle d'une voiture de course. En quelques secondes, le vent se mit à siffler follement tandis que le train filait dans l'obscurité.

Elle ignorait ce qu'était exactement ce tunnel, mais une chose était sûre : il était incroyablement long, parce qu'en dépit de la vitesse du train, elle voyagea durant presque quarante minutes avant qu'il ne commence à décélérer.

La voix de synthèse se fit entendre à nouveau : « *Nous arriverons à la base d'Andrews dans approximativement cinq minutes. Veuillez s'il vous plaît attendre l'arrêt complet du train avant de descendre.* »

Alicia fronça les sourcils devant la stupidité du message.

— Merci de prévenir, mon pote ! Sans blague, j'allais sauter du train en marche, c'est évident. »

La base d'Andrews ?

Elle se trouvait dans le Maryland. À quel endroit précisément, elle ne s'en souvenait plus, mais c'était au moins à trois cents kilomètres de New York.

Elle jeta un coup d'œil à sa montre et secoua la tête, incrédule.

Comment diable avait-elle pu parcourir une telle distance en aussi peu de temps ? Elle fit le calcul mentalement, et dut admettre que c'était possible – à condition d'aller à la même vitesse que le TGV japonais.

Andrews était une base militaire. Elle se demanda si ce train était à usage militaire lui aussi, ou s'il appartenait justement à cette étrange confrérie dont, vraisemblablement, elle faisait partie à présent. Elle ne comprenait absolument rien à ce qui se passait, mais dire que sa curiosité était piquée au vif était un euphémisme.

À ce stade, elle était plus excitée qu'effrayée, mais intérieurement elle restait concentrée sur sa tâche. N'était-elle pas censée mettre fin à ce qui allait devenir un cauchemar non seulement pour son pays, mais probablement pour le monde ?

Les portes du train s'ouvrirent. Aussitôt, elle repéra quelqu'un sur le quai, à quelques mètres seulement, qui paraissait l'attendre.

L'homme ne portait pas l'uniforme militaire, mais un costume, avec un badge fixé à sa ceinture. Il était petit – à peine un mètre soixante-dix. À en juger par les rides qui étoilaient le coin de ses yeux, et celle qui sillonnaient son front, il devait avoir une soixantaine d'années. Les cheveux châtain clair, le front dégarni, et des yeux très pâles, presque argentés.

Il sourit, et soudain cela fit « tilt » dans l'esprit d'Alicia. Ce sourire, elle le connaissait ; elle s'en souvenait, dans une version plus âgée.

Une scène lui revint brusquement à l'esprit ; elle se revit dans un endroit sombre. Dans son souvenir, il était situé profondément sous terre.

Peu de personnes savaient qu'une quinzaine de mètres sous Fort Meade, le QG de la NSA, se trouvait un abri antiatomique.

Il avait été abandonné après la guerre froide, et était resté désaffecté durant plusieurs décennies. C'était là que Michael et elle avaient réussi à dissimuler assez d'équipements volés pour tenter de détruire ce qu'ils avaient contribués à créer. Quelque part à l'extérieur de leur labo clandestin, elle entendit le fracas d'une porte que l'on défonce.

Il ne leur restait plus beaucoup de temps.

Michael était allongé sur la civière et lui tenait la main. L'angoisse se lisait sur son visage.

— Continue, ne t'occupes pas du reste. Ils vont nous tuer de toute façon, tu le sais bien.

Elle plongea une seringue de nanites dans son artère carotide, et en quelques secondes, des dizaines de milliers de robots submicroscopiques se mirent à transmettre des données associées à tout ce qu'ils rencontraient.

Michael grimaça ; son visage devint tout rouge.

Les capillaires de ses yeux éclatèrent, tandis que le blanc devenait cramoisi, transformant son visage à l'air exténué en une vision de film d'horreur.

Les LED du casque occipital qu'il portait se mirent à clignoter en dessinant une série de motifs, indiquant que le signal émis par les nanites, quoique faible, était néanmoins bien reçu.

Michael lui serra la main et murmura :

— C'est loin d'être aussi indolore que nous l'avons laissé entendre à tout le monde.

Alicia leva les yeux vers le moniteur et regarda le programme trier le flux de données extrait du cerveau de Michael. Des images aléatoires clignotaient sur l'écran. Toutes étaient des interprétations générées par ordinateur des chemins neuronaux qui avaient été traduits de la forme organo-électrique à la forme numérique.

Les yeux de Michael se fermèrent.

— Je les sens qui travaillent dans mon crâne. C'est un peu comme s'ils rampaient dans tout mon être. Ce n'est pas une sensation agréable. Nous n'aurions jamais dû emprunter cette voie.

— Je suis désolée, chéri.

Alicia cligna des yeux, s'efforçant de repousser ses larmes. Les nanites, c'était son idée à elle. Tout était de sa faute. C'était sa contribution à la phase deux au projet Morphée.

— Ce sera bientôt mon tour, et le tien de surveiller le transfert, ajouta-t-elle.

Les LED sur le casque en maille de Michael se mirent à clignoter en vert, signe que le transfert de données était terminé.

Alicia interrompit aussitôt l'opération en appuyant sur la touche de transmission. Plusieurs messages clés s'affichèrent alors sur l'écran.

Synchronisation du satellite...
Terminée.
Transmission des coordonnées ajustées...
Terminé.
Envoi des données...

La porte du labo explosa vers l'intérieur, arrachée à ses gonds.

Des panaches de gaz blanc se répandirent dans la pièce, tandis que des soldats équipés de masques à gaz se précipitaient, armes au poing et fusils en joue, tandis que le monde devenait gris, puis noir.

. . .

* * * Quelques instants, quelques heures, ou quelques jours plus tard… * * *

Alicia se réveilla en sursaut en entendant une porte en métal grincer sur ses gonds mal huilés.

Elle se redressa en position assise dans ce qui semblait être une cellule de prison. Chaque muscle de son corps lui faisait mal.

Son bras gauche était cassé et pendait mollement selon un angle grotesque, avec son coude tourné dans la mauvaise direction.

Les murs étaient en béton brut, et elle avait à peine la place de s'allonger. Une porte en métal était la seule entrée ou sortie de la pièce.

On l'avait mise à l'isolement ; c'était peut-être encore pire que ce à quoi elle s'attendait, c'est-à-dire à ne plus se réveiller.

Pour une raison qu'elle ignorait, son bras cassé ne lui causait pas de douleur, ce qui n'était probablement pas bon signe. Elle se redressa tant bien que mal et se rapprocha de la porte.

Il y avait une petite fente dans la porte en métal, juste assez large pour y glisser un plateau ; de nourriture, probablement – en tranches, ou du moins mince et étalée.

Elle jeta un coup d'œil par la fente, et vit un soldat assis sur une chaise, chargé de toute évidence de monter la garde.

Son attention était concentrée sur son téléphone portable.

Elle ne voyait pas ce qu'elle allait pouvoir faire, surtout dans son état, et du fond d'une cellule de prison.

La transmission de Michael avait-elle pu aller jusqu'au bout ? C'était la clé pour que tout cela s'arrête.

Rien ne semblait avoir changé ni avoir été réparé ; il était donc probable que la transmission avait échoué, ou était incomplète.

Peut-être n'avaient-ils pas encore tué Michael. L'espoir était peut-être encore permis.

Elle entendit des bruits de pas à travers la fente. Le soldat se leva d'un bond et grogna :

— Qui vous a autorisé à venir… ?

Mais sa voix s'étrangla, et se mua en un gémissement aigu, en même temps que sifflement d'un jet de gaz se faisait entendre.

Alicia recula précipitamment jusqu'au fond de sa cellule ; son cœur battait la chamade. Que se passait-il ?

Elle entendit le bruit d'un corps qui s'affale sur le sol. Quelque chose de dur heurta la porte. Peut-être la tête du soldat.

Elle perçut un cliquetis métallique de clés qui s'entre-choquent, puis la claquement d'une serrure débloquée.

La porte s'ouvrit en grinçant, et elle vit un petit homme aux cheveux gris debout dans l'entrée. Le soldat inconscient gisait à côté de lui.

L'homme portait un costume. Elle remarqua aussitôt ses yeux si particuliers. Ils brillaient d'une sorte de lumière argentée.

— Mademoiselle Yoder, je crois que vous avez quelque chose à terminer, et que cela ne peut pas être fait d'ici.

L'homme lui sourit et, d'un geste du doigt, l'invita à le suivre.

— Venez avec moi, dit-il.

Alicia secoua la tête ; son esprit revint à l'instant présent.

Elle descendit du train et sourit à l'homme à son tour.

Sans même prendre le temps de la réflexion, elle dit :

— Vous êtes la version plus jeune de l'homme qui, dans le futur, me fera sortir de prison.

L'homme arqua légèrement les sourcils et sourit plus largement encore.

— Excellent, mademoiselle Yoder. Je suis ravi que le transfert de mémoire ait fonctionné pour vous.

Alicia, bouche bée, ne sut quoi répondre. Elle sentit sa peau devenir moite.

— Vous connaissez aussi l'avenir ?

L'homme se rapprocha et posa une main sur l'épaule d'Alicia pour la rassurer.

— Uniquement grâce à vous.

Il lui tendit la main. Alicia répondit à son geste, mais se rendit compte que c'était en fait une pièce en argent qu'il lui tendait.

« ... C'est ce que nous utilisons pour nous identifier, disons moins formellement (...) Il n'y a pas de poignée de main secrète. »

Elle se remémorera les instructions de Watkins, tandis qu'elle attrapait l'autre bout de la pièce.

Il fallut moins de deux secondes pour que l'Œil de la Providence se mette à briller. L'homme remit ensuite la pièce dans sa poche, et lui tendit de nouveau la main.

— Maintenant, nous pouvons nous serrer la main, dit-il en riant.

Ils échangèrent une poignée de main. Puis :

— Alicia, je m'appelle Doug Mason, reprit-il. Nous avons beaucoup de choses à nous dire avant que votre père arrive.

— Vous vous souvenez de l'endroit de notre première rencontre ? demanda Alicia.

Mason hocha la tête.

— Je crois me souvenir d'une cellule de prison qui n'avait rien d'agréable.

Alicia avait l'impression qu'un million d'émotions et de pensées de toutes sortes se bousculaient dans son esprit à cet instant. Elle résuma le tout en deux clignements d'yeux et un hochement de tête satisfaits.

Cet homme connaissait l'avenir.

Elle *n'était pas* seule !

CHAPITRE ONZE

Michael était allongé dans son lit tandis que le soleil de midi s'infiltrait par l'interstice des rideaux de sa chambre d'hôtel. Il avait réussi à dormir quelques heures, mais cela n'avait pas compensé la nuit blanche qu'il avait passée au travail. Pourtant, ce n'était pas l'épuisement qui l'avait réveillé ; c'était cette étudiante qui était venue le trouver pendant qu'il promenait Percy.

Il l'avait vue dans son sommeil.

« Je suis venue vous mettre en garde concernant le projet Morphée. Il faut tout arrêter, ou bien vous et moi allons finir par mener le monde à sa perte. »

Il avait fini par se convaincre que cette fille devait être folle, et qu'elle avait simplement entendu parler, sans qu'il sache trop comment, du projet. Il impliquait trop de monde à présent pour que le secret soit réellement maintenu, notamment concernant son financement par le gouvernement.

Michael avait surpris les conversations de plusieurs ingénieurs en salle de pause ; impossible que rien ne fuite de tout cela.

Le motif que portait cette fille en pendentif était identique à celui qui figurait sur la carte de visite.

Il se tourna sur le côté, récupéra la carte dans le tiroir de sa table de chevet et huma de nouveau la mèche de cheveux.

Il sentit sa gorge se serrer en se rendant compte que l'odeur de lavande commençait à s'estomper. C'était la seule chose qu'il lui restait de sa femme et de sa fille.

Il regarda l'heure au réveil sur la table de chevet. Il était 14 heures.

Il bascula ses jambes hors du lit. Percy leva la tête, les oreilles en alerte, et émit un petit glapissement, comme pour demander : « Est-ce qu'on va quelque part ? »

— On ne travaille pas aujourd'hui ; alors, allons voir la maison.

Percy se leva et remua la queue, tandis que Michael s'habillait.

Sans même prendre la peine de se regarder dans le miroir pour se peigner, il prit son portefeuille, ses clés, la laisse de Percy et quitta la chambre d'hôtel.

En arrivant au bout du couloir, un des agents du FBI le salua d'un petit mouvement du menton.

— Z'allez chercher quelque chose à manger à la cafétéria ?

— Non. Je fais un saut rapide à la maison. Je veux voir où en sont les réparations, et peut-être récupérer quelques vêtements supplémentaires.

Les deux agents échangèrent un regard et secouèrent négativement la tête.

— Il faut qu'on appelle avant. Personne n'est autorisé à

quitter l'hôtel autrement qu'en prenant la navette, et elle n'est pas sur le parking pour le moment.

Michael fronça les sourcils.

— La navette, peut-être pas, mais ma voiture, elle, est bien là. Si l'un de vous veut m'accompagner, pas de souci. Mais il faut que j'aille chez moi récupérer certaines choses.

Un des agents sortit son téléphone portable et le colla à son oreille, tandis que l'autre tendait la main, comme pour empêcher Michael d'aller plus loin.

Son équipier au téléphone dit :

— Ouais, c'est Carter. Le professeur Salomon veut aller chez lui récupérer des bricoles… euh, oui, monsieur. Compris.

Il rangea le téléphone dans la poche de son costume, et tendit la main.

— Professeur, vous voulez bien me donner vos clés de voiture, s'il vous plaît ? Le commandement va s'arranger pour récupérer chez vous ce dont vous avez besoin, mais vous n'êtes pas autorisé à quitter l'hôtel, même sous escorte.

— Qu'est-ce que c'est ces conneries ? s'agaça Michael, qui sentait la colère monter en lui. Je suis prisonnier ou quoi ?

— Non, monsieur. Mais vos déplacements sont limités au périmètre sécurisé de cet hôtel. Nous n'avons pas les effectifs suffisants ici qui permettraient d'assurer une escorte hors site.

Il s'avança, tendit la main, paume ouverte, et répéta :

— Vos clés, s'il vous plaît.

L'autre agent soupira.

— Professeur Salomon, ne rendez pas notre tâche plus difficile qu'elle n'est déjà. Nous faisons tout ce qui est nécessaire pour…

— Oui, je sais.

Michael prit ses clés et les remit à l'agent.

— Vous faites ça pour ma sécurité. Mais pour être honnête, ma sécurité, je m'en tamponne. Vous feriez mieux de retrouver ma femme et ma fille.

— Nous comprenons…

Michael tourna les talons, ravala sa colère, et regagna sa chambre. Là, il sortit son téléphone, balaya plusieurs pages sur son écran, et sourit en retrouvant l'icône familière.

Il regarda Percy et murmura :

— Ils ont peut-être mes clés de voiture, mais je n'en ai pas besoin si j'appelle un Uber. Qu'est-ce que t'en dis, mon chien, hein ?

Percy inclina la tête et parut l'agiter doucement en guise d'approbation.

Michael sourit encore plus en voyant que le chauffeur Uber le plus proche ne se trouvait qu'à sept minutes de l'hôtel. Il confirma l'adresse et la prise en charge sur l'application, puis sortit et traversa de nouveau le couloir.

En le voyant approcher, les agents du FBI se raidirent, comme s'ils s'attendaient à un deuxième round de confrontation. Mais, parvenu à leur hauteur, Michael leur sourit et dit :

— Désolé pour tout à l'heure, les gars. Vous avez raison. Tout le monde est sous le coup du stress. Je vais faire un tour au bar et voir ce qu'ils servent à cette heure-ci. Ça vous dit de vous joindre à moi ?

Les deux agents secouèrent négativement la tête.

— Malheureusement, dit l'un des deux, on est en service, et comme je vous l'ai dit, on est ric-rac côté effectifs. On doit rester à notre poste.

Michael acquiesça.

— D'accord. Peut-être plus tard dans ce cas.

Il leur sourit de nouveau, et descendit en direction du restaurant et du bar.

Dès qu'ils furent hors de vue, Percy et lui changèrent de trajectoire, et rejoignirent un des couloirs qui donnait sur une série de salles de réunion. Au bout du couloir se trouvait la sortie de secours non surveillée qu'il avait repérée deux jours plus tôt. Il appuya rapidement sur la barre antipanique de la porte et sortit de l'hôtel avec Percy, avant de se diriger droit vers la rue où l'attendait un SUV noir.

En le voyant approcher, le chauffeur descendit et les regarda, Percy et lui.

— Monsieur Salomon ?

Michael hocha la tête.

— Parfait.

Il ouvrit la portière arrière et demanda :

— Pas de bagages ?

— Non, répondit Michael. Je fais juste un aller et retour. Ça ne devrait pas prendre plus d'une demi-heure.

D'un petit bond, Percy monta à l'arrière ; Michael se glissa à son tour sur la banquette.

Le chauffeur ferma la portière, se remit au volant, et démarra en direction de l'adresse déjà indiquée sur son application.

Michael sourit et se détendit, profitant du confort de l'habitacle climatisé.

Il ne restait plus qu'à voir s'il pouvait s'échapper ainsi et revenir sans que personne ne le remarque.

Michael se pencha vers le chauffeur Uber et demanda :

— Pouvez-vous m'attendre. Je n'en ai pas pour plus de dix minutes.

Le chauffeur se retourna sur son siège et le regarda en secouant la tête.

— Je suis désolé, mais j'ai une course qui m'attend tout près d'ici. Si vous voulez, je peux revenir.

— Merci, mais ça ne fait rien. Je vais y aller, et j'appellerai un autre chauffeur quand je serai prêt.

Il donna un généreux pourboire à l'homme via l'application, et Percy et lui descendirent de voiture.

Il regarda fixement sa maison et soupira. Hormis quelques échanges téléphoniques avec les experts en assurances, il n'avait eu aucun contact réel avec qui que ce soit pour les travaux de réparation. Certaines vitres avaient été remplacées, mais plusieurs châssis de fenêtre avaient été tout simplement condamnés à l'aide de planches de bois.

Les éclats de verre, au moins, avaient été balayés. Michael jeta un coup d'œil au lampadaire de l'autre côté de la rue, et vit que la caméra vidéo était toujours braquée sur sa maison. Quelqu'un le surveillait-il, il n'en avait aucune idée, mais il allait certainement avoir la réponse très bientôt.

Que le FBI aille se faire foutre ! Il n'avait rien fait qui mérite d'être confiné dans sa chambre comme un ado, bordel.

Il regarda Percy et dit :

— Prêt à entrer, mon chien ?

Percy agita le derrière en remuant follement la queue.

Michael glissa la clé dans la serrure, ouvrit la porte et entra. Il fut instantanément frappé par l'odeur de peinture fraîche.

Les meubles du salon étaient recouvert de bâches de protection bleues. Michael tint fermement la laisse de Percy.

— Attention avec ta queue, dit-il, la peinture est peut-être encore fraîche.

Il évita la grande pièce, entra dans la cuisine, mais là aussi il y avait des bâches de protection partout. Manifestement, les ouvriers rénovaient tout le rez-de-chaussée d'un seul coup.

Les baies vitrées coulissantes qui avaient explosé avaient été remplacées. Toutefois, il leur manquait encore les volets roulants.

Il tourna les talons en direction de l'escalier, et monta à l'étage. Son cœur se mit à battre plus fort lorsque, entrant dans la chambre, il vit le berceau de Felicia.

Rien, apparemment, n'avait encore été fait à l'étage. C'était encore le chaos partout ; rien n'avait changé depuis le jour de l'explosion.

Il entra dans le dressing de la chambre, mais il était totalement vide.

— Bordel, où sont mes vêtements ? Et ceux de Maria ?

Il n'y avait plus rien ; ni vêtements, ni cintres, ni même les albums photos que Maria rangeait normalement sur l'étagère du haut.

La gorge nouée par la colère, il inspecta le reste de la chambre, et remarqua que la salle d'eau avait été nettoyée à fond. Là encore, il n'y avait plus rien : shampooing, produits de maquillage, dentifrice et brosses à dents, tout avait disparu.

Même le porte-magazines dans les toilettes était vide.

— Percy, où sont toutes nos affaires ?

Le chien émit un petit gémissement, et le regarda, tête inclinée sur le côté, l'air de dire qu'il n'en avait aucune idée.

Michael entra dans les toilettes et ouvrit la petite armoire qui se trouvait juste au-dessus de la cuvette.

Vide, là encore.

D'ordinaire, ils y rangeaient quelques rouleaux de papier

toilette de rechange, mais pas seulement ; il y avait autre chose qu'ils rangeaient là…

Michael appuya sur l'étagère du milieu, et un petit « clic » se fit entendre. L'armoire bascula vers l'avant, révélant un coffre secret.

Ils l'avaient installé peu après leur emménagement, sur l'insistance de Maria.

Il tourna le cadran d'une main exercée, ouvrit le coffre et écarquilla les yeux de surprise.

Il s'attendait à voir un étui à pistolet.

Ni Maria ni lui n'étaient amateurs d'armes à feu, mais Maria craignant toujours le cartel colombien qui avait tué toute sa famille, ils avaient jugé plus sage d'avoir une arme à la maison… juste au cas où.

Mais l'arme avait disparu.

Il y avait des mois qu'il n'avait pas ouvert ce coffre. Les occasions de le faire étaient assez rares ; il leur arrivait d'y mettre un peu d'argent liquide, mais même dans ce cas, ce n'étaient que quelques centaines de dollars. Ni l'un ni l'autre n'aimaient avoir beaucoup d'argent liquide en poche.

Il vit briller quelque chose dans le coffre. Il tendit la main et récupéra une petite pièce dorée.

Il fixa l'étrange motif qui y était gravé, et se sentit brusquement pris de vertige en comprenant de quoi il s'agissait.

Il reconnut le logo en forme de pyramide avec l'œil ouvert au milieu. Il recula et s'agrippa au chambranle de la porte.

Et soudain, il se souvint d'un autre moment où il avait vu ce logo.

. . .

Michael enfila les couloir tortueux du Pentagone en se dirigeant vers la cafétéria. Il était un peu plus de dix heures du matin ; la foule du déjeuner n'était pas encore arrivée. Pas plus que son mystérieux contact, Doug Mason. Mason était le directeur de cabinet du chef de la commission des crédits du Sénat. Le bonhomme n'était pas censé être ce qu'on appelle un politique, mais juste un type qui connaissait à peu près tout le monde à Washington. Il travaillait néanmoins pour un homme politique de premier plan. Après plusieurs années passées dans la capitale, Michael savait que lorsqu'une personne proche d'un sénateur vous tendait la main, la sagesse commandait de ne pas ignorer l'invitation. Une seule chose l'ennuyait : l'homme n'avait pas été très communicatif concernant le sujet qu'il voulait aborder.

Presque tout ce que faisait Michael était classé « top secret » ; il ne lui était même pas permis de reconnaître qu'il travaillait sur un projet classé comme tel. Quel que soit le sujet dont cet homme souhaitait parler, la nature confidentielle des activités de Michael allait limiter le champ de leur conversation à la météo et à Dieu sait quoi d'autre.

Il décida d'aller prendre un café au Starbucks en attendant. Il s'approcha du comptoir, où un barista était en train de moudre des grains de café en répandant une bonne odeur boisée aux notes de noisette.

— C'est calme, ce matin, hein ? dit Michael.

— C'est comme ça généralement à cette heure-ci. Qu'est-ce que je vous sers ?

— Je vais prendre un « venti » de café. Sans lait, sans sucre, sans rien du tout.

— Un venti, noir, ça marche.

— Qu'est-ce que vous me recommanderiez comme petit déjeuner ?

— Eh bien, les gens demandent souvent un bagel grillé. Mais vous pouvez voir sur le menu affiché ce qu'on propose aujourd'hui.

— D'accord, dit Michael. Je vais prendre un bagel ordinaire, grillé.

Le barista lui servit sa commande. Toujours aucun signe de son contact. Il sortit son téléphone et envoya un bref texto :

Je suis arrivé. Où êtes-vous ?

La réponse fut rapide :

Désolé. Je suis à une réunion générale qui a été convoquée à la dernière minute. Je vais être en retard.

Michael se renfrogna. Il était d'humeur maussade. Et soudain, il eut une idée. Il envoya un texto à un de ses amis en poste au Pentagone.

Au cours des dernières années, il avait acquis une certaine influence auprès de quelques cercles, ce qui lui valait d'avoir dans son carnet d'adresses quelques noms utiles.

Serais-tu par hasard en réunion avec Doug Mason ?

Il y a des chances. Il doit y avoir deux cent personnes dans cette salle. Pourquoi, tu as besoin de lui ?

Le plus rapidement possible.

Je vais voir ce que je peux faire.

Il sirota son café et attendit. À peine une minute plus tard, son téléphone vibra. Il avait un nouveau texto. Celui-là était de Mason :

Le projecteur a eu un problème. Nous faisons une pause de quinze minutes, le temps qu'ils le réparent. Je peux vous rejoindre pour quelques minutes, à supposer que vous soyez encore là.

Michael sourit et répondit :

Je serai du côté nord de la cour centrale, en train de boire un café hors de prix.

Puis il sortit dans la cour et alla s'asseoir sur un banc le long d'une des allées. Une agréable brise matinale soufflait à travers les arbres et la pelouse impeccable, tandis qu'il déballait son bagel et en prenait une bouchée.

Quelques minutes plus tard, un petit homme en costume sombre s'approcha de lui. Doug Mason.

— Alors, Michael, comment va ? demanda Mason en s'asseyant à l'autre bout du banc.

Michael arqua un sourcil.

— Pardon, mais est-ce qu'on se connaît ? Tout ce que je sais vous concernant, c'est que vous travaillez pour un sénateur qui est à la tête de la commission des crédits.

Il désigna d'un geste vague la cour autour d'eux.

— Alors, j'ai envie de vous demander : qu'est-ce que le conseiller d'un sénateur vient faire au Pentagone ?

Mason avait la soixantaine bien sonnée, les cheveux gris, et des yeux clairs aux reflets argentés singuliers. Malgré son âge cependant, il paraissait en forme et plein d'entrain. Il sourit, se pencha légèrement vers Michael et répondit :

— Professeur Salomon, je sais tout ce qu'il y a à savoir sur vous et votre projet.

Michael inclina la tête, silencieux.

— Si je suis ici, c'est pour vous prévenir que le moment viendra où certaines des capacités du PM2 seront utilisées contre les citoyens de ce pays.

Michael écarquilla les yeux en entendant mentionner le PM2. C'était le raccourci que les scientifiques qui travaillaient avec lui utilisaient pour faire référence à la phase deux du Projet Morphée. Ils étaient dans les premières phases du processus de fusion de deux projets en un seul. Sa partie à lui, qui permettait la transmission de données à travers le temps, et un autre projet lié au décodage du fonctionnement de l'esprit.

D'une voix proche du chuchotement, Mason ajouta :

— Vous allez devoir faire des choix. J'espère seulement que vous ferez les bons, et ne deviendrez pas celui par qui la malédiction de cette technologie PM2 s'est abattue sur notre société.

L'homme sortit une carte de visite d'une poche de sa veste et la tendit à Michael.

— Mon numéro est au dos. Si vous avez besoin d'une porte de sortie, je peux vous la fournir.

Michael le regarda se lever, puis s'éloigner d'un pas rapide.

Bon sang, mais qu'est-ce qui venait de se passer, au juste ?

Il regarda la carte de visite et y vit un étrange logo. Un œil ouvert à l'intérieur d'une pyramide.

— De quoi est-ce que ce cinglé voulait parler ? se demanda Michael à voix haute en fourrant la carte dans sa poche, certain d'avoir perdu une matinée précieuse.

L'image du Pentagone disparut brusquement alors que Michael se retrouvait affalé sur le sol de sa salle de bains, avec l'impression de tenir encore la carte dans sa main.

Il venait juste de s'écrouler sur les fesses apparemment, mais il ne se sentait pas étourdi comme la dernière fois où il avait eu une vision dans cette pièce ; il avait pourtant eu un moment d'absence, aucun doute.

Percy gémit et lui lécha le visage. Michael éloigna de son nez la truffe du chien, et dit :

— Je vais bien, Percy. J'ai eu une sorte de blanc, c'est tout.

Les souvenirs de l'étrange logo, de chacune des fois où il l'avait vu, étaient gravés dans sa mémoire. Et c'était un peu comme si quelqu'un ou quelque chose réactivait cette dernière.

Percy s'assit devant lui, et le fixa de ses yeux de chiot constamment sur le qui-vive. Il glapit.

— J'ignore ce qui se passe, mon chien. Comment suis-je capable de me souvenir d'être au Pentagone alors que je n'y ai jamais mis les pieds ? Pourtant, je me rappelle clairement certaines choses…

Percy posa une patte sur son épaule et émit un petit jappement de nouveau.

— Je te jure que j'ai l'impression de me souvenir d'un appartement à Washington dans lequel j'ai vécu ; ou dans lequel je vivrai. Je sais, tout ça paraît complètement dingue.

Il sentit son esprit s'emballer au fil des souvenirs qui se réveillaient… à moins que tout cela ne fût qu'une illusion ?

— Percy, ce type, Mason, a dit que je risquais d'être responsable d'une malédiction qui s'abattra sur notre société. Et cette étudiante… j'ai oublié son nom, mais elle aussi a dit que nous risquions, elle et moi, de mener le monde à sa perte. Et Maria…

Il sentit sa gorge se serrer en s'asseyant, seul, dans leur chambre.

— Maria a dit que je ne devais pas faire confiance à ces gens. Je ne sais plus si j'ai pris ou non la bonne décision.

Il jeta un coup d'œil à sa montre et grimaça.

— Il est temps d'y aller.

Il récupéra son téléphone, réserva un VTC et attrapa la laisse de Percy.

— À ton avis, demanda-t-il au chien, les gars du FBI vont être furieux quand ils découvriront que j'ai enfreint leur petit protocole ?

Percy aboya deux fois.

Michael se mit à rire, tandis que le Uber se garait dans sa rue.

— Je crois bien que t'as raison. Ils ne vont pas apprécier cette petite escapade. À tous les coups, ça va chier pour mon matricule.

Le chauffeur descendit de sa voiture.

— Monsieur Salomon ?

Michael hocha la tête, et il grimpa avec Percy à l'arrière du VTC.

Le chauffeur enclencha la marche avant et prit la direction de l'hôtel.

— Bon, on devrait être fixés très bientôt, marmonna-t-il dans sa barbe.

Percy bâilla et appuya son menton sur le pied de Michael, assis devant le pupitre de commande du labo, le regard perdu dans le vide tandis qu'il se remémorait les événements de la veille. Il sourit en repensant à la manière dont il s'était faufilé à l'intérieur de l'hôtel à son retour. Il avait eu l'impression d'être un ado rentrant furtivement chez lui à une heure indue, en espérant que ses parents ne s'en rendent pas compte.

Les agents du FBI n'étaient pas du genre à fermer les yeux

sur quelque incartade que ce soit ; ils n'avaient donc pas dû remarquer son petit épisode de rébellion.

Il décrocha le téléphone et composa le numéro de l'agent du FBI en chef, Glen Bernstein. « L'agent spécial en charge », comme on le désignait officiellement, lui avait dit de l'appeler s'il avait besoin de quoi que ce soit. Il n'allait pas tarder à vérifier si c'était réellement le cas.

Le téléphone sonna deux fois, et une voix bourrue se fit entendre :

— *Oui ?*

— Agent Bernstein ?

— *Oui, que puis-je pour vous, professeur ?*

— Y a-t-il une possibilité pour que je puisse récupérer quelques vêtements supplémentaires chez moi ?

— *Je préférerais que vous ne vous exposiez pas en retournant chez vous. Je vais m'arranger pour qu'un agent récupère l'ensemble de vos vêtements, si ça peut vous satisfaire.*

— Agent Bernstein, revoir ma femme et ma fille, voilà la seule chose qui pourrait me satisfaire. Disons qu'en attendant, quelques vêtements en plus, ce sera toujours ça.

— *Je m'en occupe aujourd'hui. Y a-t-il autre chose ?*

— Pas pour le moment, merci.

Michael entendit un « clic ». Il repose le combiné sur sa base et sourit. S'ils lui rapportaient ses vêtements, c'était évidemment qu'ils les avaient stockés quelque part.

Mais il se doutait bien que le FBI n'était pas le seul à avoir passé sa maison au peigne fin.

Quelqu'un avait laissé cette pièce dans le coffre.

Mais qui ?

— Qu'est-ce qui vous fait sourire comme ça ? demanda Josh en s'approchant et en prenant un des tabourets du laboratoire.

Michael secoua la tête.

— Rien, dit-il. J'étais en train de me souvenir d'un rêve bizarre que j'ai fait. Alors, quoi de neuf ?

L'air grave, Josh se pencha en avant, appuya ses coudes sur ses genoux et demanda d'une voix chuchotée de conspirateur :

— Vous avez eu des nouvelles de Washington ?

Michael fronça les sourcils et secoua la tête.

— Non. Pourquoi, j'aurais dû ? Quel est le problème ?

— J'ai entendu dire par certains de mes contacts à la DARPA qu'il est question de consolider les ressources des laboratoires, et de rapprocher certains projets du vaisseau-mère si possible, dont le nôtre.

Des images du Pentagone et d'autres endroits traversèrent aussitôt l'esprit de Michael.

— Croyez-moi, il gèlera en enfer avant que je ne déménage à Washington ; surtout alors que Maria et Felicia sont encore là, quelque part. Le projet bougera s'il le faut ; moi pas.

Percy releva la tête, regarda Michael, et laissa échapper un nouveau bâillement.

Josh hocha la tête.

— Espérons que tout s'arrangera, dit-il. Je suis sûr que la police et le FBI sont tout près de retrouver votre famille.

Michael haussa les épaules et retourna à l'ordinateur.

— Pouvez-vous aller voir où nous en sommes dans la collecte de tachyons, et aussi concernant l'antenne que nous avions commandée ? Elle devrait être arrivée maintenant.

— Je m'en occupe, dit Josh.

Michael regarda s'éloigner l'étudiant diplômé devenu chef de projet, et serra les dents.

Il ne savait pas exactement comment cela avait eu lieu, mais à un moment, Josh était passé du statut d'étudiant à celui de prolongement, en quelque sorte, des consignes émanant de Washington.

L'avertissement de Maria lui revint en mémoire avec une intensité particulière : il ne pouvait pas faire confiance à ces gens.

À ce stade, Percy était la seule chose, ou plutôt le seul être dans sa vie en qui il pouvait avoir confiance.

Il sortit son téléphone portable, afficha l'album photo, qui n'en comportait que quatre, et fixa la plus récente.

Il s'agissait des informations de contact de cette fille.

Alicia Yoder.

Il ignorait qui elle était au juste, mais une chose était sûre : son histoire commençait à paraître moins folle qu'il ne l'avait cru.

Il continua de fixer durant dix bonnes secondes la photo qu'il avait prise, avec son numéro de téléphone ; puis il se leva.

— Viens, Percy. On va faire un tour.

Brice se connecta aux ordinateurs du Centre de données de l'Utah, les mêmes que ceux utilisés par la NSA pour surveiller tout le trafic téléphonique entrant et sortant du pays.

Un fait peu connu était qu'ils surveillaient en réalité *tous* les appels dans le pays, alors que seuls les appels provenant de – ou dirigés vers – l'étranger étaient censés être marqués pour l'indexation des mots-clés. Cette indexation permettait de repérer des mots tirés d'un registre particulier, tels que « bombe » ou « tuer » ; il n'y a pas si longtemps, « Oussama » était le terme en vogue à repérer.

L'objet des recherches de Brice était à présent les affaires dites « hautement prioritaires » en rapport avec le professeur Michael Salomon. Pourquoi et comment l'Organisation avait été impliquée dans cette affaire, c'était ce qu'il était compliqué de déterminer. D'ordinaire, Brice savait *pourquoi* il travaillait sur quelque chose, mais cette fois-ci, seul le directeur Mason, qui était l'un des hommes les plus importants de toute l'organisation clandestine, semblait avoir une idée de ce qui se passait avec ce professeur de physique du New Jersey.

Brice avait été chargé de surveiller les communications du bon professeur, et de découvrir avec qui il était en contact ; et évidemment, par voie de conséquence, d'essayer de comprendre le rôle de ces personnes, et ce qu'elles cherchaient au juste.

Brice mit ses écouteurs et s'adossa au fond de son siège en écoutant une conversation entre un agent du FBI de haut rang nommé Glen Bernstein, et un autre homme.

— Comment ça, il n'y a rien dans le dressing de la chambre du professeur Salomon ? Notre équipe a bien inventorié toute la maison avant de fermer, non ?

— Glen, je ne sais pas quoi vous dire. Je me tiens au milieu du dressing, et il n'y a rien ici. Je n'ai pas la liste établie lors de l'inventaire sur moi, mais je suis à peu près certain que si le rapport avait fait état d'un dressing totalement vide dans la chambre parentale, je m'en souviendrais. C'est le genre de détail qui ne passe pas inaperçu. De plus, la chambre a été nettoyée à fond. Il est clair que quelqu'un est venu et a fait du vide ici.

— Et le reste de la maison ?

— Je n'ai rien remarqué de particulier. Les fenêtres ont été changées, et ils sont en train de repeindre, mais les bibelots m'ont paru être à leur place, comme tout le reste. Non, il n'y a que dans la chambre parentale où il manque des choses.

Il y avait de la frustration dans la manière dont s'exprimait Bernstein.

— Bon, très bien, alors il va falloir vérifier la vidéosurveillance, et tenter de voir qui est venu et reparti avec ces vêtements. J'imagine mal les ouvriers envoyés par la compagnie d'assurances faire une razzia dans le dressing du client.

— Mouais, m'étonnerait aussi… À ce propos, je vous ai envoyé un email concernant la surveillance il y a un moment. L'allocation qui nous a été allouée pour ça était limitée dans le temps, et vous ne m'avez pas répondu, si bien que personne n'a dû aller voir le juge pour lui demander de prolonger l'ordre. Je veux dire, le professeur est sous notre protection dans un autre endroit…

— Vous vous foutez de moi ?

Bernstein soupira bruyamment. Brice eut l'impression de voir les épaules de l'homme s'affaisser sous le poids de la frustration.

— Jason, ça craint vraiment. Il faut absolument réinventorier cette maison, et comparer le nouvel état des lieux à l'ancien. Si quelqu'un a pris des trucs, je veux savoir où c'est allé, et pourquoi. Même si le professeur est sous contrôle, sa femme et sa fille sont toujours un problème. Vous croyez qu'il risque de s'enfuir ?

— Je ne crois pas. Jusqu'à présent, il a été plutôt conciliant.

Bernstein grommela quelques mots inintelligibles ; puis :

— C'est tellement frustrant que tout cela se déroule à distance. Si c'était ici à Washington, on trouverait mille prétextes pour mettre en place une surveillance vingt-quatre heures sur vingt-quatre, et sept jours sur sept.

— Je sais que certains travaillent à cette solution : faire migrer le projet vers Washington. D'ici-là, que voulez-vous que je fasse concernant la demande du professeur pour ses vêtements ?

— Oh, quand vous le verrez, dites-lui juste que ses vêtements font partie comme tout le reste des pièces à conviction, et que vous ne pouvez pas les récupérer pour le moment. Demandez-lui quelle taille il fait, et achetez-lui les fringues qu'il voudra.

— Compris !

Fin de la conversation. Brice fronça les sourcils.

Les gars du FBI n'avaient pas l'air de maîtriser grand-chose.

Brice prit son téléphone portable sur son bureau et appela Mason.

Au bout de quatre sonneries, l'appel bascula sur la messagerie automatique.

— Doug, où es-tu, bon sang ? marmonna-t-il pour lui-même.

Il était rare que Doug Mason ne soit pas joignable, surtout au beau milieu de la journée. Et cela faisait presque une semaine que cela durait.

La dernière fois qu'il lui avait parlé, Mason lui avait confié la tâche de rassembler tout ce qu'il pouvait à propos du professeur Salomon, sans lui donner plus d'instructions.

Il se passait quelque chose de grave. Pour la première fois en quinze ans, depuis qu'il travaillait pour l'Organisation, Brice était inquiet.

CHAPITRE DOUZE

Assise dans le Freedom Hall, le restaurant de la base d'Andrews, Alicia examina ses nouveaux papiers d'identité et regarda Doug Mason, qui venait de déposer un plateau de boissons et une grande assiette de frites sur leur table.

— Jennifer Smith ? Vous n'avez rien trouvé de plus original ?

— Il serait imprudent d'utiliser votre vrai nom en ce moment, fit valoir Mason en avalant une gorgée de son thé glacé. Et puis, ce n'est que temporaire. Jusqu'à ce que nous puissions découvrir qui exactement a envoyé vos agresseurs, et pourquoi.

Alicia mordit dans une des frites et balaya la cafétéria du regard. Presque la moitié des personnes présentes autour d'eux portaient des treillis, ou quelque autre uniforme de type militaire ; les autres étaient en civil.

— J'imagine que je dois vous remercier d'avoir organisé tout cela, même si j'étais loin de m'attendre à devoir me faire passer pour un officier de l'armée de l'air.

Mason eut un petit rire.

— Si vous regardez de plus près votre CAC, vous verrez que vous êtes inscrit comme aviatrice, et non pas comme officier.

— Ma *quoi* ?

— C-A-C, votre « carte d'accès commun ». C'est cette carte à puce qui ressemble à une carte de crédit que vous tenez entre vos mains.

Mason se pencha en avant et murmura, en dépit de l'environnement bruyant de la cafétéria :

— Ne vous faites pas non plus de fausses idées. Cette carte, c'est juste pour que vous n'ayez pas de problèmes tant que nous sommes sur la base, en attendant l'arrivée de votre père.

— Mon père fait partie de l'armée ?

— Non, répondit Mason en secouant la tête d'un air amusé. Comme vous, il nous arrive de faire semblant d'être ce que nous ne sommes pas. Mais je vous expliquerai tout le moment venu, je vous le promets ; pour l'instant, concentrons-nous sur les toutes prochaines heures. Avez-vous essayé de parler du futur à votre père ?

Alicia hocha la tête.

— Oui. Il m'a écouté, mais je doute qu'il ait cru un seul mot de ce que je lui ai raconté. Pour être honnête, je m'étonne encore que *vous* ayez prêté foi à mes propos.

Mason afficha un air grave, et rapprocha sa chaise, de manière à ce qu'ils soient davantage côte à côte que face à face. Les bras croisés, il se pencha légèrement sur le côté et dit, toujours à voix basse :

— Je suis membre d'une communauté qui agit à bien des égards pour notre gouvernement comme le ferait sa conscience en quelque sorte, s'il en avait une. L'Organisation a été fondée à l'époque de la naissance de notre nation, et elle compte des membres sur tous les continents, et cela jusqu'en Antarctique.

Nous observons, disons les tendances, et nous nous efforçons d'orienter les choses quand nous identifions des risques de dérapage.

« L'un des avantages de mon organisation est qu'elle dispose d'un accès aux données quasi illimité. Et c'est ce qui m'a permis d'identifier un petit problème. C'est ainsi que dans un avenir proche, j'ai eu connaissance d'un projet qui, à première vue, semblait constituer une avancée scientifique fantastique. Il était dirigé par un professeur de Princeton, que vous connaissez bien. Et puis, j'ai appris l'existence d'une deuxième phase d'expériences, qui mutualisait le travail de deux équipes de recherche, dont l'une était dirigée par vous. J'ai regardé de plus près ce qui se passait, et j'ai immédiatement vu le danger.

Alicia essaya de se souvenir de sa première vraie rencontre avec Michael dans le futur, mais elle en était incapable. Se pouvait-il que ces souvenirs-là n'aient pas été transférés comme ils l'auraient dû ?

— Si on me demandait quelle est ma meilleure compétence, je répondrais probablement que c'est d'être capable de voir en quelque sorte le mauvais dans le bon, et vice-versa. D'aucuns n'hésiteraient pas à me qualifier de cynique, quand d'autres préféreraient le terme d'optimiste ; au final, je dirais que je suis pragmatique. Je veux ce qu'il y a de mieux pour notre gouvernement et son peuple. Pourtant, tout dans les projets que vous et ce professeur meniez de pair, a éveillé ma méfiance. Ceci étant dit, j'ai essayé de lui parler, au professeur. J'ai essayé de l'avertir de ce qui risquait d'arriver. Et puis, peu de temps après, toute l'équipe du projet s'est retrouvée séquestrée. Il y avait des gens au gouvernement qui étaient très intéressés par la promesse de ce que vos deux équipes étaient peut-être en passe d'accomplir. Au départ, ce qu'ils y voyaient surtout, c'était un avantage militaire.

Très vite, on a parlé de projet de recherche de sécurité nationale. Tout ça pour masquer le fait que l'idée-force, au fond, c'était de créer un État policier.

Alicia hocha la tête ; elle se souvenait du sentiment de paranoïa qui régnait dans les rues.

— Je m'en souviens, en partie. Je suppose que mon transfert de mémoire n'a pas été aussi complet que je l'espérais. La police pouvait vous arrêter uniquement parce qu'elle vous soupçonnait d'être l'auteur d'un acte que vous n'aviez pas encore commis…

Soudain, Alicia se souvint de la première fois où elle avait été appelée à témoigner en tant qu'expert devant un tribunal. Elle se revit écoutant cet avocat général représentant l'accusation interroger à la barre une femme âgée.

— Madame Patterson, vous n'avez pas eu une vie facile, n'est-ce pas ?

Assise sur la chaise des témoins, la frêle octogénaire se pencha en avant et répondit dans le micro :

— Oh, j'ai eu des hauts et des bas, comme tout le monde, j'imagine.

L'avocat éleva légèrement la voix :

— Permettez-moi de poser la question différemment. Vous n'avez pas eu une vie facile auprès de votre mari pendant cinquante ans ; vivre auprès de cet homme s'est révélé un véritable défi, n'est-ce pas ?

— Tous les mariages ont leurs petites épreuves à surmonter, monsieur Jenkins. Tous, répondit la femme d'une voix légèrement tremblante.

— Bien entendu, c'est un fait, mais depuis vingt ans, il est devenu particulièrement difficile de vivre avec votre mari, qui, je le précise, n'est pas avec nous dans ce tribunal aujourd'hui du fait qu'il est grabataire. Après cet accident de voiture, il n'a jamais retrouvé ses facultés motrices. De plus, l'argent de l'assurance n'a pas suffi à couvrir toutes les dépenses. N'est-il pas vrai ?

— C'est sans doute vrai, oui. Les choses ont été difficiles, je l'admets.

Alicia eut le cœur brisé en regardant la vieille femme essuyer doucement ses larmes, étalant le maquillage bon marché qu'elle avait mis ce matin-là. Comment cette femme pouvait-elle être coupable de complicité de meurtre ?

— Et vous avez un voisin, un certain M. Robert Kenyon. Vous souvenez-vous de M. Kenyon ?

— Bien sûr, c'est mon voisin immédiat depuis près d'un quart de siècle.

L'avocat se tourna vers le jury et poursuivit :

— Madame Patterson, nous avons pris la déposition de votre voisin, M. Kenyon, qui a admis vous avoir fait une proposition tout à fait indécente, et cela en dépit du fait qu'il prétende être un homme très croyant. Vous souvenez-vous de cette proposition ?

Alicia remarqua que l'attitude du jury venait de passer de l'atonie, presque de l'assoupissement, à l'attention concentrée, les jurés se redressant sur leurs chaises et tendant le buste — comme s'il était dans la nature humaine de réagir de la sorte face à quelque chose de scandaleux.

— Non, monsieur Jenkins. Je ne me souviens pas que Robert m'ait dit quoi que ce soit d'inapproprié ou d'indécent.

L'avocat général sourit en relisant sa fiche :

— Je crois que M. Kenyon vous a dit qu'il serait prêt à s'occuper de vous financièrement s'il arrivait qu'un jour vous en ayez besoin. Madame Patterson, vous ne croyez tout de même pas que le jury ne va pas voir là ce qu'on appelle une proposition indécente ?

— Objection, Votre Honneur ! Pure conjecture, intervint l'avocat de la défense en secouant la tête d'un air accablé, les yeux rivés sur son collègue de la partie adverse.

— Retenue, approuva le juge.

— Madame Patterson, cette offre de soutien financier de M. Kenyon, l'avez-vous jugée indécente ?

— Absolument pas. C'était très gentil de sa part, et vous devriez vous en inspirer, cela vous ferait sûrement grand bien, monsieur Jenkins, s'indigna la vieille femme. Robert voulait seulement me faire savoir que si mon Frank venait à mourir, il serait là pour s'occuper de moi. C'est ce qu'on peut attendre d'un être humain digne de ce nom, non ?

— Exactement, dit l'avocat, une note de triomphe dans la voix. J'aimerais à présent me référer au document 3B, déjà versé au dossier. Il a été établi par un sténographe de mémoire assermenté, qui l'a transmis directement.

L'avocat de l'accusation se tourna de nouveau vers le jury, tenant le rapport imprimé, et, désignant du doigt Alicia sans la regarder, il ajouta :

— J'ai ici une experte en sténographie de la mémoire, qui témoignera de l'exactitude de ce document. Il établit sans équivoque que Mme Holly Andrea Patterson a fantasmé sur le fait d'oublier accidentellement certains des médicaments dont son mari avait un besoin critique dans sa médication quotidienne administrée par intraveineuse. En fait, les souvenirs recueillis vont jusqu'au fait qu'elle a calculé le temps qu'il faudrait à son mari pour avoir une crise fatale s'il était privé de ces médicaments. Elle a également fantasmé sur le plaisir qu'elle aurait à pouvoir faire la grasse matinée, s'il advenait qu'elle ait la joie de trouver son mari mort, et d'obtenir ainsi la liberté tant désirée. En outre, Mme Patterson a pensé à maintes reprises au bonheur de se retrouver dans les bras de M. Kenyon, une étreinte qu'elle savait n'être possible que si Frank Lloyd Patterson, son mari, était mort. Tout ceci est indéniablement consigné dans l'enregistrement de ses souvenirs.

Quelques exclamations stupéfaites s'élevèrent parmi les membres du jury, mais le juge rappela tout le monde à l'ordre en donnant de bruyants coups de marteau, avertissant que tout bruit excessif ou interruption auraient des conséquences graves.

Alicia regarda fixement l'avocat continuer d'énumérer les pensées de la vieille femme, mais, quoique assez négatives, ces pensées paraissaient être davantage le fruit d'un moment de faiblesse, plutôt que le signe d'une réelle volonté coupable. Elle était écœurée à l'idée qu'un simple moment de faiblesse, une pensée mal formulée, puissent être sanctionnés de la sorte et entraîner d'aussi graves conséquences. Ce n'était pas ainsi que les choses devaient se passer ; jamais elle n'avait voulu cela.

— Monsieur Jenkins, je ne me souviens pas de la plupart des choses dont vous venez de parler. Tout ce que je sais, c'est que jamais je ne ferai intentionnellement du mal à mon mari. Je l'aime plus que tout, et je prends soin de lui chaque jour depuis cet accident. J'aime mon mari.

L'avocat secoua la tête.

— Sans doute bien moins que M. Kenyon, semble-t-il. Comme vous le savez, selon l'article 1117, alinéa 18, du Code des États-Unis, vous êtes actuellement accusée de complicité de meurtre. Selon la sous-section modifiée traitant des données de mémoire, je cite : « Si deux ou plusieurs personnes conspirent pour violer l'article 1123, et qu'une ou plusieurs de ces personnes commettent un acte manifeste indiquant une volonté de mise en œuvre réelle de ladite conspiration, le ou les auteurs de l'acte seront punis par une peine d'emprisonnement allant de plusieurs années à la réclusion à perpétuité.»

— Est-ce que ça va ? s'inquiéta Mason.

Alicia frissonna, puis revint aussitôt à l'instant présent.

— Seigneur, nous en arrivons à juger et à condamner des gens pour des meurtres qu'ils n'ont pas encore commis. Notre futur est un horrible endroit, et c'est par ma faute.

— C'est même probablement pire que ce dont vous vous souvenez. Mais n'oubliez pas que ce que vous venez de décrire a nécessité non seulement votre invention, mais également la capacité du professeur à envoyer certaines données dans le passé. Les poursuites judiciaires pour ce qu'on va appeler les « précrimes » vont devenir une réalité dès lors qu'un meurtre aura eu lieu. Des mises en garde ont été envoyées dans le passé à certains procureurs.

— D'après vous, le crime se serait produit ?

Mason haussa les épaules.

— Tout dépend de la perspective dans laquelle on se place. C'est en tout cas la vision que notre futur gouvernement va décider d'imposer. Et cela va avoir un effet glaçant sur l'ensemble de la société.

Alicia en avait la chair de poule. Un frisson lui électrisa le bas du dos en remontant le long de sa colonne vertébrale.

— Je n'arrive même pas à imaginer comment tout cela pourrait fonctionner.

— Si j'ai bien compris l'explication que vous m'avez donnée, quand les souvenirs sont envoyés vers le passé, c'est un peu comme si vous tiriez à distance avec un fusil de chasse en espérant que les plombs atterrissent tous dans le crâne de quelqu'un, ce qui est quasiment impossible. Pour une raison que j'ignore, quand vous avez envoyé mes souvenirs dans le passé, soit vous avez fait mouche, soit vous êtes passé largement à côté. Ce qui est sûr, c'est que je me souviens de m'être réveillé il y a environ une semaine avec une horrible nausée. Pendant un moment, je me suis vraiment cru dans le futur. Il m'a fallu une bonne heure pour comprendre ce qui s'était passé exactement. Je me souviens du futur comme si c'était hier.

Alicia secoua la tête.

— J'ignore ce à quoi on peut prêter foi exactement dans ce que vous venez de dire, mais j'ai moi aussi ressenti la même impression de nausée il y a longtemps, mais ma mémoire est capricieuse. Il y a certaines choses dont je me souviens immédiatement, comme Michael… Oh, ça oui, je me souviens du professeur.

— Si mes souvenirs sont exacts, vous êtes sortis ensemble, non ?

Alicia acquiesça d'un hochement de tête.

— Et c'est une vraie déchirure intérieure de savoir que je l'ai vu, et qu'il ne m'a même pas reconnue. Pas le moindre souvenir.

Elle exhala un souffle tremblant, puis :

— Mais c'est assez logique, d'une certaine manière. Je me souviens que nous nous trouvions dans cet abri souterrain à Fort Meade ; nous étions en train de transmettre ses souvenirs quand ils sont entrés avec fracas. Peut-être qu'il n'en a récupérés aucun ; ou quelques-uns seulement, des souvenirs épars. Je ne sais pas.

Mason tambourina sur la table avec ses doigts, tandis qu'un groupe d'aviateurs passait à côté d'eux, riant bruyamment.

— Tout le problème est là justement, reprit-il. Vous avez dit que les souvenirs pouvaient être transférés sans que la personne en ait même conscience, et cela tant que quelque chose ne déclenche pas un de ces souvenirs latents. Vous avez décrit les souvenirs comme un ensemble de chemins ressemblant à un labyrinthe, en précisant qu'il faut vraiment tomber sur l'entrée de ce labyrinthe pour se rendre compte qu'elle est là, qu'elle existe.

Alicia acquiesça de nouveau.

— Oui, je comprends que j'ai pu dire ça. J'aurais pu parler aussi de contrôles épigénétiques de la mémoire, de processus électrochimiques et tout le reste, mais quelle importance.

— Quelle importance ? Tout est important, chère Alicia. Voyez-vous, je pense que j'ai été affecté différemment de vous et de l'homme qui deviendra votre amant. J'ai une mémoire eidétique. Je me souviens de tout ce que j'ai vu, senti, goûté. C'est fou ; je peux vous dire par exemple que dans le film *Le Hobbit*, à exactement une heure, vingt-quatre minutes, vingt-neuf secondes, Bilbo et son groupe entrent pour la première fois à Fondcombe, la ville dirigée par Elrond.

Alicia se tourna vers Mason et sourit.

— Vous avez tout de l'intello binoclard, au fond, pas vrai ?

— Oh ! fit Mason en haussant les épaules. J'ai mes moments, j'imagine. Ce que j'essaie de dire, c'est que j'ai une vision de ce qui arrive très différente de n'importe qui d'autre. Vous et moi avons déjà eu cette conversation quatre fois par le passé.

— Quelle conversation ? demanda Alicia, perplexe.

Celle-là, celle que nous avons en ce moment même.

— Quoi ?

— Ce n'est qu'une théorie, j'ai…

Mason pinça les lèvres et prit une grande inspiration.

— Je pense que dans le futur, reprit-il, certaines choses peuvent se produire quand on envoie un message dans le passé.

Parfois, il ne se passe rien. D'autres fois, il peut y avoir ce qu'on appelle un effet d'entraînement. Pour faire un parallèle, je dirais que ce n'est guère différent de ce qui se passerait si vous remontiez le temps pour aller tuer Hitler, alors qu'il n'est encore qu'un bébé. Dans quelle mesure le monde en serait-il changé ? Ou bien, imaginez que vous aidiez Hitler à parvenir à ses fins ? Que se passerait-il en aval ? Je sais que j'ai vécu quatre « réalités » différentes, et qu'à chaque fois de nouveaux souvenirs ont été actualisés en moi. Je ne me souviens pas de m'être réveillé en quelque sorte quatre fois, mais j'ai bien le souvenir de quatre fois différentes où mes souvenirs ont été mis à jour. (Il tapota le côté de sa tête). Je me souviens ainsi de quatre versions différentes de notre futur, mais aucune d'elles n'a laissé une empreinte agréable sur ma mémoire.

— Le multivers, dit Alicia en ouvrant de grands yeux. J'ai lu des choses sur cette théorie. À chaque changement de décision correspond un univers différent. Vous paraissez toutefois sous-entendre qu'il ne s'agit pas d'un univers différent en soi, mais que tout cela s'inscrit dans une seule et même ligne de temps ; j'en déduis donc que nous avons échoué quatre fois en essayant d'empêcher ce qui va se passer. Est-ce cela qu'il faut comprendre ?

Mason le lui confirma d'un hochement de tête.

— C'est mon hypothèse de travail. Le seul problème est que je n'ai aucune idée de ce que nous avons fait à chaque fois. J'ignore pourquoi nous avons échoué, tout autant que ce que nous devons faire pour éliminer la menace.

Il se gratta le menton.

— Dites-moi ce que vous savez du professeur.

— Eh bien, je sais qu'il enseigne…

— Non, je ne veux pas dire techniquement. Sur le plan

émotionnel. Vous allez être amants tous les deux. Que savez-vous de lui ? D'où vient-il ? Est-ce qu'il a de la famille ? Des parents ? Est-il croyant ? N'importe quoi…

Alicia haussa les sourcils, surprise par la question.

— Je ne me souviens pas de notre première rencontre dans le futur. Seigneur, c'est tellement bizarre de dire ça, et pourtant c'est la seule chose qui ait un sens. Mais je nous revois travailler ensemble, et… (Elle rougit soudain.) Je crois que c'est moi qui l'ai séduit. Je l'ai fait boire, et je me suis montrée, disons insistante. À ce moment-là, j'ignorais s'il était gay ou hétéro. En tout cas, il ne semblait même pas se rendre compte que je le draguais. (Elle sourit.) Bref, il n'était pas gay. Concernant sa famille, je n'ai pas d'infos. Il n'était pas marié, ça je le sais. Et il passait tout son temps au travail. C'était son obsession. Je me souviens que nous avons fait l'amour dans son bureau. Et dans mon appartement.

Elle leva les yeux vers Mason et secoua la tête d'un air incrédule.

— Je n'arrive pas à croire que je viens d'admettre ça le plus tranquillement du monde. Quant à son appartement, je ne sais pas si j'y suis allée ou non. Je dirais de lui que c'est quelqu'un de très privé, sans pour autant savoir s'il avait une vie privée tout court. Il était toujours au travail. Mais pourquoi cette question ?

Mason pinça de nouveau les lèvres et secoua la tête.

— Sans raison précise. Quels sont vos sentiments aujourd'hui à l'égard de ce professeur ?

— Je ne suis pas censée en avoir, pas vrai ? Je ne suis qu'une étudiante diplômée qui ne l'a jamais rencontré.

Alicia soupira, puis :

— Depuis que j'ai reçu ces souvenirs, je l'ai vu une fois, et j'ai essayé de l'avertir de ce qui nous attend. J'ai échoué misérablement. Je vais être honnête avec vous, j'ai envie d'y retourner et de le sortir de là. De l'éloigner du projet, et de changer le cours des choses.

— Est-ce que les sentiments que vous avez pour lui se sont transférés ? voulut savoir Mason en la fixant. Je vous sens émotionnellement attachée, je me trompe ?

Alicia sentit sa gorge se serrer ; aucun mot ne sortit de sa bouche. Elle se contenta de hocher la tête.

— Est-ce que vous vous rendez compte que le plus simple serait encore de faire en sorte qu'un tireur d'élite l'abatte ? Ainsi, tout serait réglé.

— Non ! s'exclama Alicia, avant de plaquer une main sur sa bouche en se rendant compte que tous les regards s'étaient tournés vers elle.

Mason se mit à rire.

Alicia but une grosse gorgée de son thé glacé et s'efforça de sourire à son tour pour oublier sa réaction passionnée.

— Désolée, s'excusa-t-elle.

Autour d'eux, les conversations reprirent normalement, et chacun reporta son attention sur son assiette.

— Je comprends, mais et si c'était la seule solution qu'il nous restait ?

Alicia eut l'impression de sentir sur ses frêles épaules le poids oppressant du futur ; elle savait qu'elle s'était renvoyée ces souvenirs parce que c'était de sa faute – ou peut-être de leur faute à tous les deux – si le monde s'était transformé en une version dystopique de lui-même. Elle se pencha sur sa droite et, sa tête touchant presque celle de Mason, elle murmura :

— Si on en arrive là, j'appuierai moi-même sur la gâchette. On ne peut pas laisser le futur que j'ai entrevu se produire.

— Ça me va, dit Mason. Mais comment décririez-vous l'attitude du professeur, s'agissant de sa loyauté envers ses employeurs ?

— Dans le futur, ou maintenant ?

— L'un ou l'autre ; les deux, ce serait encore mieux.

— Dans le futur, j'ai eu la nette impression que quelque chose en lui était brisé, qu'il était devenu une créature de labo. Ce n'est qu'une supposition, parce que je ne l'ai connu que dans ce rôle de rat de laboratoire, quelqu'un qui passait son temps à travailler. Je n'ai entrevu le vrai Michael que les rares fois où je l'ai eu dans mon lit.

Elle prit ses joues empourprées entre ses mains.

— Je n'arrive pas à croire que je parle comme ça. Bref, je pense que quelque part, au fond de lui, il détestait le gouvernement, même s'il ne l'a jamais critiqué ouvertement. C'est juste que je l'ai vu plusieurs fois lever les yeux au ciel, ou laisser échapper quelques mots fatalistes tout à fait à la fin… Il savait qu'ils voulaient nous tuer parce que nous ne faisions plus partie de l'équipe. Je crois que c'était surtout de ma faute d'ailleurs. Mais il a suivi le mouvement. Il était conscient que nous avions commis l'impardonnable, et qu'il n'y avait aucun moyen de revenir en arrière. La boîte de Pandore avait été ouverte.

— Pourtant, vous avez eu l'idée d'essayer d'inverser le cours des choses en cherchant à prévenir vos anciens « moi ».

Alicia secoua la tête.

— En fait, c'était son idée. Je l'ai juste aidé à assembler les pièces du puzzle. Il s'est mis à mobiliser toute son énergie après que j'ai suggéré que nous pourrions essayer de revenir en arrière justement.

Elle se recala sur son siège et regarda Mason droit dans les yeux.

— Je crois qu'il faut que je retourne dans le New Jersey.

C'est la meilleure chose à faire. Si quelqu'un peut déclencher ses souvenirs et le convaincre de renoncer, c'est bien moi.

— Nous allons voir ça.

Mason jeta un coup d'œil à sa montre.

— Mais dites-moi, pourquoi essayez-vous de faire tout ça ?

— Tout ça ?

— Retourner dans le New Jersey, voir le professeur. Quelle est votre véritable motivation ?

Alicia soupira et laissa la question faire son chemin dans son esprit.

— Ce qui me pousse à retourner là-bas ? J'ai vu à quoi ressemblait ma fin dans le futur, et je suis certaine que Michael connaîtra – ou a connu, peu importe – le même sort. Je ne vois qu'un moyen pour éviter ça : c'est de le sortir du projet.

— Vous êtes bien consciente qu'en faisant cela, vous ne le reverrez peut-être jamais ?

Alicia leva les mains, paumes tournées vers le haut, comme si elle pesait deux options.

— J'ai le choix entre, d'un côté, mourir de manière horrible après avoir connu quelques parties de jambes en l'air assez géniales, malgré tout ; et de l'autre, sauver le monde, et voir ce qui se passe. Je choisis de sauver le monde. Il faudrait être idiot pour faire un autre choix, non ?

Mason sourit.

— Jeune fille, je crois que nous sommes sur la même longueur d'onde, tous les deux.

Il se leva et ramassa le plateau avec l'assiette de frites à moitié mangée et les boissons partiellement consommées.

— Votre père est sur le point d'atterrir. Commençons par vous réunir ; nous aviserons ensuite de ce qu'il faut faire.

Alicia suivit Mason et demanda :

— Vous croyez que je devrais essayer d'expliquer à mon père ce qui se passe ? Lui parler du multivers, et de tout le reste ?

Mason déposa le plateau sur un tapis roulant qui alimentait lentement les cuisines. Puis, il se tourna vers Alicia et répondit :

— Je vous laisse en décider. Gardez simplement à l'esprit qu'il pourrait avoir beaucoup de mal à vous croire. J'y crois à peine moi-même, alors que j'ai déjà vécu quatre fois la situation.

Mason avait raison, songea-t-elle. Elle ne voyait pas comment son père pourrait comprendre. Même avec la meilleure volonté du monde.

Mason poussa une porte, et ils débouchèrent sur le tarmac, dans le bruit assourdissant des turboréacteurs.

— Je crois que je vais plutôt jouer l'étudiante déboussolée, et lui faciliter la tâche.

Ils marchèrent vers le nord, en direction d'un ensemble de bâtiments.

— C'est probablement ce qu'il y a de mieux à faire, cria Mason pour être entendu par-dessus le bruit de la piste.

Alicia avait un plan ; le genre de plan dont elle était certaine qu'il ne recueillerait jamais l'approbation paternelle.

Brice griffonnait furieusement dans son bloc-notes en écoutant la conversation interceptée au même moment entre l'agent spécial en charge Glen Bernstein et quelqu'un du Centre de données de l'Utah.

— *Quoi de neuf, Sandi ? Rien de nouveau du côté du CDU ?* demanda Bernstein.

— *Si, justement. Vous vous souvenez du numéro de portable que vous m'avez fait ajouter à la liste ? Celui d'Alicia Yoder.*

— *Oui*, répondit Bernstein, tout excité. *Qu'est-ce que vous avez ?*

— *Eh bien, il apparaît que votre Michael Salomon a essayé de l'appeler depuis son portable. La messagerie vocale s'est déclenchée ; c'est comme ça qu'on a pu enregistrer l'appel.*

— *Excellent. Et ça vient juste de se produire, c'est ça ?*

— *Oui. Il y a environ cinq minutes.*

— *Parfait. Autre chose ?*

— *Non, mais vous m'avez demandé de vous prévenir aussitôt que ce numéro était ciblé, et de ne pas attendre de faire mon rapport quotidien.*

— *Vous avez très bien fait. Je vous revaudrai ça. Merci.*

Brice mit fin à l'appel et fixa le moniteur, tandis que le signal du portable de l'agent spécial Bernstein déclenchait une nouvelle connexion, cette fois avec quelqu'un qui se trouvait dans le New Jersey.

— *Jason, qu'est-ce qui se passe avec cette fille, Alicia Yoder ? Vos gars étaient censés l'appréhender, alors quoi ?*

— *Pour l'instant, ça ne donne rien. La fille n'a pas été vue depuis deux jours, et les gars que j'ai envoyés... eh bien, pas de nouvelles. J'ignore ce qui se passe. J'ai essayé de les joindre, mais leurs téléphones doivent être coupés.*

— *Bordel de merde, pas moyen de souffler deux minutes !* pesta Bernstein. *On a maintenant une connexion directe entre notre professeur et cette Alicia. Ils se connaissent apparemment ; il a essayé de l'appeler.*

— *Écoutez, Glen, on le suit comme son ombre. Comment elle a pu lui mettre le grappin dessus, je l'ignore.*

Bernstein soupira.

— *Bon, continuez d'essayer de trouver cette fille. Il faut absolument la mettre hors-jeu. Je pense que j'ai un dossier en béton maintenant pour accélérer le déménagement à Washington...*

— Glen, vous devriez y réfléchir à deux fois. Je tiens de source sûre que notre gars n'ira pas à Washington...

— Pourquoi ? C'est quoi, son problème ?

— Il espère toujours que sa femme et sa fille vont réapparaître.

Il y eut un silence de plusieurs secondes au bout de la ligne, qui laissa le temps à Brice de rattraper le fil de sa prise de notes.

— Je vois. Bon, peut-être qu'il est temps de lui annoncer la nouvelle.

— Quelle nouvelle ?

— Peu importe. Je m'en occupe.

La communication prit fin, tandis que Brice terminait sa prise de notes en jetant un coup d'œil à l'écran. Pas d'autres activités cellulaires.

*— Pourquoi est-ce que tout le monde s'intéresse tellement à ce maudit professeur ? se demanda-t-il d'un air accablé.

Les yeux cernés, Michael fixait son écran, tout en mettant la touche finale à son dernier rapport. Le seul bénéfice qu'il aurait pu avouer retirer de sa collaboration avec tous ces types du gouvernement, c'était que cela l'obligeait à mettre les choses noir sur blanc, et à les expliquer en détail. C'était le genre de discipline auquel il n'avait jamais eu réellement à se plier auparavant, la plupart des personnes qui lisaient les comptes-rendus de son travail étant ses pairs.

Il en était arrivé à devoir faire comprendre des sujets de physique avancée à des cadres ayant une formation en informatique ou en génie mécanique. Cela revenait plus ou moins à écrire pour des étudiants ; des étudiants stupides.

Une sonnerie retentit dans le labo. Percy sortit de son panier, tandis que plusieurs agents entraient.

Le chien se mit à grogner.

— Percy ! Viens ici.

Ses griffes grattant le sol du laboratoire, Percy vint s'asseoir à côté de la chaise de Michael, qui se leva en reconnaissant l'agent Bernstein à la tête du petit groupe.

Il n'avait pas revu l'homme depuis ce premier jour à la maison. Pourquoi l'agent principal du FBI était-il là ? Était-ce lié à sa petite escapade avec le chauffeur Uber… à moins que :

— Agent Bernstein, des nouvelles de ma femme et de mon enfant ?

L'homme afficha un air sombre, et fit signe à Michael de s'asseoir, tandis qu'il tirait un des grands tabourets qui se trouvait à proximité.

— Essayez-vous, professeur.

Michael sentit son cœur battre plus fort dans sa poitrine. Les deux autres agents se tenaient un peu à l'écart, l'air grave eux aussi.

— Je ne connais pas de manière facile d'annoncer cela, alors je vais le faire le plus simplement et le plus directement possible. Il y a eu un accident de voiture, qui a entraîné l'embrasement du véhicule. (Bernstein soupira.) Votre femme et votre enfant sont morts.

L'homme continua de parler, mais Michael n'entendait plus qu'un bourdonnement. Il n'était même plus conscient de ce qui l'entourait ; il était ailleurs… Il se tenait à présent sur un talus, et regardait un SUV calciné. Des pompiers arrosaient les restes fumants. Des hélicoptères survolaient la zone. On emportait des sacs mortuaires sur des civières.

Puis le bruit des camions de pompiers s'estompa, et il entendit de nouveau la voix de Bernstein.

— Les ravisseurs étaient des agents de l'étranger. Nous étions sur le point de les intercepter, mais quand ils ont compris qu'ils étaient repérés, ils ont coupé une voie d'autoroute par mauvais temps, et l'accident a eu lieu. Il n'y a eu aucun survivant. Les corps ont été abîmés au point de ne pas être reconnaissables ; nous ne vous demanderons donc pas de les identifier si vous ne voulez pas le faire. Des analyses ADN sont en cours, mais le médecin légiste dispose du dossier dentaire de votre femme, et il correspond malheureusement à l'adulte décédée. Je suis désolé.

Michael se sentait tout engourdi. Quelque chose clochait, une fois de plus. Il venait de se souvenir de l'accident. Comment était-ce possible ?

Il sentit monter en lui une sourde colère, mais il prit une grande inspiration et souffla lentement. Puis, avec tout le calme dont il était encore capable, il dit d'un ton ferme :

— Je veux voir les corps.

L'agent spécial Bernstein se leva et dit :

— Je m'y attendais un peu. Nous pouvons vous conduire là-bas maintenant, si vous le souhaitez.

L'air hébété, Michael suivit les agents jusqu'à leur voiture, et se fit conduire sous bonne escorte au bureau du médecin légiste du comté de Mercer.

Ils étaient attendus, semblait-il, parce que moins de trois minutes après être entré dans le bâtiment, Michael se retrouva devant les deux tiroirs frigorifiques dans lesquels se trouvaient des sacs mortuaires scellés.

Un homme en blouse blanche regarda Michael, puis Bernstein.

— Nous sommes prêts ?

Les agents se tournèrent vers Michael. Il acquiesça d'un hochement de tête.

Il se prépara à avoir une vision d'horreur. Du sang, des tripes… Il ne savait pas à quoi s'attendre ; ce qu'il vit fut encore pire.

Les corps avaient été brûlés si profondément qu'il n'en restait plus que des squelettes à la peau calcinée. Plus de cheveux. Plus de lèvres. Plus de traits du visage.

Le petit corps de Felicia s'était presque totalement consumé. Il ne restait plus que le torse, la tête, et des bouts de tissus à la place des membres.

Les deux seuls êtres qu'il avait adorés en ce monde n'étaient plus que des restes carbonisés.

Il fut secoué d'un sanglot incontrôlable, et détourna le regard. La vision était trop dure à supporter.

Les agents l'accompagnèrent avec prévenance hors de la pièce.

Lorsqu'il remonta dans la berline, Percy se mit à gémir et posa sa tête sur ses genoux. Michael caressa mécaniquement l'animal, l'esprit ailleurs.

Elle est morte. Elles sont parties, toutes les deux.

Il se sentit oppressé au niveau de la poitrine ; il était comme pris en étau. Il avait du mal à respirer. Il était conscient que les agents lui parlaient, mais il ne les entendait pas. Ses pensées étaient toujours à la morgue. Il avait toujours les corps carbonisés sous les yeux. Il les imaginait tournant la tête vers lui ; leurs orbitent vides le fixaient et leurs mâchoires s'ouvraient ; il les entendait hurler en silence.

Soudain, Percy glapit de douleur. Michael se rendit compte qu'il serrait le chien trop fort, et il relâcha rapidement son étreinte. Son cœur battait follement ; le monde perdait ses couleurs. L'espace d'un instant, il eut l'impression de perdre connaissance.

Puis, tout redevint normal.

Il se mit à respirer plus facilement. Il regarda Percy, qui le fixait avec une certaine méfiance.

— Je suis désolé, Percy. J'ai fait un cauchemar. Tu es un bon chien.

L'animal baissa les oreilles, et Michael le caressa de nouveau. Le chiot, surdimensionné pour son âge, se mit à gémir tristement.

— Je sais, mon grand, dit Michael. Ça va aller. Il n'y a plus que toi et moi maintenant.

Sa gorge se serra, et il répéta, en s'efforçant de contenir son émotion :

— Il n'y a plus que toi et moi.

CHAPITRE TREIZE

Ils avaient pris place dans une salle de réunion privée de la base d'Andrews. Alicia était assise en face de son père, qui la fixait de ses yeux d'un bleu intense. Elle savait qu'il était en colère à sa façon de contracter les muscles de sa mâchoire. Même si elle savait qu'il bouillonnait de colère, extérieurement il affichait l'expression placide d'un maître zen. Seule la crispation des muscles de sa mâchoire le trahissait.

— Papa, j'ai décidé de m'impliquer dans tout ça. Doug et moi en avons discuté, et je sais que tu ne veux pas en entendre parler, mais c'est quelque chose que je dois faire.

Son père se tourna vers Mason et arqua un sourcil.

— Doug…, dit-il d'une voix douce qui menaçait pourtant d'être impitoyable. Qu'est-ce que c'est que cette histoire ? On est vraiment en train de parler de l'envoyer en mission ? Comme si ça ne suffisait pas que je rentre plus tôt pour découvrir que ma fille aînée a été intronisée dans l'Organisation, dont elle ignore probablement absolument tout d'ailleurs, il faut maintenant que j'accepte l'idée d'une *mission* ? Bon sang, elle est encore étudiante ! s'exclama-t-il en tapant bruyamment de l'index sur la table, comme pour ponctuer sa récrimination.

— Levi, je suis parfaitement conscient qu'elle est étudiante, dit Mason en souriant, pas le moins du monde intimidé par le regard perçant de son ami. Quant à une possible mission, nous n'avons même pas encore décidé quels pourraient en être les paramètres. Je n'en ai pas encore discuté avec Brice, qui s'est occupé de recueillir pour moi des informations concernant notre illustre professeur. Rien n'est prévu encore dans l'immédiat.

Levi se tourna vers Alicia et pointa un doigt vers elle :

— Quel genre d'entraînement peux-tu bien avoir suivi pour croire que tu es prête pour une mission ? Ce n'est pas parce que je t'ai enseigné les bases des arts martiaux, ou à tirer avec une arme, que tu es qualifiée pour ce genre de chose. Alicia, tu es encore étudiante. Chérie, tu ne sais pas à quoi tu t'exposes. Tu n'es pas prête, crois-moi.

Alicia sentit les poils de sa nuque se hérisser tandis qu'elle essuyait les foudres paternelles.

— Papa, je suis prête, crois-moi. Je suis peut-être étudiante, mais je peux être utile là où la plupart des autres agents ne le peuvent pas. Je peux entrer dans les détails, mais tu risques de ne pas aimer ce que je vais dire.

— Tiens donc ! Au contraire, je t'écoute, dit son père en se recalant sur sa chaise avec un sourire.

Alicia prit une grande inspiration et décida d'y aller frontalement en se mettant à parler mandarin, le plus courant des dialectes chinois, que son père maîtrisait parfaitement.

— Eh bien, pour le cas où tu ne t'en serais pas encore aperçu, je n'ai plus douze ans, et même quand j'avais douze ans, quand tu m'as adoptée, tu sais que je n'étais pas une petite chose innocente. Dans ces rues où tu m'as trouvée, j'ai connu les abus de toutes sortes. Des hommes et des femmes se sont servi de moi durant des années, et je ne te remercierai jamais assez de nous avoir sauvées, mes sœurs et moi. Mais justement, j'espère que ce que je m'apprête à te dire te rappellera qui je suis, et de quoi je suis capable.

Elle poursuivit en anglais :

— Nous nous efforçons de trouver un moyen d'éloigner ce professeur, Michael Salomon, de son travail ; du gouvernement qui essaie de lui faire faire quelque chose qui conduira notre monde à sa perte. Il se trouve que je suis la personne la mieux placée pour attirer son attention, et le convaincre de renoncer à son travail.

Son père ouvrit la bouche pour dire quelque chose, mais elle l'en dissuada d'un simple geste de la main.

— Papa, je t'ai dit que j'avais des souvenirs du futur. Je suis certaine que tu ne me crois pas, mais je veux que tu entendes au moins ceci, parce qu'une de ces deux choses est forcément vraie : soit je vais être amenée à connaître intimement Michael Salomon à un moment donné dans le futur, soit nous avons eu des relations intimes, je veux dire sexuelles, alors même que je suis encore étudiante et lui enseignant au même endroit. Peu importe. Dans un cas comme dans l'autre, le fait est que je le connais mieux que quiconque, et que je suis convaincue de pouvoir le prendre à part et lui parler.

Elle se tourna vers Mason.

— Si je ne parviens pas à lui faire entendre raison ou à le séduire, avons-nous la possibilité de le retenir quelque part contre sa volonté ?

Mason fronça les sourcils et regarda Levi, qui à son tour fixa Alicia, avant de secouer la tête en soupirant :

— Jeune fille, qu'est-ce que je vais bien pouvoir faire de toi ?

Alicia laissa échapper un petit rire.

— Qu'est-ce que tu ferais s'il n'y avait pas de femmes dans ta vie pour te bousculer un peu dans tes certitudes, hein ? répliqua-t-elle.

Son père grogna en roulant de grands yeux.

Mason se leva et dit :

— Je vous laisse vous arranger tous les deux. Levi, j'ai besoin que tu conduises Alicia à la planque la plus proche. Un véhicule vous attend dans le garage attenant au bâtiment.

Il se tourna vers Alicia.

— Il est préférable qu'on ne vous voie pas dans les rues jusqu'à ce qu'on ait une meilleure idée de ce qui se passe, et qu'on sache si ces agents du FBI qui ont essayé de vous enlever ne sont que la partie émergée de l'iceberg.

Il reporta son regard sur Levi et ajouta :

— Je vais parler avec Brice, et voir quel genre d'informations il a pu recueillir. Retrouvons-nous demain matin à neuf heures, au Rooster and Bull. Ce sera l'occasion de présenter à ta fille ce qu'est exactement l'Organisation. On se retrouvera ensuite pour une réunion de mission au QG. Des questions ?

Père et fille secouèrent négativement la tête.

— Bien.

Mason désigna la porte d'un mouvement du pouce, et dit :

— Allez-y maintenant, que je puisse dire au général Owens qu'il peut récupérer sa salle de réunion.

Alicia se leva. Son père lui offrit son bras. Elle le prit et sourit.

— Tu n'es pas en colère contre lui, pas vrai ? lui demanda-t-elle en mandarin.

— Bien sûr que non. Tu as toujours été têtue, mais généralement en ayant la tête sur les épaules, alors…

Levi jeta un coup d'œil à Mason, tandis qu'ils se dirigeaient tous les trois vers la porte.

— Il y a une chose qu'il faut probablement que tu saches concernant Doug Mason, reprit-il à l'attention d'Alicia.

— Je t'écoute.

— Je parle mandarin moi aussi, intervint Mason avec un parfait accent chinois.

Michael avait pris place dans la petite salle de réunion située à l'intérieur du laboratoire, construite à la façon d'une alcôve privée insonorisée où Josh et lui pouvaient avoir des conversations avec Washington. C'était particulièrement utile lorsque les sujets abordés n'étaient pas destinés à être entendus de tous. Le plus souvent, les sujets de discussion portaient sur le personnel, les questions de financement, ou l'ordre de priorité des prochaines étapes de la recherche. Pour l'heure, les gens de Washington avaient organisé cette réunion afin de ne s'entretenir qu'avec lui seul.

— *Nous avons actuellement treize ingénieurs et scientifiques salariés à plein temps sur le projet Morphée, et nous avons obtenu l'approbation du DDD, le département de la Défense pour étendre nos efforts, selon votre plan, professeur Salomon. Cela constituera un point d'inflexion dans l'évolution du projet. Compte tenu de l'expansion envisagée, et des multiples installations et stations terrestres nécessaires, le DDD réclame une consolidation du personnel clé dans la zone métropolitaine de Washington.*

Le département de la Défense était le détenteur ultime des cordons de la bourse pour la DARPA et ce projet.

Les yeux rivés sur le haut-parleur, Michael fronça les sourcils.

— Avant de parler repositionnement géographique à Washington, quelqu'un peut-il me dire pourquoi nous pensons qu'il est nécessaire de déployer des efforts aussi considérables ? Mes plans n'ont jamais posé cette exigence. Qu'est-ce que cette expansion va permettre d'accomplir de plus ?

— *Docteur Salomon, c'est Carl…*

Carl « Œil Rouge » Sundenbach était l'une des personnes que Michael aimait le moins dans l'équipe de la DARPA. Discret jusqu'à la sournoiserie, le contraire du type sociable ; quelque chose dans sa personnalité le hérissait au plus haut point. Néanmoins, il était présent à toutes les réunions, sans exception, et même s'il ne s'y exprimait quasiment pas, les rares fois où il le faisait témoignaient du fait qu'il ne manquait rien de ce qui s'y disait.

— Carl, expliquez-moi le but de cette expansion. Je viens même d'entendre parler de stations terrestres, ce qui implique…

— *Oui, nous allons aller jusqu'au bout, interrompit Carl. Nous prévoyons des lancements de sondes spatiales pour les tests à venir.*

Les oreilles de Percy se dressèrent, en même temps que Michael ouvrait de grand yeux.

— Quoi, vous voudriez déjà passer aux tests dans l'espace ? C'était au moins la phase cinq de mon plan. Nous n'avons même pas encore pu prouver que les décalages temporels sont directement liés à la vitesse du flux de tachyons. Ce n'est encore qu'une hypothèse de travail, qui découle de ma première série d'expériences.

— Je suis conscient de la surprise que cela peut vous causer, mais tout ce que je peux dire, c'est qu'en haut lieu on a foi dans la direction que vous avez choisie pour votre travail. Cela vous permet aussi de mieux comprendre pourquoi nous envisageons de mettre en synergie nos ressources à Washington. Le centre des opérations se situera à Quantico, car ils possèdent déjà là-bas une grande partie de tout ce dont on a besoin. Quant au contrôle de la mission et aux préparatifs de lancement des sondes spatiales, le travail est déjà en cours à Cap Canaveral. Ce sera notre seul site éloigné pour ce projet hautement sensible. En outre, certains d'entre nous travaillent déjà depuis plusieurs mois à la conception de la sonde spatiale que nous prévoyons de lancer. Nous aimerions que vous veniez à Washington, afin que nous puissions vous présenter une partie du travail déjà accompli, et que vous puissiez vérifier certaines choses. J'imagine évidemment que vous voudrez visiter les installations. Je peux vous organiser par ailleurs un voyage uniquement consacré à la recherche d'une maison.

Michael soupira, son esprit le ramenant malgré lui à sa propre maison. Deux jours s'étaient écoulés depuis qu'il avait appris la mort de sa femme et de leur fille dans ce terrible accident qui avait entraîné l'embrasement du véhicule de leurs ravisseurs, dans lequel elles se trouvaient. Il n'y avait eu aucun survivant.

Il n'avait pas eu une pensée pour l'état de sa maison depuis ; rien ne lui importait moins à ce stade. La seule idée d'y retourner, de retrouver tous les souvenirs qu'il avait entre ces murs, l'image mentale indélébile de sa femme et de leur enfant qui lui avait été arrachées de force… tout cela lui donnait la nausée.

— Carl, je suis d'accord pour un voyage à Washington. Par contre, oubliez ce projet de recherche de maison pour le moment.

Quand nous déménagerons le projet, je louerai juste un appartement. Je n'ai pas besoin de plus pour le moment.

— *Très bien. Je vais donner ces infos à la personne qui s'occupera de vous réserver un vol. Quand pouvez-vous venir ?*

— Combien de temps pensez-vous que je devrai rester là-bas, pour commencer ? Deux jours ?

— *Je dirais qu'il serait bon que vous prévoyiez de rester trois jours. Ça vous laissera assez de temps pour faire connaissance avec certains membres de l'équipe, à qui vous n'avez pu parler qu'au téléphone jusque-là. Et qui sait, vous pourriez bien changer d'avis pour la maison.*

— Je ne changerai pas d'avis, mais c'est très bien comme ça. Écoutez, je fais un nouvel essai d'explosion de tachyons demain, mais dès que c'est fait, c'est quand vous voulez. À propos, quand comptez-vous informer le reste de l'équipe du déménagement à Washington ?

— *Je vais en parler à mes supérieurs pour être sûr, mais je pense qu'ils vont programmer l'envoi d'un e-mail juste après votre essai.*

— Quelqu'un d'autre dans l'équipe est-il déjà au courant ? Je n'aime pas l'idée d'être le seul à savoir quelque chose qui va forcément bouleverser des vies, sans que les personnes concernées n'en sachent rien encore.

— *Josh est au courant, mais c'est le seul dans votre entourage.*

Josh, bien sûr. Il était probablement au courant depuis un bon moment déjà. Ces allusions qu'il avait faites, à différents moments, à propos de Washington, trahissaient simplement le fait qu'il n'était pas doué pour garder un secret.

— Très bien. Y a-t-il encore autre chose pour aujourd'hui ?

— *Jennifer va vous appeler sur votre portable pour organiser votre vol. Votre chien vient avec vous ?*

— Oui.

Michael regarda Percy, assis sur une des chaises comme s'il participait à la réunion. Ses oreilles pivotèrent légèrement, tandis qu'il laissait échapper un bâillement.

— Je préfère qu'il soit avec moi.

— *Pas de problème, je comprends. Nos animaux de compagnie font partie de la famille. Sachez que pour des questions de sécurité, vous serez accompagnés par deux « US Marshals » en civil. Ils vous escorteront jusqu'à l'aéroport, et prendront également l'avion avec vous. Il y aura probablement une sorte de passage de relais à l'aéroport de destination, mais les Marshals vous expliqueront tout ça. J'ai hâte de vous avoir sur place ; ça facilitera beaucoup les choses. À plus tard, professeur.*

Michael mit fin à l'appel en appuyant sur une touche du haut-parleur, et regarda Percy.

— Qu'est-ce que tu penses de déménager à Washington, mon chien ?

La babine supérieure de Percy se retroussa légèrement, découvrant ses dents. Michael s'entendit renâcler : *« Croyez-moi, il gèlera en enfer avant que je ne déménage à Washington ! »*

— Je sais, je sais. Il se pourrait bien qu'une vague de froid s'abatte en enfer.

Percy grogna, et sa mâchoire claqua dans le vide tandis qu'il vacillait et tombait de sa chaise.

À cet instant, le monde bascula, et Michael fut pris d'une violente crise de vertiges.

.   .   .

En esprit, il vit défiler une cascade de chiffres ; la vision semblait tout droit sortie d'une scène de *Matrix*.

Des dates… des nombres aléatoires… et soudain, il se retrouva descendant d'un Uber en pleine campagne, dans un endroit qu'il ne reconnut pas.

On lui avait remis une carte de visite avec cette adresse. Un endroit improbable, au milieu de nulle part, mais ce qui l'avait poussé à s'y rendre – et qu'il n'avait pu ignorer – c'était deux mèches de cheveux collées au dos de la carte. L'une sombre, l'autre plus fine et plus claire. Les deux sentaient la lavande.

Percy s'ébroua, faisant cliqueter sa laisse en métal.

Michael balaya les environs du regard, scrutant l'horizon. Il repéra un petit groupe de personnes à environ quatre cents mètres de là, au milieu d'un champ.

Sa femme et sa fille étaient encore en vie, il le savait. Dans un sursaut d'énergie, il se mit à courir vers le groupe, son cœur battant à tout rompre.

Percy aboya, et courut à côté de lui.

À mi-chemin du groupe, il entendit un crissement de pneus et une série de bruits sourds, tandis que deux berlines quittaient la route et fonçaient dans sa direction.

Des coups de feu éclatèrent, provenant du groupe au milieu du champ. Michael sentit deux impacts sur sa poitrine, l'un par derrière, l'autre par devant.

Percy laissa échapper un couinement de douleur.

Le monde ralentit en même temps que sa foulée faiblissait.

Une intense sensation de brûlure l'envahit. Il sentit le goût cuivré du sang dans sa bouche.

Le monde bascula de nouveau, tandis qu'éclataient d'autres coups de feu.

Il chercha à apercevoir Maria et Felicia au milieu du groupe, mais il se retrouva par terre, sur le dos, fixant le ciel, tandis que le monde s'assombrissait, puis devenait noir.

Michael sursauta comme la salle de réunion réapparaissait devant lui.

Il se redressa, se cogna la tête contre la table de conférence, et vit Percy allongé sur le sol, en train de convulser.

Ignorant les vertiges et la nausée qu'il ressentait, il se précipita vers le chien et murmura :

— Percy, c'est moi.

Il attrapa une de ses pattes arrière et le secoua doucement.

— Allez, mon grand ! Qu'est-ce qui ne va pas ?

Soudain, Percy se raidit, et il se mit à vomir. Puis, il se remit sur ses pattes, l'air hébété, les yeux écarquillés.

Bien que la sensation cauchemardesque de ses derniers moments en ce monde lui revînt en mémoire, Michael concentra son attention sur Percy qui s'approchait de lui en titubant. Le chien gémissait, comme s'il essayait de communiquer avec lui en langage canin, comme s'il voulait lui parler de ce qui venait de se passer.

— Tu as eu une vision, toi aussi, hein ?

Percy souffla d'un air de dépit, en s'écartant avec précaution de l'endroit où il venait de vomir sur la moquette. Puis il chercha à lui lécher le visage.

— Percy, ça suffit. Tu vas me faire vomir moi aussi.

Michael se mit debout ; ses jambes tremblaient.

— Ça commence à sentir mauvais ici. Allons respirer un peu d'air frais ; on en a besoin tous les deux, on dirait.

Il ouvrit la porte de la salle de réunion et profita de l'air relativement pur du labo. Aussitôt, un frisson s'empara de lui alors qu'il repensait à son rêve étrange – à mi-chemin entre le rêve et le cauchemar.

S'agrippant à un des racks d'ordinateur, il chercha son équilibre, tandis qu'un flot d'images et de sensations le submergeait.

Bon sang ! Qu'est-ce qu'il venait de vivre ?

Il avait entendu parler de crises psychotiques survenant chez des personnes ayant subi un traumatisme – que ce soit la guerre ou la perte d'un être cher. Mais il n'aurait jamais imaginé vivre ou expérimenter une telle chose.

La pierre tombale de sa fille était encore bien présente dans son esprit, et même si cela ne s'était pas produit, cela aurait pu.

Avait-il réellement eu un aperçu du futur ?

D'un certain futur…

Mais non, c'était impossible. Il avait vu leurs restes carbonisés.

Il ne pouvait s'agir que d'un épisode psychotique.

Il frissonna soudain en songeant que, s'il admettait avoir eu une expérience de ce genre, il risquait de perdre son habilitation de sécurité. Comment les gens de Washington continueraient-ils de lui faire confiance s'il avait des visions cauchemardesques en plein milieu de la journée ?

Il prit une grande inspiration, et expira lentement, s'efforçant de se libérer de la sensation oppressante d'avoir la poitrine prise en étau.

Peut-être qu'un déménagement à Washington était exactement ce dont il avait besoin. S'éloigner de tout ce qui le retenait dans cet État. Tout ici lui rappelait sa famille. Se plonger corps et âme dans le travail, il savait qu'il n'y avait que cela qui le débarrasserait de ces pensées parasites.

C'était peut-être l'unique moyen de ne pas devenir fou.

Alicia n'avait visité Washington qu'une seule fois. Tandis que son père dépassait Lincoln Park au volant de leur voiture de location, elle contemplait avec curiosité tout ce qui l'entourait. Ils longèrent le célèbre National Mall et ses monuments emblématiques, traversèrent Foggy Bottom, jusqu'à ce qu'un écriteau indique qu'ils entraient dans le quartier historique de Georgetown.

— Où allons-nous exactement ?

Levi la regarda, secoua la tête et dit :

— Remonte la capuche de ton sweat. Il y a des caméras partout. La dernière chose dont nous avons besoin, c'est qu'un système de reconnaissance faciale te repère.

Alicia remonta sa capuche, et régla les sorties d'aération pour que l'air climatisé lui souffle directement au visage. Porter une capuche en plein été n'était pas exactement l'idée qu'elle se faisait d'une tenue discrète.

Après tout, elle savait au plus profond d'elle que des personnes appartenant à la communauté du renseignement la recherchaient. C'était un euphémisme de dire qu'elle était *persona non grata* dans le futur, elle qui avait été surprise à transmettre illégalement des pensées à des moments et dans des lieux non autorisés.

— Quant à l'endroit où nous allons, comme je te l'ai expliqué, c'est là où tout a commencé pour moi. Mason semble trouver que c'est une bonne idée de t'impliquer dans cette affaire particulière – au moins pendant que nous essayons de découvrir qui en a après toi.

Levi arrêta la voiture sur une place libre, en bordure de trottoir, et ils descendirent tous les deux du véhicule.

Un vieil homme vêtu de vêtements sales et râpés leur cria de l'autre côté de la rue :

— Vous n'auriez pas quelque chose à manger ?

Ils continuèrent de marcher vers le sud le long de la 31e Rue. Alicia repéra bientôt une enseigne représentant un coq de profil, et un taureau « Longhorn », une race de bovidé à longues cornes, signe qu'il étaient arrivés au Rooster & Bull, le bar où Mason leur avait donné rendez-vous.

Levi ouvrit la porte du bar, et lui signe d'entrer. Alicia s'engouffra à l'intérieur du boui-boui, et fut aussitôt assaillie par une odeur de bière éventée et d'encaustique. Elle avait peu d'expérience de ce genre d'endroit, mais celui-là cumulait tous les clichés du genre, de la lumière tamisée au type aux cheveux grisonnants derrière le bar en train d'essuyer des verres, qui leva les yeux dans leur direction et les salua d'un petit signe du menton.

C'était apparemment une heure creuse. À part un type assis au comptoir, vêtu d'un costume, il n'y avait personne dans la salle. Le type tourna la tête, et Alicia reconnut immédiatement les yeux clairs et la silhouette menue de Doug Mason.

Il descendit de son tabouret et leur fit signe d'approcher.

Il leur tendit la main, mais à l'instant même où Alicia s'apprêtait à lui serrer, elle vit scintiller quelque chose de métallique et agrippa le rebord de la pièce de monnaie.

Il fallut moins d'une seconde pour que l'Œil de la Providence s'illumine. Mason répéta le geste avec Levi, et obtint le même résultat.

Il regarda ensuite Alicia et dit avec un sourire :

— Bienvenue dans notre quartier général, jeune fille. Alors, qu'est-ce que tu en dis ?

Alicia nota le passage au tutoiement, qui n'était pas pour lui déplaire, et jeta un regard circulaire dans la salle. Une chose était sûre : l'endroit était loin d'être impressionnant. Elle sourit pâlement et répondit :

— Okay. J'avoue que je m'attendais à quelque chose d'un peu plus…

Elle passa un doigt sur le bord du comptoir.

— … propre ?

Mason laissa échapper un petit rire et l'invita à le suivre.

— Viens avec moi. Ton père connait déjà tout ça, mais ce sera amusant.

Alicia jeta un coup d'œil à son père, qui affichait son expression impassible habituelle, mais elle voyait bien qu'au fond la situation l'amusait. Les muscles de son visage étaient relâchés, excepté au niveau des pommettes, le signe certain qu'il s'efforçait de ne pas sourire.

Mason ouvrit la porte des toilettes pour hommes et lui fit signe d'entrer.

L'air embarrassé, Alicia entra pour la première fois de sa vie dans des toilettes pour hommes.

Trois cabines fermées et deux urinoirs s'alignaient d'un côté, avec un écriteau « Hors service » collé sur la porte de la dernière cabine.

Elle fixa les urinoirs, n'en n'ayant jamais vu auparavant, et dit :

— Alors, c'est là-dedans que vous urinez, au lieu de le faire dans une cuvette de toilettes comme toutes les personnes civilisées ?

Son père laissa échapper un petit rire.

Amusé, Mason la regarda inspecter la pièce du regard. Son regard justement s'arrêta du côté des lavabos, où un homme aux cheveux blancs était assis sur un tabouret, vêtu d'un pantalon beige et d'une chemise à carreaux. Il adressa un petit salut de la tête à Mason, puis il regarda Alicia par-dessus ses lunettes à la John Lennon.

— C'est la nouvelle fille, celle qui remplace la Veuve Noire ?

Levi secoua négativement la tête.

— Non, elle n'est là que temporairement, pour une mission d'intérim.

— Une mission d'intérim, hein ? renifla le vieil homme.

Il secoua la tête, marmonna quelque chose à propos de l'entreprise de nettoyage Molly Maids, et fixa Alicia d'un air méprisant.

— Bon, qu'est-ce qui se passe ici ? demanda Alicia. Qu'est-ce qu'on fait dans des toilettes pour hommes, avec ce vieux qui me jette un regard noir ?

— Qui c'est que tu traites de vieux ? réagit l'homme aux cheveux blancs, les bras croisés.

— Je te déconseille d'énerver Harold, avertit Mason, si tu ne veux pas qu'il te refile la mauvaise.

— La mauvaise quoi ? demanda Alicia.

— La mauvaise serviette.

Il prit justement celle que lui tendait Harold, entra dans la cabine marqué « Hors service », et précisa :

— Ce n'est arrivé qu'une fois ou deux. Pour ce que j'en sais, du moins, ajouta-t-il avant que la porte ne se referme derrière lui.

De l'intérieur de la cabine leur parvint un cliquetis métallique, suivi d'un long bruit de chasse d'eau.

— Ce ne sont que des rumeurs, dit mystérieusement Harold, assez fort pour être entendu par-dessus le bruyant chuintement qui s'échappait de la cabine.

Il tendit une nouvelle serviette.

Levi fit signe à Alicia de la prendre ; ce qu'elle fit. Elle était douce, moelleuse, plus lourde qu'elle ne s'y attendait, mais en dehors de cela, c'était une serviette, quoi.

Levi poussa la porte de la cabine hors service. Mason n'y était plus. Elle était vide.

— Mais qu'est-ce qu… ? bredouilla Alicia.

Elle regarda brièvement sa serviette. Cet endroit était-il une sorte d'entrée bizarre ? Mais qui ouvrait sur quoi ?

— Mets la serviette sur la manette de la chasse d'eau, et appuies, dit son père. Assure-toi que la serviette soit bien en contact avec la manette au moment où tu appuies.

Alicia entra dans la cabine et ferma la porte derrière elle. Elle inspecta la cuvette des toilettes, regarda derrière le réservoir et autour de la cuvette. Tout avait l'air normal. Des toilettes ordinaires. Elle palpa la serviette avec ses deux mains, la fit glisser entre ses doigts, chercha à déceler quelque chose d'anormal.

— Pose la serviette sur la manette, répéta son père de l'extérieur de la cabine.

Alicia s'exécuta.

— Et je tire la chasse d'eau normalement ?

— Euh, oui, c'est l'idée, dit Levi. Je te rejoins juste après.

— Elle est un peu lente à la comprenette, votre fille, non ? dit Harold.

Alicia secoua la tête, et abaissa la manette.

CHAPITRE QUATORZE

Au moment où elle actionna la chasse d'eau, Alicia vit le sol descendre et l'entraîner vers le bas, elle et la cuvette des toilettes. Elle s'appuya sur le réservoir pour garder l'équilibre, tandis qu'elle descendait dans une sorte de cage d'ascenseur.

Elle sentit son estomac se nouer et écarquilla les yeux en voyant les murs bruns de la cabine des toilettes remplacés par des parois en béton gris ardoise, sur lesquelles apparaissaient des bandes zébrées jaunes et noires.

Puis les parois disparurent, et la cabine de toilette-ascenseur ralentit presque jusqu'à l'arrêt, obligeant Alicia à se concentrer de nouveau sur son équilibre, alors qu'elle arrivait dans une pièce neutre presque aussi grande que les toilettes pour hommes d'en-haut. Enfin, la plateforme alla se loger dans un petit renfoncement du sol, et s'arrêta.

— Surprise ?

Alicia se retourna et vit Mason qui lui souriait.

— Plutôt, oui.

— Venez par ici, dit-il.

Aussitôt qu'Alicia descendit de la plateforme, celle-ci remonta rapidement et disparut à travers le plafond. Une série de « clics » leur parvinrent en écho tandis qu'elle se verrouillait en se remettant en place.

Alicia secoua la tête et regarda autour d'elle. La pièce était vide ; elle n'avait rien de caractéristique, sinon justement qu'il n'y avait rien, hormis une corbeille à papier remplie d'essuie-mains. La seule sortie – à part remonter par la cage d'ascenseur, si toutefois c'était une option – était une simple porte en acier nu, mais particulièrement imposante. Un panneau sur le côté présentait le contour d'une main au pochoir.

Tout ici rappela à Alicia un abri antiatomique qu'elle connaissait, et dont la construction remontait aux années 1950. Il régnait dans la pièce une odeur de moisi, qu'elle associa dans ses souvenirs à celle d'un entrepôt abandonné.

Des pistons hydrauliques sifflèrent, et la plateforme redescendit, avec son père.

— Bon, je dois dire qu'il y a ici un petit côté planque à la James Bond que je trouve plutôt cool, dit Alicia en se tournant vers son père, sans parvenir à s'empêcher de sourire.

— C'est une réaction intéressante que tu as là, jeune fille, dit Mason. Et qui n'est pas sans me rappeler celle de ton père.

— Je crois surtout qu'elle regarde un peu trop de film à la *Lucy*, dit Levi.

Alicia n'eut pas le temps de répondre ; Mason lui fit signe de la suivre, tandis qu'il s'approchait de la porte en acier.

— Tu es sur le point de découvrir quelque chose que très peu de personnes ont eu l'opportunité de voir avant. Je parle du saint des saints de l'Organisation.

— L'Organisation ?

— C'est le nom de la communauté pour laquelle Mason et moi travaillons, répondit son père.

— Si vous voulez mon avis, c'est pas la grande trouvaille, ce nom, commenta Alicia. Je vous conseille de vous rapprocher d'une équipe marketing ; ils n'auront pas de mal à trouver mieux.

— Certaines choses n'ont pas besoin d'avoir un nom particulièrement éblouissant…

— Et cette Veuve Noire dont Harold a parlé. Ça, c'est un nom sexy. C'est quoi, une sorte de code ?

— Oublions ça pour le moment, dit son père en se dirigeant à son tour vers la porte en acier. Ne traînons pas ici.

Alicia regarda Mason apposer sa main sur le panneau lisse. Une ligne bleue descendit et remonta sous sa main, une LED verte clignota, et un « clic » retentit, provenant de derrière le mur. Mason recula. Trois énormes pênes cylindriques épais glissèrent hors de leur logement du côté droit de la porte.

« *Veuillez vous écarter* », avertit une voix de synthèse.

La porte s'ouvrit lentement.

Subjuguée, Alicia la regarda se mouvoir d'elle-même, ou du moins en donner l'impression.

Mason tapota avec ses phalanges sur le côté de la porte et commenta :

— Un mètre d'épaisseur, dans un alliage de tungstène et d'acier. Cette chose peut résister à une explosion nucléaire. Suffit de ne pas laisser ses doigts dedans quand elle se referme ; si tu ne veux pas avoir à te servir de tes orteils pour tout faire durant le restant de tes jours.

Alicia regarda par-delà la porte, et vit un couloir en béton nu qui paraissait s'étendre sur une trentaine de mètres au moins.

— Bon sang, comment avez-vous fait pour descendre cette porte géante jusqu'ici ?

Mason les précéda à l'intérieur du couloir éclairé par des LED.

— Il y a un autre puits de mine qui sert uniquement au transport des charges lourdes. Mais ça n'a tout de même pas été facile. Je le sais d'autant mieux qu'il a fallu remplacer la porte d'origine il y a une dizaine d'années. Cette chose pèse dix-huit tonnes.

— Cet endroit existe depuis combien de temps ?

— Il a été creusé dans la roche à la fin des années cinquante.

Le couloir forma un coude ; ils tournèrent et continuèrent jusqu'à une autre porte. Mason approcha son œil d'un boîtier sur le mur ; une lumière verte clignota, et la porte émit un « clic ».

Mason la poussa, regarda Alicia et dit :

— Bienvenue au siège américain de l'Organisation.

Alicia entra.

Elle se retrouva sur une passerelle métallique à quelque cinq mètres au-dessus du sol d'une salle plus grande que la plupart des entrepôts. Des box étaient disposés selon un plan quadrillé en dessous d'elle ; ils s'étendaient aussi loin qu'elle pouvait voir. Des hommes et des femmes y travaillaient activement devant des écrans d'ordinateur, ou parlaient entre eux. Au niveau où se trouvait Alicia, des passerelles en métal menaient à des bureaux disposés tout autour de la salle, et qui donnaient sur l'espace de travail central. Derrière les fenêtres des bureaux, Alicia vit d'autres personnes travailler également sur des ordinateurs.

Tout à fait au centre de la salle, en bas, quatre écrans géants suspendus mesurant chacun facilement quinze mètres de large, affichaient des informations, des cartes, des photographies, ou encore des images satellites.

— Euh… j'ai l'impression d'être dans *Men in Black*, c'est normal ? Là, tout de suite, je me fais l'effet d'être la Will Smith asiatique, en train de regarder s'activer la ruche du quartier général. C'est quoi la prochaine étape ? Vous allez m'annoncer que les extraterrestres existent vraiment, et qu'ils travaillent pour vous ?

Son père fronça les sourcils.

— Bon sang, de quoi est-ce que tu parles ? demanda-t-il.

— Ton père n'a probablement jamais vu le film, intervint Mason en riant. Je comprends ton point de vue, mais non, à ma connaissance, aucun alien ne travaille pour l'Organisation.

Levi haussa les épaules.

— Pour ma part, ma réaction en découvrant cet endroit, a été qu'il ressemblait au repaire du méchant dans les James Bond.

— Les repaires de méchant dans les James Bond, ça date un peu, non ? fit Alicia. Si encore tu me parlais du QG d'un Mission Impossible, là d'accord.

— Bon, peu importe, trancha Levi.

Il désigna d'un geste vague l'étendue de l'activité qui animait l'endroit, et ajouta :

— Aliens ou méchants, tout ça peut paraître un peu bizarre au début, mais on s'y habitue.

Alicia écarquilla les yeux en découvrant sur le plafond l'image peinte d'un œil géant.

— Qu'est-ce que c'est que ce gros œil entouré de mots en latin ? On dirait le logo qu'on peut voir sur nos billets de banque.

Mason hocha la tête.

— C'est l'Œil de la Providence, dit-il. Quand notre petite organisation a été créée, ses fondateurs ont imaginé ce logo. Ils ont jugé qu'il incarnait ce que nous sommes. *Novus Ordo Seclorum*, le « Nouvel Ordre des Siècles ». *Annuit Cœptis* signifie « Il (ou elle) approuve cette entreprise ».

— Attendez, dit Alicia en fixant l'image qu'elle était certaine d'avoir vue un peu partout à Washington, sous une forme ou une autre. Vous êtes en train de me dire que l'Organisation était là avant la fondation de ce pays ?

— Pourquoi est-ce si étonnant ? interrogea Mason d'un ton vaguement amusé. Les premiers membres de l'Organisation étaient les Agents de la révolution. En fait, c'était le premier nom de notre organisation.

— Et ils faisaient quoi, ces Agents de la révolution ? demanda Alicia en s'efforçant de dissimuler son scepticisme.

— L'Organisation a été créée à l'époque de la guerre d'Indépendance, expliqua Mason. D'où son premier nom. Tout a commencé avec un groupe d'officiers britanniques qui, de la même manière que les membres du premier Congrès continental, n'étaient pas particulièrement fidèles à la Couronne. Ils ont pris conscience de la nécessité d'une organisation qui pourrait faire ce qui, selon eux, devait être fait… sans pouvoir l'être réellement à la vue du public.

— Comme quoi ? demanda Alicia.

— Comme d'assassiner le roi d'Angleterre.

Alicia arqua un sourcil.

— Pour autant que je le sache, le roi d'Angleterre n'a jamais été assassiné.

Mason hocha la tête.

— La guerre s'est terminée avant qu'ils ne soient en position de le faire, mais c'était en préparation. À l'époque, le roi George III était considéré comme un malade mental. Son fils, George IV, était en âge de monter sur le trône, et c'était surtout une âme bien plus douce – un véritable mécène dans le domaine des arts. Washington lui-même avait approuvé l'opération.

— Mais pour l'Organisation, ce n'était que le début. Après que nous ayons gagné la guerre, les pères fondateurs ont compris qu'ils continueraient à avoir besoin de l'Organisation. Ils ont vu à quel point les discussions du Congrès s'éternisaient sur les questions les plus simples, et ils se sont rendu compte que pour agir rapidement, ils allaient devoir court-circuiter toute cette absurdité bureaucratique.

— Si je comprends bien, il y avait déjà trop de paperasse à l'époque ?

— Exactement, dit Mason. L'Organisation était une réponse à cette aberration. Mais c'est le Capitole ; tout le monde veut avoir son mot à dire sur tout. La mission de l'Organisation est très simple : si c'est faisable, on agit. C'est aussi basique que ça. On n'a pas à monter des dossiers en béton pour le tribunal, ou encore à flatter je ne sais quel politicien pendant sa partie de golf, pour convaincre que telle ou telle cible doit être éliminée. On s'en occupe, c'est tout.

Cette fois, la curiosité d'Alicia était piquée.

— Ça a l'air dangereux. Et qu'est-ce qui se passe si vous vous trompez, ou qu'un de vos hommes fait cavalier seul et abuse de son pouvoir ?

— On est vraiment obligés d'entrer dans ce genre de détail, Alicia ? réagit son père en fronçant les sourcils d'un air agacé.

Mason haussa les épaules.

— Alicia et moi avons eu le temps de parler un peu. Elle comprend la nécessité du secret, et puisqu'elle va certainement nous aider à régler notre problème avec le professeur, je préfère qu'elle soit consciente de ce dans quoi elle est impliquée.

— Papa, dit Alicia en se tournant vers son père. Je t'en prie. Tout ce que je veux, c'est comprendre. Tu n'imagines pas depuis combien de temps je cherche à savoir ce que tu fais exactement. Et tout ça est… tellement cool ! Promis, je vais arrêter de poser des questions stupides, mais laisse-moi au moins m'imprégner de tout ça.

Levi l'attrapa délicatement par la nuque, et s'amusa à la malmener doucement comme il le faisait quand elle était petite.

— Bon, très bien, mais souviens-toi… tu n'es pas destinée à ça. Quand tout ça sera fini, une autre vie t'attend.

— Papa, je sais…

— Tu as soulevé l'hypothèse d'un agent franc-tireur, qui voudrait agir en solo ? reprit Mason. Sache que ce n'est encore jamais arrivé. Quant à savoir si nous faisons les bons choix, il évident que nous devons nous assurer d'être « du bon côté » avant d'entreprendre une action quelconque. La différence, comme je l'ai dit, c'est que nous n'avons pas à convaincre toute une hiérarchie bureaucratique. Un feu vert décidé au sein de groupe nous suffit.

Alicia fixait Mason d'un air perplexe.

— J'ai du mal à imaginer que vous n'ayez jamais eu une pomme pourrie dans le groupe.

— Pourtant, c'est le cas.

Mason fit un geste vers l'autre bout de l'immense espace caverneux.

— Nous avons des salles de réunions là-bas. J'ai réservé une

C3. Ton père va t'y conduire. Je m'occupe de trouver Brice, et on pourra commencer. Des questions ?

Alicia secoua négativement la tête.

Levi passa devant et descendit l'escalier, tandis que Mason s'éloignait dans une autre direction. Son père lui parlait, mais Alicia écoutait à peine ; tout ce qui l'entourait lui donnait la chair de poule. Elle frissonnait d'excitation à la pensée qu'elle était là, avec son père, dans ce lieux ultrasecret, qui dépassait de loin tout ce qu'elle avait pu imaginer.

La seule chose qui tempérait un peu son excitation, c'était la crainte que Michael ne croit pas un mot de ce qu'elle allait lui dire s'il n'avait pas reçu ses souvenirs du futur.

Allait-elle devoir le tuer de ses propres mains pour empêcher ce qui allait arriver ?

Assise à la table de la salle de réunion, Alicia s'impatientait. Elle avait l'impression d'attendre là depuis au moins trente minutes. Elle regarda son père, qui avait fermé les yeux. À sa façon de respirer profondément, elle savait qu'il méditait sur quelque chose. Elle l'avait vu faire cela d'innombrables fois. Il lui avait confié un jour que sa technique de méditation s'apparentait à une expérience extracorporelle, et qu'il y recourait généralement lorsqu'il avait un problème sérieux à résoudre. Elle lui avait demandé de lui apprendre à la pratiquer, se disant que cela pouvait lui être utile dans ses études, mais ces leçons avaient été une des rares choses qui n'avaient pas fonctionné pour elle.

Elle se souvenait de l'avoir vu s'asseoir et rester concentré pendant une journée entière, sans même contracter un muscle. Elle n'avait aucune idée du problème qu'il ruminait à présent, mais peut-être n'était-ce rien d'autre qu'une astuce pour que le temps passe plus rapidement.

Elle était sur le point de perdre réellement patience, quand elle entendit biper la porte, et vit entrer un homme grassouillet, qui portait des lunettes et tenait un ordinateur portable sous le bras. Doug Mason se trouvait juste derrière lui.

Levi ouvrit les yeux et dit :

— Brice… Est-on prêts à commencer ?

Brice brancha son ordinateur sur une des prises qui se trouvaient au milieu de la table ; puis, il lui connecta un autre fil.

— Je vais faire un partage d'écran, ce sera plus facile comme ça.

Tandis qu'un projecteur fixé au plafond s'abaissait en position, le quadragénaire se pencha par-dessus la table et serra la main d'Alicia.

— Bonjour, dit-il. Je m'appelle Marty Brice. Vous devez être Alicia, la jeune femme dont j'ai tellement entendu parler.

— Brice est notre technologue en chef, dit Mason, tandis que le projecteur commençait à diffuser une image sur le mur du fond de la salle de réunion.

Il se retourna vers Brice et ajouta :

— Levi et Alicia ont besoin d'un petit topo rapide sur ce que je t'ai demandé, avant que nous n'entrions dans le vif du sujet.

— Très bien, acquiesça Brice.

Il s'assit et fit apparaître un document sur l'ordinateur.

Alicia se concentra sur l'image projetée sur le mur, apparemment un ensemble de notes dactylographiées.

— On m'a demandé de rassembler autant d'informations que possible à propos d'un professeur de Princeton du nom de Michael Salomon. Je passe sur son CV, sa formation universitaire et les articles qu'il a écrits. Je me suis surtout concentré sur les choses les plus récentes : qui connaît-il, avec qui parle-t-il, et de quoi ?

« Je vous résume ce que j'ai appris. Notre homme est sous la protection du FBI, mais cette protection n'est officiellement évoquée dans aucun des échanges e-mails auxquels j'ai eu accès, à quelque niveau hiérarchique que ce soit, et cela sans même parler de classification top secret. Je n'ai pu mettre la main sur aucune ordonnance de protection, tout simplement. Néanmoins, j'ai des enregistrements de vidéosurveillance qui confirment qu'il est bien accompagné d'agents du FBI pratiquement vingt-quatre heures sur vingt-quatre et sept jours sur sept, et aussi qu'il est retenu de force dans un hôtel voisin avec plusieurs autres membres de son équipe.

« C'est là que les choses deviennent plus obscures. J'ignore sur quoi travaille ce type, mais une chose est sûre : ce n'est pas dans le système. J'ai pu écouter un certain nombre de conversations provenant de la région de Washington entre le professeur et ses associés ou commanditaires de la DARPA, et rien de ce dont ils parlent ne figure nulle part dans les documents que j'ai pu voir. C'est très bizarre. Parce que ce Michael Salomon échange forcément des emails ou des documents papier concernant son travail. Pour moi, ils doivent travailler sur quelque chose qui fait l'objet de rapports sur un réseau privé et protégé, mais impossible de trouver un point d'entrée. Du moins jusqu'à présent. Il est probable qu'il s'agisse d'un réseau complètement coupé de tout trafic internet, et même du cœur de réseau de la communauté du renseignement. Je n'ai été confronté qu'une seule fois à ce genre de situation, à un tel projet. Il s'agissait d'un agent de renseignement véreux qui avait mis en place son propre réseau privé, et faisait migrer manuellement dessus des contenus sécurisés de haut niveau. Si nous sommes de nouveau dans ce cas de figure, il va falloir trouver quelqu'un qui dispose d'un accès physique à leur réseau, pour comprendre ce qu'ils se disent et ce qui se trame.

— Michael a peut-être accès à ce réseau, non ? suggéra Alicia.

Brice hocha la tête.

— Je l'espère, mais ne mettons pas la charrue avant les bœufs. Avant de discuter du moyen d'approcher notre professeur, voyons ce qu'on sait déjà.

« J'ai appris deux ou trois choses intéressantes. On a deux personnages clés dans cette histoire : un agent spécial du FBI nommé Glen Berstein, un fonctionnaire de haut rang, responsable de la sécurité physique du professeur, mais d'après ce que j'ai pu comprendre, il a surtout confié la tâche à des subalternes. L'autre personnage clé est un dénommé James Whitley, un agent du FBI lui aussi. Il est un peu les yeux et les oreilles de Bernstein s'agissant du professeur.

Brice fit défiler le document jusqu'à ce qui ressemblait à une transcription de conversation. Il pointa l'écran du doigt et reprit :

— Ce que vous voyez là est la transcription d'une conversation que j'ai interceptée entre ces deux-là.

Il précisa à l'attention d'Alicia :

— L'abréviation *ASC* signifie « agent spécial en charge », et *AGT* « agent » tout simplement.

[ASC Glen Berstein] *« Comment ça, il n'y a rien dans le dressing de la chambre du professeur Salomon ? Notre équipe a bien inventorié toute la maison avant de fermer, non ? »*

[AGT Jason Whitley] *« Glen, je ne sais pas quoi vous dire. Je me tiens au milieu du dressing, et il n'y a rien ici. Je n'ai pas la liste établie lors de l'inventaire sur moi, mais je suis à peu près certain que si le rapport avait fait état d'un dressing totalement vide dans la chambre parentale, je m'en souviendrais. C'est le genre de détail qui ne passe pas inaperçu. De plus, la chambre a été nettoyée à fond. Il est clair que quelqu'un est venu et a fait du vide ici. »*

(…)

[ASC Glen Berstein] *« Jason, ça craint vraiment. Il faut absolument réinventorier cette maison, et comparer le nouvel état des lieux à l'ancien. Si quelqu'un a pris des trucs, je veux savoir où c'est allé, et pourquoi. Même si le professeur est sous contrôle, sa femme et sa fille sont toujours un problème. Vous croyez qu'il risque de s'enfuir ? »*

[AGT Jason Whitley] *« Je ne crois pas. Jusqu'à présent, il a été plutôt conciliant. »*

Alicia retint son souffle, bouche bée.

— *Sa femme et sa fille ?* Il a une femme et une fille ?

Remarquant le regard perplexe de son père face à son emportement, elle reprit d'une voix plus calme :

— Je croyais qu'il n'avait pas de famille du tout.

— Si, si, dit Brice. Mais on a signalé apparemment leur disparition il y a plusieurs semaines.

Comment pouvait-elle ignorer cela ? Comment Michael avait-il pu lui cacher qu'il avait été marié ? Mais si sa femme et sa fille avaient disparu – et étaient présumées mortes – peut-être qu'une décennie plus tard, il avait tout simplement préféré taire cet épisode douloureux ? Cela pouvait se comprendre.

— Attendez, dit Levi en pointant l'écran du doigt, sourcils froncés. D'abord, pourquoi diable est-ce que ce professeur a besoin d'être protégé ? Qu'est-ce qui a déclenché ça ? Et je suppose que le FBI a mis sa maison sous surveillance ? Donc, si quelqu'un a pris des affaires dans cette maison, est-ce que ça signifie que quelqu'un d'autre que le FBI est impliqué ? Ce serait ce qui explique la disparition de sa femme et de sa fille ? Mais qui pourrait avoir fait ça ?

Brice eut un sourire.

— Autant de questions intéressantes. Pour ce qui est de la nécessité de lui fournir une protection, j'avoue que je n'ai pas pu trouver de réponse solide – ce qui est en soi déjà une sorte de réponse. N'importe quel ordre de protection passe par certains canaux dédiés, et ce n'est généralement pas le FBI qui s'occupe de ça, mais le service des Marshals. Comme pour le programme de protection des témoins. Le problème, c'est que je n'ai trouvé aucune trace d'un tel ordre. J'en déduis que ce n'est pas passé par les canaux officiels.

— C'est quelque chose de normal ? Ce genre de protection non officielle ? demanda Alicia.

— Non, c'est tout à fait inhabituel, dit Brice en fixant l'écran, les yeux plissés. Bref, Levi, pour répondre à ta question, j'ignore complètement pourquoi il est protégé. Je suppose que c'est lié à la disparition de sa femme et de sa fille ; le FBI aura jugé bon de le mettre sous protection à cause de ça. Je ne vois rien d'autre, en tout cas.

« Une chose est sûre : les agents qui protègent ce professeur sont de vrais agents du FBI ; donc, il y a quelqu'un de plus haut placé que cet agent spécial en charge dont j'ai capté les conversations. Quant à savoir qui a vidé la maison, je n'en ai aucune idée. On n'a pas de données de surveillance des lieux, et toutes les pistes que j'ai explorées n'ont mené nulle part. La maison a pu être cambriolée, où il y a effectivement quelqu'un d'autre. Et il a eu de la chance, surtout d'échapper au FBI.

— Il ou *elle*, intervint Alicia en souriant. Une femme est parfaitement capable de faire ce genre de choses.

Levi laissa échapper un petit rire.

— Alicia, dit-il, Brice sait très bien de quoi les femmes sont capables. Il a été marié à celle dont tu as trouvé le nom si « cool ».

— Quoi, la Veuve Noire ? demanda Alicia.

Brice rougit légèrement en hochant la tête.

— Aujourd'hui, elle préfère qu'on l'appelle Annie.

Il s'éclaircit la gorge et fit défiler la page de notes suivante ; encore des transcriptions.

— Cette fois, il est question de toi, Alicia, dit-il.

[ASC Glen Berstein] « *Jason, qu'est-ce qui se passe avec cette fille, Alicia Yoder ? Vos gars étaient censés l'appréhender, alors quoi ?* »

[AGT Jason Whitley] « *Pour l'instant, ça ne donne rien. La fille n'a pas été vue depuis deux jours, et les gars que j'ai envoyés... eh bien, pas de nouvelles. J'ignore ce qui se passe. J'ai essayé de les joindre, mais leurs téléphones doivent être coupés.* »

— Ces types qui ont essayé de m'avoir dans les dortoirs de Whitman étaient du FBI ? demanda Alicia, les yeux écarquillés.

Brice acquiesça d'un hochement de tête.

— J'en ai bien peur, dit-il. Et ça confirme non seulement le fait que nous les avons correctement identifiés, mais qu'ils ont agi de surcroît hors de tout cadre légal. J'ai interrogé toutes les bases de données gouvernementales pour essayer de trouver des infos sur ces deux clowns qu'ils t'ont envoyés, mais nulle part il n'est mentionné un ordre quelconque d'approcher de près ou de loin le New Jersey, et encore moins d'enlever et de surveiller une étudiante. Tous les deux sont d'Arlington, en Virginie.

Alicia remarqua que son père fixait l'écran, mâchoire serrée, mais silencieux. Il était furieux. Elle n'avait jamais vu son père se mettre véritablement en colère, mais elle imaginait bien ce que cela pouvait donner. Une colère froide et calculée. Quand elle était petite fille, encore en errance dans les rues, elle avait rêvé de tuer les hommes et les femmes qui avaient abusé d'elle. Mais à l'époque, elle était trop jeune pour passer réellement à l'acte.

Aujourd'hui, elle se disait que, comme son père, elle était certainement capable d'une grande violence si la situation l'y poussait.

[ASC Glen Berstein] *« Bordel de merde, pas moyen de souffler deux minutes ! On a maintenant une connexion directe entre notre professeur et cette Alicia. Ils se connaissent apparemment ; il a essayé de l'appeler. »*

[AGT Jason Whitley] *« Écoutez, Glen, on le suit comme son ombre. Comment elle a pu lui mettre le grappin dessus, je l'ignore. »*

— Il a essayé de m'appeler ? fit Alicia en fixant l'écran. Oh, sur mon ancien numéro. Je lui ai demandé de le prendre en photo sur mon téléphone. Il a certainement essayé de m'appeler sur mon ancien portable, celui dont je me suis débarrassé sur le campus quand vous m'avez donné le nouveau.

Son père se recala au fond de sa chaise.

— Le FBI surveille toutes les communications de notre professeur, aucun doute. Je ne croyais pas que c'était possible sans mandat, mais bien sûr que si.

Il se tourna vers Brice.

— Pas de trace de mandat ?

— Non, répondit Brice. Je n'ai rien trouvé. Toute cette histoire pue. Personne ne fait rien dans les règles.

Alicia regarda Mason ; ils échangèrent un triste sourire complice. Ils savaient tous deux que dans le futur, ce serait la seule façon d'agir. L'intimité n'existerait plus ; même nos pensées ne nous appartiendraient plus.

[ASC Glen Berstein] *« Bon, continuez d'essayer de trouver cette fille. Il faut absolument la mettre hors-jeu. Je pense que j'ai un dossier en béton maintenant pour accélérer le déménagement à Washington... »*

[AGT Jason Whitley] *« Glen, vous devriez y réfléchir à deux fois. Je tiens de source sûre que notre gars n'ira pas à Washington... »*

[ASC Glen Berstein] *« Pourquoi ? C'est quoi, son problème ? »*

[AGT Jason Whitley] *« Il espère toujours que sa femme et sa fille vont réapparaître. »*

[ASC Glen Berstein] *« Je vois. Bon, peut-être qu'il est temps de lui annoncer la nouvelle. »*

[AGT Jason Whitley] *« Quelle nouvelle ? »*

[ASC Glen Berstein] *« Peu importe. Je m'en occupe. »*

. . .

— « *Peut-être qu'il est temps de lui annoncer la nouvelle ?* »
Qu'est-ce que ce type veut dire par là ? chercha à comprendre
Levi. On a des données sur la femme et la petite ?

Brice secoua la tête.

— Non. Ces deux-là sont devenues de vrais fantômes. Je ne
sais pas ce qui s'est passé, ni ce qu'il veut dire par là. Mais j'ai
trouvé quelque chose d'intéressant concernant cet agent, Jason
Whitley. Le gars a clairement indiqué qu'il était en contact direct
avec le professeur. J'ai pu effectivement vérifier que quelqu'un
qui lui ressemble beaucoup a été vu entrant et sortant de Jadwin
Hall, sur le campus de Princeton.

« Ce même agent est également enregistré en tant qu'étudiant
diplômé à Princeton sous le nom de Joshua Whitley. Le même
Joshua Whitley qui, il y a quelques mois, a été affecté en tant
qu'étudiant diplômé au laboratoire de... je vous le donne en
mille : au laboratoire du professeur Michael Salomon. Précisons
tout de même qu'il a été nommé assistant avant la naissance de
l'unique enfant du professeur, et donc en amont des évènements
qui se sont produits par la suite, dont cette affaire de disparition
évidemment. Ces gars-là surveillent le professeur depuis un
moment. Pour tout dire, j'ai fait quelques recherches, et j'en suis
arrivé à la conclusion que c'est ce Joshua, ou Josh, qui a conduit
les types de la DARPA à s'intéresser à ce projet. Même si la
personne qui a appelé ces derniers a prétendu s'appeler Ken Lee,
il s'avère que l'empreinte vocale que j'ai écoutée correspond à
celle de l'agent Whitley.

. . .

[DARPA - Dr Carl Sundenbach] « *Ken, êtes-vous certain de ce que vous dites ?* »

[AGT Jason Whitley] « *À cent pour cent. Nous avons réussi à détecter des particules tachyoniques dans notre chambre à vide grâce à l'effet de radiation Tcherenkov. Je me suis dit que s'il y avait quelqu'un à prévenir, c'était vous. Je pense que si vous contactez le professeur Salomon à Princeton, il devrait être disposé à travailler avec le gouvernement américain afin de faire avancer la recherche.* »

[DARPA - Dr Carl Sundenbach] « *Et vous êtes qui, déjà ?* »

[AGT Jason Whitley] « *Ken Lee. Je suis chercheur diplômé dans l'équipe du professeur Salomon.* »

[DARPA - Dr Carl Sundenbach] « *Très bien. Vous pouvez être sûr que je vais en faire part à mes collègues. Il se peut que nous vous recontactions très bientôt. Merci d'avoir appelé.* »

— J'ajouterais, reprit Brice, que j'ai fait des recherches sur ce Ken Lee. J'ai découvert que c'était un chercheur de troisième cycle qui travaillait pour le professeur Salomon. Il est mort dans un accident de voiture il y a deux mois environ.

— Ça fait pas mal de monde qui disparaît ou meurt autour de ce professeur, fit remarquer Mason. Je suis sûr qu'il serait ravi d'apprendre qu'il a des espions du FBI parmi ses ingénieurs. Que sait-on, au juste, concernant le niveau de protection et l'endroit où il se trouve ?

Il se tourna vers Levi et ajouta :

— Et compte tenu des infos dont on dispose, comment mettre en place une équipe d'exfiltration, si on décidait de le faire ?

Le regard d'Alicia oscillait entre son père et Brice. Une

équipe d'exfiltration ? Autrement dit une opération de type militaire. Était-ce vraiment ce que faisait son père ?

— Je ne vois pas d'obstacle réel à ce type d'opération, si ce n'est le risque d'essuyer des « tirs amis » du FBI, et d'en échanger. C'est quand il se rend à son travail, ou quitte son labo, qu'il est le mieux protégé. Escorte policière au grand complet, voitures de tête et de queue, en plus d'une équipe d'agents du FBI dans son véhicule. Pour moi, c'est lorsqu'il est à l'hôtel qu'il est le moins protégé. C'est là qu'il est le plus facile d'envisager une exfiltration furtive, en n'ayant affaire qu'à une poignée d'agents. Il y a une autre opportunité. Un peu avant cette réunion, notre professeur a reçu la confirmation qu'un vol pour Washington lui a été réservé pour après-demain. Même s'il n'y a rien là d'officiel, on peut imaginer qu'il aura une escorte armée.

Le père d'Alicia se pencha en avant et fixa Brice.

— Peux-tu le surveiller à l'aéroport quand il atterrira ?

Brice acquiesça d'un hochement de tête.

— Tout dépend évidemment de qui l'accompagne, mais nous devons imaginer le pire, et se dire qu'il bénéficiera d'une double protection, agents du FBI et Marshalls. Ce ne sera peut-être pas le cas, mais bon… Je peux certainement le suivre, à condition d'avoir un soutien visuel. J'ai besoin d'avoir des yeux dans le ciel pour pouvoir suivre ce qui se passe en temps réel.

Alicia regarda son père, mais Mason secoua négativement la tête.

— Alicia, avant que tu ne poses la question, je tiens à préciser que je suis responsable de toi ; c'est mon boulot de faire en sorte que tu sois en sécurité. Nous ignorons dans quelle mesure le gouvernement s'intéresse à toi, mais nous devons supposer que tout le monde a une photo de toi, et que tous attendent que tu apparaisses quelque part.

— Attendez une minute, dit Levi en souriant.

Alicia fixait son père. Leurs regards se croisèrent. Elle pouvait presque l'entendre réfléchir ; c'était comme s'ils partageaient une connexion père-fille. Il la comprenait mieux que quiconque. Elle tenait *vraiment* à être impliquée ; elle voulait aider Michael.

Levi lui fit un petit clin d'œil ; puis, il se tourna vers Doug Mason :

— Mason, je vais te communiquer une liste de personnes que je tiens à avoir dans l'équipe d'exfiltration. J'ignore si elles auront à passer à l'action, mais j'ai besoin qu'elles se tiennent prêtes.

Le directeur pinça les lèvres un bref instant, avant d'acquiescer.

— Très bien. Envoie-moi la liste des personnes dont tu as besoin.

Levi s'adressa ensuite à Brice :

— Si tu réussis à savoir quoi que ce soit concernant un itinéraire ou autre chose, où il prévoit d'aller, bien entendu je veux le savoir. En fonction des infos que tu pourras me fournir en temps réel par oreillette, on verra ce qui peut être fait. J'ai déjà une ou deux idées, et je m'occupe d'assurer la sécurité d'Alicia.

Il se tourna vers sa fille et ajouta :

— Tu es prête à voir ce que je fais réellement pour gagner ma vie ?

Alicia hocha la tête, et il lui fallut puiser dans tout ce qu'elle possédait de volonté pour s'empêcher d'applaudir comme une petite fille qui se réjouit de voir son père en action… et peut-être même de l'aider un tant soit peu.

Elle essuya d'un geste agacé une larme qui perlait au coin de son œil, et vit son père secouer doucement la tête.

— Chérie, ne cherche pas à dissimuler à toute force tes sentiments. Il est toujours bon de savoir que notre humanité est là, prête à s'exprimer.

Il ajouta d'un air mystérieux :

— Je crois que tu seras surprise par ce que j'ai prévu.

— Oh, et je peux savoir ce que c'est ? demanda Mason.

Levi fit mine de s'offusquer et répondit :

— C'est une surprise.

CHAPITRE QUINZE

Assise sur le bord de son lit, Alicia écoutait son père discuter avec Brice sur son téléphone portable.

— Le mémorial de l'US Air Force à Arlington ? Brice, tu en es sûr ?

Alicia entendit un « oui » étouffé. Le reste de la réponse lui parvint trop faiblement, tandis que son père faisait les cent pas dans le petit appartement fourni par l'Organisation, et situé en proche périphérie de Washington.

— Tu t'es rendu sur place ? C'est un endroit très ouvert. Pas moyen d'y arriver furtivement, ni d'en partir d'ailleurs. On est à deux pas du Pentagone et du cimetière d'Arlington. Si on a le moindre pépin, l'endroit grouillera de fédéraux en un rien de temps.

Il acquiesça d'un hochement de tête à quelque chose que Brice venait de dire, puis :

— Okay, ça marche. Hé, tu as eu des nouvelles de Mason aujourd'hui ? Non ? Moi non plus. Ne t'inquiète pas, j'ai ce dont j'ai besoin. Tu sais comment me joindre s'il y a le moindre changement.

Levi mit fin à la conversation, lança son téléphone sur son lit et regarda Alicia.

— Tu n'as pas changé d'avis ? Tu es certaine de vouloir t'embarquer avec moi sur ce coup-là ?

— Absolument, confirma Alicia. Qu'est-ce qu'on fait ? Comment est-ce que je peux t'aider ?

Il lui désigna la salle de bains.

— Commence par aller prendre une douche et enlever tout le maquillage que tu peux avoir mis. On partira de là.

— Papa ! protesta-t-elle en fronçant les sourcils. Je viens justement de passer une demi-heure à me maquiller ! Pourquoi…

— Tu verras.

Il arqua un sourcil et secoua la tête.

— Allez, va m'enlever tout ça.

— Oh, d'accord, souffla Alicia.

Puis, montrant ses vêtements, elle demanda :

— Et ce que je porte, là, ça va quand même ?

— Ne t'inquiète pas pour ça. Je trouverai quelque chose de plus approprié. Hé, est-ce que ma mère t'a déjà montré comment faire ces figurines en papier plié ?

— Tu veux dire en origami ?

— Oui, c'est ça. L'origami.

— Elle m'a appris, oui. Elle m'a dit que c'est toi d'abord qui a appris à faire ça au Japon, et que tu lui as montré ensuite comment faire toutes ces formes et ces animaux.

Alicia observa un silence, hésitante. Puis :

— Pourquoi me poses-tu cette question ? demanda-t-elle.

— Tu vas comprendre dans un moment.

Il attrapa un grand sac de sport dans le placard et le lança sur le lit.

— Va te nettoyer. Tu vas voir pourquoi je te demande ça.

L'air perplexe, Alicia le regarda commencer à sortir du sac de sport d'autres sacs de vêtements sous vide, un ensemble de boîtes de maquillage, et d'autres choses qu'elle ne se serait jamais attendue à trouver dans cet appartement.

Il lui décocha un regard en coin et dit :

— Alicia, lave-toi maintenant, ou tu ne viens pas avec moi. Je suis sérieux. Vas-y.

Alicia attrapa une serviette propre, et manqua trébucher en se précipitant vers la salle de bains. Son père avait éveillé sa curiosité maintenant : elle voulait savoir pourquoi il avait des kits de maquillage, des perruques et des extensions de cheveux dans son sac de sport.

Bon sang, mais c'était quoi, le programme ?

Les yeux rivés aux oculaires de ses puissantes jumelles, Mason scrutait le bâtiment de Randolph Street. Quatre hommes entouraient la cible, alors qu'elle descendait du véhicule pour parcourir la quinzaine de mètres qui les séparaient de l'entrée du bâtiment le plus proche. C'eut été un tir difficile à réaliser, mais pas impossible.

Très peu de personnes en activité à l'époque où il avait été recruté par l'Organisation étaient encore là. Ce n'étaient pas tant ses compétences en gestion qui lui avaient valu d'intégrer la communauté clandestine, que son expérience militaire en tant que tireur d'élite. Il gardait dans un recoin de son esprit le souvenir presque physique d'avoir sorti son vieux fusil M40 et d'avoir effectué ce même tir…

Dans sa lunette de visée, il pouvait presque voir le début de calvitie que le professeur développait, tandis qu'il traversait le parking de l'entrée du bâtiment.

Il avait chargé son fusil avec des cartouches de 200 grains subsoniques qui, conjuguées au silencieux et au bruit de la circulation de la mi-journée, rendraient l'origine du tir beaucoup moins détectable.

Il jeta un coup d'œil aux drapeaux près de la cible ; ils pendaient mollement à leurs mâts. Pas de vent.

C'est le moment.

L'œil collé à la lunette de visée, scrutant la scène depuis sa position élevée, il appuya la crosse du fusil contre son épaule et posa délicatement son doigt sur la gâchette.

Le professeur faisait une cible facile tandis qu'il marchait sur le trottoir, son crâne parfaitement exposé pour un tir en pleine tête.

Il amena le réticule de la lunette en plein sur l'arrière du crâne, et prit instinctivement en compte la distance et le mouvement du corps. Et ce fut comme si le temps ralentissait.

Il était conscient de chaque battement de son cœur ; du sang pompé et renvoyé dans ses artères, qui imprimait une infime oscillation au haut de son corps. Pour compenser, il attendit la pause entre deux battements, verrouilla le réticule sur sa cible, et appuya sur la gâchette.

Le fusil rebondit légèrement contre son épaule.

Il fallut moins de deux secondes pour que la balle quitte le canon, traverse les rues de la ville et la circulation encombrée de l'heure de pointe, et frappe l'arrière du crâne du professeur, qui s'écroula comme une marionnette dont on viendrait de couper brutalement les fils.

Ce souvenir était d'une autre époque. Les choses étaient différentes cette fois-ci. Il y avait des forces en jeu dans le futur qui ajustaient leurs stratégies et renvoyaient des tactiques différentes.

Le multivers dans lequel il se trouvait avait changé.

Les souvenirs qu'il conservait de l'assassinat du professeur n'était qu'un aperçu de ce qui s'était passé dans une réalité alternative, tandis qu'une autre réalité future essayait continuellement de compenser, de maintenir une sorte de statu quo. Mason et les autres, dans le futur, s'efforçaient de remédier aux péchés commis dans le passé.

Le professeur n'était plus une cible facile.

Les éléments actuels du FBI connaissaient le futur ; forcément. Autrement, les choses seraient toujours telles que dans son souvenir.

Quelqu'un, dans un avenir plus ou moins lointain, avait établi le contact avec le passé et les avait prévenus.

De toute façon, la mort du professeur la dernière fois n'avait rien apporté de bon au monde… son assassinat n'avait suffi en rien à arrêter ce qui allait se produire.

À côté de quoi étaient-ils passés ? Que manquait-il pour empêcher que le futur ne devienne un véritable enfer ?

Une seule personne possédait la réponse à cette question… et elle venait juste d'entrer dans le bâtiment.

～

Dans une salle du siège de la DARPA à Arlington, en Virginie, Michael regardait avec un certain amusement le Dr Sundenbach, ce bon vieil Œil Rouge, projeter sur un écran un court clip vidéo – une représentation visuelle d'une future étape du projet Morphée. La voix du narrateur qui s'échappait d'un petit haut-parleur intégré au projecteur avait un timbre métallique, mais c'était celle de Carl, aucun doute.

« Aujourd'hui, les lasers peuvent être utilisés pour transporter des informations numériques d'un point à un autre à la vitesse de la lumière, mais que se passerait-il si nous pouvions utiliser nos faisceaux de tachyons pour transmettre des données d'un temps à un autre ? »

Un dessin animé montrait un scientifique moderne envoyant un e-mail. Le contenu de l'e-mail était numérisé et comme téléporté dans le ciel depuis une antenne parabolique. L'instant d'après, le contenu de l'e-mail apparaissait sous la forme d'un parchemin, dans les mains d'un individu de l'ancienne Égypte.

C'était aussi stupide qu'absurde. Cela illustrait un concept, mais nullement la réalité de son fonctionnement. Un rouleau de papyrus n'apparaîtrait pas brusquement, comme sorti de nulle part, avec le contenu de l'e-mail, comme le suggérait le dessin animé.

Michael s'efforça de dissimuler son agacement, mais la vidéo était la parfaite illustration de ce qui arriverait à la science, la vraie, si on la laissait entre les mains des spécialistes du marketing. L'idée de simplifier les choses pour le grand public n'était pas mauvaise en soi ; ce qu'il détestait, c'était qu'on fasse passer des messages inexacts. De toute évidence, beaucoup n'avaient pas ses scrupules.

Plusieurs graphiques apparurent à l'écran, avec des dates de lancement et d'autres informations.

. . .

« Pour que cette réalité soit atteinte, il nous faut vérifier ce qui a déjà été vu dans un environnement de laboratoire contrôlé. La relation entre la vitesse du faisceau de tachyons et sa capacité à traverser le temps est comprise, mais pas vérifiée. Pour réellement vérifier et affiner notre capacité à contrôler non seulement l'endroit où le faisceau se déplace, mais aussi le moment où il se déplace, nous devons lancer une sonde spatiale qui recevra le faisceau. Si nous prévoyons que ce faisceau peut revenir un an en arrière, la sonde devra se trouver là où nous étions il y a un an pour le recevoir.

« Puisque notre monde voyage dans l'espace à plus de trois cents kilomètres par seconde, les expériences dont le temps est supérieur à quelques fractions de seconde ne peuvent pas être réalisées sur Terre. C'est pourquoi nous devons inclure ces lancements de sondes dans nos prévisions de dépenses d'investissement.

« Le projet Morphée prévoit pas moins de cinq lancements de sondes au cours des quatre prochaines années, chaque test successif permettant d'affiner les calculs et de donner la voie à suivre pour que nous ayons peut-être la capacité de remonter le cours de notre propre temps ; de notre propre histoire.

« Parallèlement, nous travaillons à explorer comment nous pourrions exploiter une telle chose, à la fois à des fins de sécurité nationale et pour des causes humanitaires telles que l'éradication des maladies modernes dans le passé.

« Les possibilités sont infinies. »

. . .

Le petit film se termina. Michael fixa le logo du ministère de la Défense, tandis que ses pensées le ramenaient à cette étudiante et à ce qu'elle lui avait dit.

« Je suis responsable du processus d'externalisation de la mémoire, et c'est vous qui allez découvrir comment envoyer des choses à travers le temps et l'espace. Ensemble, nous allons mener le monde à sa perte. C'est la raison de ma présence ici. Nous devons tout arrêter avant qu'il ne soit trop tard. »

Comme pouvait-elle savoir cela ? Peut-être qu'elle était une sorte d'espionne à la solde d'une puissance étrangère. C'était plausible. Peut-être même était-elle liée aux ravisseurs de sa famille. À moins qu'elle ne soit juste une étudiante à l'imagination débordante, qui aurait surpris une conversation d'un des ingénieurs.

Dans un moment de faiblesse, il avait tout de même appelé le numéro qu'elle lui avait donné, mais personne n'avait répondu. Il avait cependant bien reconnu sa voix sur le répondeur.

« Ensemble, nous allons mener le monde à sa perte. »

Michael secoua la tête. À ce stade, de toute façon, cela n'avait plus d'importance. Ce qui devait se produire allait se produire, et il n'y pouvait rien. Trop de personnes faisaient partie de l'équipe ; tout était déjà bien trop documenté. Même s'il mettait immédiatement un terme à son travail, cela ne ferait que ralentir les choses. En aucun cas, il ne pourrait arrêter le mouvement du progrès.

La meilleure chose à faire était encore de s'impliquer totalement, pour faire en sorte que les choses prennent la meilleure direction possible ; et cette direction, c'était la poursuite de la science ; c'était gagner la confiance du plus grand nombre pour influer sur la manière dont la science en question allait être utilisée.

Il n'y avait rien d'autre à faire.

L'un des hommes présents dans la salle de conférence dit :

— Bon, maintenant que nous avons vu l'argumentaire de vente destiné aux décideurs, que diriez-vous de faire une pause déjeuner ?

Un agent du FBI qui se tenait près de la porte regarda Michael et s'adressa à lui :

— Professeur, je crois qu'il est prévu que vous soyez à Quantico cet après-midi. Vous voulez toujours visiter le mémorial de l'US Air Force avant de partir ? Ce n'est qu'à quelques minutes d'ici.

Michael acquiesça d'un hochement de tête.

— Oui, dit-il. J'ai promis il y a longtemps à mon grand-père que j'irais me recueillir là-bas, en hommage à son ami, pilote comme lui, si jamais je passais dans le coin.

— Je comprends, dit l'agent.

Il sortit son téléphone et le colla à son oreille, tandis que tout le monde se levait.

Percy se redressa et bâilla. Michael s'écarta de la table, lui caressa le dessus de la tête et murmura :

— Tu as faim, mon chien ?

Percy agita furieusement la queue, qui tapa bruyamment contre un pied de la table, et soupira, comme pour dire : « Bien sûr que j'ai faim. »

Michael attrapa sa laisse et suivit les autres ingénieurs qui quittaient la salle, impatients d'aller respirer un peu d'air frais.

Percy et lui en avaient bien besoin.

Alicia se tenait devant le miroir de la salle de bain, les cheveux encore humides de la douche, vêtue seulement d'un soutien-gorge et d'un bas de pyjama. Le plan vasque était encombré de produits de maquillage et d'accessoires de déguisement. Elle regarda son père qui se tenait devant le miroir lui aussi, torse nu. Elle sourit.

— Papa, franchement, tu es la dernière personne sur Terre dont je m'attendais à recevoir une leçon de maquillage.

Levi laissa échapper un petit rire, et inclina le miroir grossissant éclairé relié à un flexible métallique.

— Ma puce, dans mon domaine, on doit savoir parfois dissimuler sa beauté et son charme naturel pour se transformer en quelque chose que l'on n'est pas.

Alicia souffla en roulant de grands yeux.

— Tu vas voir ce que c'est que de se glisser dans la peau de quelqu'un d'autre, et ça commence par le plus facile – l'apparence.

— C'est ça le plus facile ?

— Bien sûr, dit-il. Tu n'imagines pas à quel point il est difficile d'endosser l'identité de quelqu'un d'autre. Imagine devoir parler et te comporter comme une personne de soixante-dix ans ; y compris tenir une conversation et utiliser un langage propre à une certaine génération justement. C'est loin d'être aussi facile qu'on pourrait l'imaginer. Mais pour l'instant, on va se concentrer sur la question de ton apparence. C'est la seule chose sur laquelle le FBI peut s'appuyer pour le moment. Et comme nous devons supposer qu'ils savent que toi et moi sommes apparentés, nous allons tous les deux avoir une apparence, une voix, une façon de nous exprimer, différentes quand nous en aurons terminé ici.

Alicia fixa les objets et les produits qui s'étalaient devant elle. La plupart ne lui étaient pas du tout familiers. Elle était un peu nerveuse. Cela n'avait pas l'air aussi simple que d'appliquer un peu d'eye-liner, de blush ou de rouge à lèvres.

— Okay. On commence par quoi ?

— Tu es une fille, donc tu ne ferais probablement pas ça, mais suis quand même bien ce que je vais faire.

Les yeux écarquillés, Alicia regarda son père se mouiller les cheveux dans le lavabo, puis les lisser en arrière, bien à plat sur son crâne. Bien qu'il eût la quarantaine bien sonnée, il avait le physique de quelqu'un dans la force de l'âge, ciselé, un brin agaçant par la symétrie de sa musculature. Pas comme elle, qui avait un sein qui taillait un bonnet de plus que l'autre ; la symétrie – ou son absence – était quelque chose à quoi elle était devenue particulièrement sensible. Continuant de fixer son père, elle se fit pour la première fois la réflexion que, contrairement à la plupart des hommes de son âge, il n'avait pas un seul cheveux blanc.

— Papa, tu te teins les cheveux ?

— Non, et je n'aurai pas à le faire pour ce déguisement, tu vas voir.

— Non, je veux dire : en temps normal. Tu n'as pas un seul cheveux blanc.

— Il faut croire que j'ai de la chance. C'est tombé sur ma mère, qui en a pour nous deux.

Il ouvrit un paquet emballé et en sortit un morceau de latex souple de couleur chair.

— C'est une calotte en latex pour paraître dégarni.

Il s'observa dans le miroir et appliqua soigneusement la fine calotte couleur chair sur sa tête. Il prit ensuite une petite paire de ciseaux pointus, et se mit à expliquer ce qu'il faisait.

— Maintenant, je taille les bords et j'applique un peu de « spirit gum », de la colle à postiche, pour la fixer.

Il inclina la tête d'avant en arrière, puis d'un côté et de l'autre, pour vérifier son travail dans le miroir.

— J'essaie de m'assurer que la calotte ait l'air parfaitement naturelle. Pour l'instant, ça me paraît très bien. Dès que j'en aurai fini avec mes cheveux, on s'occupe de nos visages à tous les deux en même temps.

— Est-ce qu'on va se vieillir tous les deux pour cette mission ? demanda Alicia, déjà fascinée par la transformation à laquelle elle assistait.

Levi la regarda et sourit.

— Dire que ma petite puce est en train de me parler de « missions » ! Oui, on va se vieillir un peu. Regarde ça. Ce truc, c'est ce qu'on appelle de la crêpe de laine, dit-il en ouvrant un autre paquet et en commençant à démêler ce qui ressemblait à des cheveux tressés. Les acteurs ont tendance à utiliser des trucs bon marché à base de fibres végétales, mais je cherche toujours à gagner en réalisme ; ça, c'est de la vraie laine tressée.

Il appliqua de la colle sur le pourtour de la calotte, coupa un morceau de laine tressée d'une dizaine de centimètres, et plaça l'extrémité coupée contre la colle.

— Et maintenant, j'attends un peu que ce truc sèche.

Il répéta l'opération plusieurs fois tout autour du postiche. Puis, à l'aide d'un applicateur chargé de poudre, il tapota les bords de la calotte.

— C'est une poudre translucide que je mets pour masquer les éventuels restes de colle. Ensuite, il ne plus qu'à coiffer.

Alicia le regarda peigner doucement le fer à cheval de cheveux qui se dressait autour du postiche. Puis, il se tourna vers elle et sourit.

— Alors, qu'est-ce que tu en dis ?

Bouche bée, Alicia secoua la tête.

— Tu ressembles à Farmer Jenkins, le personnage de Bob L'Éponge, en plus jeune. C'est carrément bizarre de te voir chauve, alors que ton visage n'est même pas ridé.

— Justement, il est temps de se vieillir un peu, tous les deux.

Il ouvrit un pot et dit :

— On commence par le fond de teint.

Alicia prit le même pot à côté du lavabo de gauche, l'ouvrit et observa ce que faisait son père.

— Avec l'éponge en forme de triangle, poursuivit-il, tu déposes une fine couche sur ton front, tes joues et autour de ta gorge.

Alicia fit de son mieux pour imiter ses gestes.

Il la regarda et dit :

— Lève bien le menton.

Il l'aida à appliquer le produit cosmétique avec sa propre éponge.

— Tu vois, ça modifie l'opacité de la peau ; c'est la couche de base qui permet d'appliquer tout le reste.

Il l'observa sous différents angles, et hocha la tête d'un air approbateur.

Alicia continua de l'imiter : ombre pour le front et les tempes, blush, sur les pommettes, le long des plis du nez…

— Maintenant, tu estompes doucement les rides, tu atténues le contraste ombre-lumière.

Il appliqua un effet marron et commenta :

— C'est pour donner l'illusion de capillaires brisés sur le nez, le haut des joues et le front. Quelques tâches de vieillesse, et le tour sera joué.

Lentement, et à son grand étonnement, Alicia assista à sa

propre transformation en une femme asiatique plus âgée. Elle avait du mal à se reconnaître.

Levi, pour sa part, ressemblait à présent à un septuagénaire ridiculement en forme.

— Papa, c'est tellement bizarre de te voir comme ça.

— C'est presque parfait. On se décolore un peu les dents, on enfile des vêtements adaptés, et ça devrait passer.

— Tu ne m'as toujours pas expliqué ce qu'on est censés faire, dit Alicia.

Levi jeta un coup d'œil à sa montre.

— Je vais tout t'expliquer, ne t'inquiète pas. Pendant que je m'occupe des vêtements, toi, tu me fais des avions en origami.

— Des avions en origami ? Vraiment ?

— Oui, vraiment.

Impressionnée, Alicia regarda les trois flèches en acier qui s'élevaient à plus de trente mètres dans les airs. Puis, son attention fut attirée par-delà la structure, et elle vit se découper sur l'horizon un immense bâtiment à la forme caractéristique, impossible à manquer : le Pentagone. Le siège du département de la Défense n'était pas tout à fait à un jet de pierre, mais pas loin.

Tout près d'elle, un homme s'adressait à une femme âgée à côté de lui qui devait être malentendante, car il montrait la structure et disait d'une voix forte :

— M'man, ces flèches d'acier me rappellent les traînées de condensation derrière l'avion de papa. Tu te souviens qu'il racontait comment, avec ses copains pilotes, il faisait la manœuvre de « l'éclatement final. »

Il n'y avait pas vraiment foule autour du mémorial ; une trentaine de personnes peut-être, la plupart se recueillant en silence, absorbées dans leurs propres pensées. C'était un endroit qui invitait à la contemplation et au calme.

— Kumiko, aide-moi à distribuer ces avions pour remercier les gens de venir honorer nos vétérans.

Alicia se tourna vers son père, qui courbait tellement le dos qu'il était obligé de redresser le cou pour pouvoir regarder devant lui. Ils avaient répété leurs rôles à l'appartement. Elle était l'épouse japonaise âgée d'un vétéran ; ils formaient à eux deux un couple discret, assez insoupçonnable. Levi portait une casquette de l'US Air Force, avec l'écusson des vétérans du Vietnam, et tenait un sac d'épicerie rempli d'avions à réaction en papier plié gris. Alicia plongea la main dans le sac, en sortit une poignée d'avions, et regarda son père s'approcher des visiteurs, la démarche hésitante et les mains tremblantes.

— Merci beaucoup d'être venus. Je vous en prie, prenez un souvenir.

Il avait tout à fait la voix rocailleuse et chevrotante d'un vieil homme.

— Ma femme et moi sommes très heureux que vous soyez venus honorer nos morts.

Un jeune couple hésita, puis accepta finalement un avion. La jeune femme s'extasia en étudiant le pliage complexe.

— C'est tellement beau, dit-elle. Merci d'avoir servi notre pays.

Alicia suivit son « frêle mari » et aida à distribuer les avions.

Un homme salua militairement son père et sourit en acceptant le cadeau.

— Puis-je vous demander dans quelle unité vous avez servi ?

— 338ᵉ tactique. Mais c'était il y a une éternité.

— Vraiment ? Mon père aussi a appartenu au 338ᵉ. Il volait

sur des Phantom, il était rattaché à la base de Korat. Vous étiez pilote ?

Levi acquiesça d'un hochement de tête.

— Les Phantom, c'était après mon époque, jeune homme. J'ai surtout volé sur des Thunderchief. On était en 1967. Je vous souhaite une belle journée.

Il se tourna vers Alicia.

— Viens, Kumiko. Il commence à faire chaud.

En voyant son père se déplacer difficilement avec son déambulateur, Alicia se souvint qu'elle devait adapter elle aussi sa démarche, faire des pas plus hésitants, tandis qu'ils se dirigeaient vers le mur du souvenir.

— À gauche, chuchota-t-il.

Elle regarda dans la direction indiquée et repéra un groupe d'hommes bien habillés se dirigeant vers le mémorial. Elle écarquilla les yeux en reconnaissant parmi eux une silhouette familière, celle de l'homme dont elle avait partagé la vie durant des années.

— C'est lui, murmura-t-elle. Celui qui porte un polo de couleur claire.

— Il va probablement se diriger vers nous. Je m'occupe de son escorte ; toi, tu vas vers lui, et tu fais ce que tu as à faire.

Alicia avait marqué le nez de l'avion en papier spécialement préparé ; il se trouvait dans la grande poche de la robe informe qu'elle portait.

Son cœur se mit à battre plus fort, et elle eut des papillons dans l'estomac, tandis que le groupe se dirigeait vers eux.

Michael remontait tranquillement le chemin qui menait au mémorial de l'US Air Force. Il sourit en voyant les trois flèches d'acier qui paraissaient surgir de terre, littéralement. L'image lui rappela instantanément un meeting aérien auquel il avait assisté, et où trois Thunderbirds s'étaient élevés dans le ciel, laissant des traînées de fumée dans leur sillage, avant de se séparer en bouquet final dans une incroyable démonstration d'acrobaties aériennes.

Un des agents qui ouvrait la marche lui désigna d'un geste un endroit situé un peu plus loin, derrière les flèches :

— Les noms des récipiendaires de la Médaille d'Honneur sont inscrits sur le mur, là-bas, dit-il.

Ils marchèrent dans la direction indiquée. Michael se souvint des histoires de son grand-père sur la guerre du Vietnam. Il avait été pilote. Il avait effectué un certain nombre de missions et avait abattu plusieurs MiG-17 durant son service là-bas.

Plusieurs personnes étaient rassemblées devant le mur du souvenir, et lisaient les inscriptions gravées dans le granit. Michael s'approcha et se mit à les lire à son tour.

L'une d'entre elles en particulier frappa son esprit. Il la lut à voix haute : « Dites-leur que nous avons donné nos aujourd'hui pour leurs lendemains. »

Michael sentit sa gorge se serrer, et son esprit le ramena à sa femme et à sa fille. Tout le monde n'avait pas la chance d'avoir des lendemains…

— Merci d'honorer nos morts.

Il jeta un coup d'œil à sa gauche et vit un vieil homme courbé par l'âge. Il s'aidait d'un déambulateur pour avancer. C'était un vétéran.

— Monsieur, je suis heureux que vous ayez pu rentrer, et merci d'avoir servi notre pays.

Il se déplaça à sa droite et repéra le nom de Leo Thorsness. Il écarquilla les yeux en découvrant le nom de l'ami dont son grand-père avait toujours parlé. Il disait de lui qu'il était « le héros le plus chanceux, le plus courageux, et le plus dingue qu'il ait jamais connu. »

Venant de son grand-père, que peu de personnes réussissaient à impressionner, c'était un sacré compliment.

Michael n'avait pas réalisé que l'ami de son grand-père avait reçu la Médaille d'Honneur. C'était énorme. Il aurait tellement aimé parler de cela avec son grand-père, s'il avait été encore en vie. En tout cas, voir le nom de son ami ici lui procurait un profond sentiment de satisfaction.

— Monsieur.

Michael leva les yeux et vit une vieille femme qui lui tendait un origami en forme d'avion à réaction. C'était une véritable petite œuvre d'art en papier. Il déclina gentiment l'offre en lui souriant :

— Non, je vous remercie. Gardez-le.

— Je vous en prie, en souvenir de votre ami qui est mort. Pour que vous puissiez vous souvenir de votre venue, insista-t-elle en lui tendant à nouveau l'origami.

Un des agents s'approcha. Il allait la chasser, quand Michael accepta l'avion des deux mains et s'inclina légèrement devant la vieille Asiatique.

— C'est très beau. Merci.

Les yeux de la femme se voilèrent de larmes, et les traits de son visage se déformèrent sous le coup d'une émotion difficile-ment contenue. Michael tendit le bras et posa une main sur son épaule.

— Cet avion, c'est vous qui l'avez fait ?

Elle murmura quelque chose qu'il n'entendit pas. Il se pencha alors, et murmura :

— Voulez-vous répéter, je n'ai pas compris.

La femme releva les yeux et reprit d'une voix faible :

— Dépliez-le quand vous serez seul. Il y a un message à l'intérieur que vous devez absolument lire.

Elle dégagea doucement son épaule, tourna les talons et repartit d'un pas mal assuré vers le vieil homme au déambulateur.

Michael regarda l'avion en papier et le rangea soigneusement dans sa poche, tandis qu'un des agents s'approchait et demandait :

— Terminé ?

Michael hocha la tête, et, escorté par les quatre agents, ils passèrent devant le vieux couple qui continuait de distribuer des origamis aux autres visiteurs.

Il tapota sa poche, en se demandant s'il avait eu affaire à une folle, ou bien si quelque chose d'important venait de se passer.

Son cœur se mit à battre plus fort. Mais il savait qu'il n'allait pas se retrouver seul avant de nombreuses heures.

« Il y a un message à l'intérieur que vous devez absolument lire. »

Quel pouvait être ce message ?

CHAPITRE SEIZE

Michael attendait dans la voiture à la Porte 4, l'une des entrées de la base des Marines à Quantico, tandis que l'agent chargé de sa sécurité faisait les cent pas en s'énervant contre quelqu'un au téléphone.

— Vous vous foutez de moi ? L'hôtel est plein ? Il y avait des chambres de libre ce matin… oui, mais nous ne savions pas encore si nous allions réellement en avoir besoin, et maintenant c'est le cas.

L'agent continua ses allées et venues, sourcils froncés, tandis que les grillons stridulaient bruyamment dans l'obscurité toujours plus profonde du soir.

Percy gémit et posa sa tête sur l'épaule de Michael, qui regardait dehors par l'entrebâillement de la vitre, se demandant ce qui se passait au juste.

L'agent grimaça en rangeant son téléphone dans sa poche, monta rapidement à l'avant côté passager, et dit au chauffeur :

— On fait demi-tour, on reprend Russell Road et on tourne à

gauche le long de Richmond Highway. Apparemment, il y a un Marriott à environ un kilomètre et demi. Il faudra s'en contenter.

Le chauffeur enclencha la marche avant, remonta automatiquement la vitre de Michael en même temps qu'il faisait demi-tour, puis s'éloigna de la base militaire.

L'agent à côté de lui se retourna et dit :

— Professeur, il est tard, et nous allons devoir faire avec ce que nous avons. J'aviserai demain avec les membres de l'équipe où prendre nos quartiers sans surprise de dernière minute.

Michael haussa les épaules.

— Tant qu'ils ont une douche chaude et un matelas décent, ça me va.

L'agent pointa un doigt vers Percy, qui se mit à grogner doucement.

— Quand le chien aura besoin de faire une pause pipi et que vous devrez l'accompagner, prévenez-moi.

Michael hocha la tête et passa ses doigts dans le pelage de Percy pour essayer de le calmer, mais l'animal continuait de fixer l'agent, les oreilles baissées, et le poil hérissé. Quelque chose dans la manière dont l'agent l'avait pointé du doigt avait mis le chien à cran. La dernière chose dont Michael avait besoin était un chien de trente kilos prêt à tailler un short au type qui essayait de le protéger.

Il ne leur fallut pas plus de cinq minute pour arriver à destination. Michael reçut la clé magnétique de sa chambre des mains de l'agent.

— Je suis dans la chambre 205, dit ce dernier. N'oubliez pas, quoi que ce soit dont vous ayez besoin, appelez-moi. Moi ou un autre agent, nous serons là aussitôt pour vous accompagner. Compris ?

— Bien sûr, dit Michael.

Il fit un check à l'agent, poing contre poing, et se dirigea vers sa chambre en suivant les instructions que lui avait données la réceptionniste.

Il glissa la clé magnétique dans la fente de la serrure. Une minuscule LED verte s'alluma, et il entra. Il fut aussitôt saisi par la fraîcheur de la climatisation.

Enfin, il se retrouvait seul avec Percy.

Malgré sa fatigue, il n'avait pas oublié son étrange rencontre au mémorial de l'US Air Force. Il plongea la main dans la poche de son pantalon, et en sortit soigneusement l'origami.

Il mit quelques secondes à trouver les interrupteurs ; puis il alluma, tira les rideaux de la chambre, verrouilla sa porte, et tandis que Percy s'installait confortablement sur le lit pour faire une sieste, il déplia lentement l'avion élaboré selon un pliage complexe. En retournant le morceau de papier bleu sur lequel il venait de repérer des mots écrits à la main, il remarqua qu'il y avait également une minuscule partie imprimée, sans doute sur une imprimante laser.

Le texte ressemblait à une sorte de transcription de conversation.

[Agent du FBI - Jason Whitley] *« Nous avons réussi à détecter des particules tachyoniques dans notre chambre à vide grâce à l'effet de radiation Tcherenkov... »*

[DARPA - Dr Carl Sundenbach] *« Et vous êtes qui, déjà ? »*

[Agent du FBI - Jason Whitley] *« Ken Lee. Je suis chercheur diplômé dans l'équipe du professeur Salomon. »*

[DARPA - Dr Carl Sundenbach] *« Très bien. Vous pouvez être sûr que je vais en faire part à mes collègues. Il se peut que nous vous recontactions très bientôt. Merci d'avoir appelé. »*

L'analyse de la voix de l'agent Whitley et de l'étudiant diplômé de Princeton « Josh Whitley » montre qu'il s'agit d'une seule et même personne.

Michael fixa le morceau le papier, ses mains tremblant de colère. Il avait enfin la réponse aux questions qu'il se posait depuis des mois.

Évidemment que Ken n'avait pas appelé « Œil Rouge » ; il en était physiquement incapable, du fait de ses problèmes d'élocution. C'était Josh qui avait alerté la DARPA de sa découverte.

Un agent du FBI se faisant passer pour un étudiant diplômé ?

Percy se redressa, comme s'il sentait la colère qui montait en Michael. Il l'interrogea en poussant un petit glapissement.

— Je ne sais pas, Percy, dit Michael en se tournant vers le chien. Je ne sais vraiment pas. Et si la mort de Ken n'était pas un accident ?

Il regarda de nouveau le morceau de papier et remarqua qu'il comportait une adresse et une heure écrites à la main.

Trois heures du matin, ce soir.

Il sentit les poils de sa nuque se hérisser en se demandant si tout cela n'était pas un piège.

L'information paraissait pourtant crédible. Il avait enfin une réponse aux questions qu'il se posait concernant l'appel de Ken aux responsables de la DARPA.

Qui allait être à l'adresse indiquée ?

Il jeta un coup d'œil à sa montre et grimaça. Il était presque 22 heures. D'après l'adresse, le lieu de rendez-vous se situait à Arlington, à une trentaine de minutes de route.

Les agents ne le laisseraient jamais s'y rendre seul.

La vieille femme n'était probablement qu'un intermédiaire.

Ce n'était sûrement pas elle ni son mari âgé qu'il allait rencontrer.

Mais qui alors ? Vraisemblablement quelqu'un qui cherchait à le prévenir de quelque chose qui allait arriver. Mais s'ils étaient au courant pour les agents infiltrés et la conversation avec Ken, alors ces personnes travaillaient forcément pour le gouvernement. Il n'y avait pas d'autre possibilité.

Deux factions au sein du gouvernement ? Peut-être…

Que les types du FBI ne fussent pas ses amis, ça, il s'en doutait déjà ; mais cette histoire avec Josh achevait de l'en convaincre.

Il ne voyait pas à présent comment il pourrait continuer à travailler avec lui. C'était impossible.

Il reporta de nouveau son attention sur le morceau de papier et la partie manuscrite.

S'il sortait à deux heures du matin… les types du FBI n'en sauraient rien. Il pourrait tenter de repérer les lieux ; voir ce qui se tramait éventuellement. Et Percy serait avec lui, prêt à croquer quiconque s'approcherait avec de mauvaises intentions.

Prendre un Uber comme la dernière fois, dans le New Jersey, était une mauvaise idée en réalité. Cela voulait dire payer avec une carte de crédit ; et donc laisser des traces. Il n'aurait peut-être pas deux fois de suite la même chance.

Il prit le billet de cent dollars et sourit. Il n'était manifestement pas le seul à avoir eu les mêmes craintes. Il allait appeler un taxi ; cela couvrirait largement la course aller et retour. Et cela ne laisserait pas de traces.

Il se tourna vers Percy.

— On pourrait être revenus avant l'aube. Ni vu ni connu. Qu'est-ce que tu en dis ?

Percy le regarda, la langue pendante, l'air de sourire en remuant la queue. Il était d'accord.

Michael regarda longuement le lit d'un air pensif ; puis il s'approcha de la table de nuit, prit le réveil et régla l'alarme.

— Profitons de deux ou trois heures de sommeil, et on verra bien ce qui nous attend là-bas.

Se retrouver assise, les jambes croisées, à l'arrière d'une camionnette aux petites heures du matin avec son père et Brice, n'était pas quelque chose qu'Alicia s'était imaginée faire un jour ; mais le fait était que tout cela commençait bien à ressembler à une sorte de mission secrète d'espionnage. Son père avait mis ses « oreilles » et avait un bandeau élastique autour du cou avec un petit micro plat appuyé contre sa gorge, tout comme elle.

Et comme pour ajouter encore à l'atmosphère à la John Wick qui régnait dans la camionnette, Brice était en train de mélanger une concoction dans un gobelet en plastique transparent. Ça, c'était pour le côté savant fou. Il leva les yeux, la regarda et demanda :

— Tu es prête ?

Alicia s'était préparée à être équipée d'une oreillette sur mesure. La tête penchée sur le côté, elle repoussa ses cheveux derrière son oreille droite, qui pointait vers le plafond de la camionnette, et retint sa respiration :

— Oui, dit-elle.

Brice s'approcha, tenant une pipette dans une main, et une pince à épiler dans l'autre.

— Ce truc va remplir ton canal auditif, et te causer une sensation un peu bizarre, mais ne bouge pas avant que je te le dise. Il faut que ce récepteur soit correctement aligné, et le silicone doit avoir le temps de prendre. Compris ?

— Mouais, fit-elle, quoiqu'un peu nerveuse à l'idée qu'on lui verse du gel dans l'oreille.

— Ne t'inquiète pas, ça ne prendra pas longtemps, tenta de la rassurer Brice.

À l'aide de la pince à épiler, il maintint un minuscule appareil électronique dans son oreille, en même temps qu'il injectait autour le silicone liquide couleur chair. Alicia sentit le liquide se dilater et emplir le moindre espace de son oreille externe ; et puis se réchauffer lentement en menaçant de couler de son oreille vers ses cheveux.

— Okay, reste tranquille pendant deux minutes et ce sera bon. Tu vois, c'est pas si horrible.

— C'est chaud, et je n'entends rien à travers.

Brice laissa échapper un petit rire.

— Ne t'inquiète pas, c'est normal. Dans une minute, le mélange va durcir. Je le retirerai ensuite pour égaliser les bords, et on le testera.

Tandis que l'oreillette se solidifiait lentement, Alicia regarda son père éjecter le chargeur de son arme, chambrer une cartouche, vérifier l'arme, puis la ranger dans son holster d'épaule. Pendant ce temps-là, Brice se mit à fouiller dans une boîte à outils soudée au plancher de la camionnette. Il en sortit un sac rempli de tubes métalliques courbés de forme étrange, et dont les extrémités biaisées étaient coupantes.

— Qu'est-ce qu'il y a dans ce sac ? voulut savoir Alicia.

— Oh, ça ?

Il souleva le sac.

— Ce sont des chausse-trappes, ou encore des pieds de corbeau. Ces petits tubes en acier trempé sont particulièrement efficaces pour faire éclater les pneus. On s'en sert souvent en temps de guerre. Ça empêche les véhicules ennemis d'avancer, sans être aussi problématiques que des mines… Mais voyons voir cette oreillette, enchaîna-t-il. On va faire des essais de com.

— Euh, est-ce que tout ça ce n'est pas un peu trop pour ce que vous avez décrit comme une mission de sauvetage ? demanda Alicia.

— Chérie, dit Levi, on n'est jamais trop préparé.

Il laissa échapper un petit grognement en sortant un couteau d'un fourreau dissimulé sous son treillis de couleur sombre, et examina la lame.

— Ton père a raison, reprit Brice d'un ton calme et posé. Les imprévus, ça existe. Le professeur pourrait tenter de résister, refuser de venir avec nous ; son chien pourrait être un problème ; il pourrait aussi être suivi… bref, un tas de choses peuvent faire déraper cette mission. Voilà pourquoi nous devons pouvoir rester constamment en contact radio.

Il retira le bouchon de silicone parfaitement moulé de l'oreille d'Alicia, gratta l'excédent de silicone, et lui rendit l'oreillette.

— Remets-la en place, et faisons un test.

Alicia s'exécuta et fut surprise de constater qu'elle sentait à peine l'écouteur.

Son père tourna la tête vers l'avant de la camionnette.

— Hé, Walt, fais un essai audio, lança-t-il.

Walt était un des membres de l'Organisation. Il était assis à l'avant, sur le siège conducteur. Il était leur chauffeur ce matin.

— *Test micro, un, deux, trois.*

Brice toucha son micro-gorge et dit :

— *Bien reçu, test quatre, cinq, six*

— *Loup y es-tu ? Que fais-tu ? Entends-tu ?* dit Levi d'un air amusé.

Alicia entendit clairement tout le monde dans son oreillette. Elle leva le pouce en guise de confirmation.

— *Maintenant, ton micro, Alicia, dit Brice. Je ne t'ai pas encore entendu.*

Alicia appuya sur le bouton qui se trouvait sur le bandeau élastique qui maintenait le micro contre sa gorge, et dit :

— *Je suis là.*

Elle entendit sa voix grésiller légèrement dans son propre écouteur. Les autres hochèrent la tête.

Soudain, elle vit son père se raidir, une main en coupe sur son oreille.

— *On vient de me prévenir. Le professeur est en route.*

Alicia sentit son estomac se nouer.

— *Il vient de monter dans un taxi de la Yellow Cab*, continua Levi. *Il ne semble pas que le véhicule soit suivi. Jusqu'à présent, tout va bien. Néanmoins, notre professeur a son berger allemand avec lui.*

Il échangea un regard avec Brice.

— *Tu as quelque chose, au cas où ? Je préférerais ne pas avoir à tirer dessus.*

Brice leva ce qui ressemblait à une bombe de mousse à raser non marquée, et la lui lança. Il l'attrapa en vol et la fixa à sa ceinture.

— *Et maintenant on attend.*

— Monsieur Jones, dit le chauffeur de taxi en regardant dans son rétroviseur intérieur. Vous êtes certain de vouloir aller à cette adresse ? Parce que je ne crois pas qu'il y ait la moindre maison là-bas.

Percy, assis à côté de Michael sur la banquette arrière, gémit doucement, sentant probablement l'anxiété de ce dernier, occupé à scruter les environs.

— Oui, certain, répondit-il.

Il avait dit au chauffeur qu'il s'appelait Jake Jones. C'était toujours mieux que John Smith, quoiqu'aussi ridicule. Mais pour l'heure, ce qui l'inquiétait surtout, c'était le fait d'aller à ce rendez-vous en plein no man's land, rencontrer quelqu'un qui savait apparemment des choses censées en expliquer beaucoup d'autres.

Il avait éteint son téléphone portable pour s'assurer que le FBI ne pourrait pas le trouver, mais il commençait déjà à se demander si ce n'était pas une erreur. Peut-être ferait-il mieux de le rallumer ?

Il en était là de ses réflexions quand le chauffeur du taxi dit :

— On dirait que vous avez un ami qui vous attend.

Le taxi ralentit et s'arrêta finalement.

— Ça fera trente-deux dollars.

Michael paya l'homme et regarda à travers le pare-brise. Une grande camionnette était stationnée le long de la route. Une jeune femme d'assez grande taille se tenait près du véhicule, les bras croisés. Elle avait l'air de regarder fixement dans sa direction.

Il descendit du taxi, tenant fermement la laisse de Percy. Il n'eut pas plus tôt fermé la portière que le taxi démarra, ses pneus arrières projetant deux mini-gerbes de gravier.

Quelque chose l'avait-il effrayé ?

— Michael, je suis vraiment contente que vous soyez venu, lança la femme en s'approchant doucement.

Percy émit un petit grognement, suffisant pour mettre Michael en alerte.

L'arrière de la camionnette s'ouvrit, et un homme en descendit. Il tendit les mains pour montrer qu'il n'y avait rien à craindre de lui, mais Michael vit l'arme dans le holster d'épaule, et comprit que ces gens n'étaient pas des employés du gouvernement comme les autres.

— Je m'appelle Levi, dit l'homme, et nous sommes ici pour vous mettre en sécurité, vous et Percy.

Il s'accroupit et donna sa main à sentir à Percy. Les oreilles du chien étaient baissées ; il renifla l'air autour d'eux, mais ne grogna pas. Il tira sur sa laisse, voulant se rapprocher. Michael se dit qu'il n'avait pas de raison de ne pas lui faire confiance.

La fille s'avança à son tour ; Percy reporta son attention sur elle, mais cette fois ses poils se hérissèrent et il se mit à grogner bruyamment.

Levi fit signe à la fille de reculer, et s'adressa à Percy d'une voix douce :

— Percy, aucun d'entre nous ne te veux du mal, ni à toi ni à ton maître.

Le chien tira, et Michael se rapprocha lentement, tout en regrettant de ne pas avoir rallumé son téléphone portable. Rien de ce qui se passait ici n'était normal.

À mesure qu'il se rapprochait de la main de l'homme, Percy se mit à remuer la queue de plus en plus fort. Après quelques secondes, le chien se mit à gémir et à pleurer d'excitation.

Mais... quoi ?

Les yeux écarquillés, Michael regarda son chien de garde s'emballer pour l'étranger. Il renifla la main, puis se mit à la lécher comme si c'était une friandise.

Percy continua de gémir de plaisir et de se contorsionner sous la main caressante de Levi, qui leva les yeux vers Michael, et dit :

— Je représente une organisation qui veille et intervient quand les choses tournent mal au sein de notre gouvernement. Professeur, je crois que vous devriez venir avec nous, pour de nombreuses raisons que je ne peux pas encore vous expliquer, mais principalement pour mettre un terme à ce que des agents au sein de notre gouvernement essaient de faire. Si vous venez avec nous, je vous montrerai certaines choses qui vous permettront de comprendre à qui vous avez vraiment affaire, et les mensonges qu'on vous a racontés.

Michael prit une grande inspiration et demanda lentement :

— Savez-vous ce qui est arrivé à Ken Lee ?

— Votre ancien assistant ? demanda Levi.

Michael hocha la tête.

Levi se releva et fit signe à Michael de le suivre.

— J'ai lu le rapport. Il a été tué dans un accident de voiture. Tout semble indiquer qu'il a fait une sortie de route, mais je n'ai vu aucune liste de suspects. Aucune enquête n'a été diligentée sur cette affaire.

Michael ferma les yeux et se souvint du moment où le directeur de son département lui avait annoncé ce qui était arrivé à Ken : *« Je ne vois pas de bonne manière d'annoncer cela. Il est mort... »*

— La police a simplement prévenu l'université qu'il y avait eu un accident de voiture, et que l'épave avait été retrouvée au fond du Canal Delaware et Raritan, près de l'ancien tronçon de l'autoroute Lincoln, expliqua Michael d'un air de dégoût.

La femme se rapprocha tandis qu'ils arrivaient près de l'arrière ouvert de la camionnette. Elle avait le type asiatique, et quelque chose dans son visage était familier à Michael. Elle lui tendit la main ; cette fois Percy n'eut pas de réaction particulière.

Ils se serrèrent la main et il l'entendit lui demander :

— Michael, vous vous souvenez de moi ?

Elle était jeune, trop jeune pour arborer un air aussi sérieux ; et soudain, il écarquilla les yeux :

— Vous êtes la fille du campus… Alicia, c'est ça ? Vous avez essayé de me mettre en garde contre le projet sur lequel je travaille.

Les yeux brouillés de larmes, la fille acquiesça d'un hochement de tête.

— C'était moi.

Un autre homme, corpulent, sortit la tête de l'arrière de la camionnette et fit signe au petit groupe.

— Salut, je fais partie du petit groupe, mais assez discuté ici, au milieu de nulle part. Allons ailleurs, d'accord ?

À peine eut-il dit cela que Michael, jetant un regard sur sa gauche et remarquant l'immense champ qui s'étendait à perte de vue, sentit son sang se glacer, en même temps qu'une vision revenait le hanter.

Il repéra un petit groupe de personnes à environ quatre cents mètres de là, au milieu d'un champ.

Il se mit à courir vers le groupe, son cœur battant à tout rompre.

Percy aboya, courant à côté de lui.

À mi-chemin du groupe, il entendit un crissement de pneus et une série de bruits sourds, tandis que deux berlines quittaient la route et fonçaient dans sa direction.

Des coups de feu éclatèrent, provenant du groupe au milieu du champ. Michael sentit deux impacts sur sa poitrine, l'un par derrière, l'autre par devant.

Percy laissa échapper un couinement de douleur.

Michael fixa le champ et sentit sa poitrine se serrer, tandis qu'il éprouvait une impression de déjà-vu glaçante. Il était mort dans ce champ… ou du moins dans la vision qu'il en avait eue.

Ne voyant pas d'autres choix, il monta rapidement à l'arrière de la camionnette. Percy suivit le mouvement et grimpa d'un bond à son tour ; les autres les imitèrent

— Brice, nous avons de la visite ! cria quelqu'un depuis la partie avant de la camionnette.

Levi tira rapidement la porte arrière pour la fermer, tandis que des phares apparaissaient au loin.

— Walt, sors-nous de là, s'écria Brice, tandis que tout le monde s'accrochait à une sangle fixée sur les parois de la camionnette.

Michael agrippa le collier en métal de Percy tandis que la camionnette accélérait, faisant une légère embardée avant que les pneus ne retrouvent de l'adhérence sur la route.

— Vous avez un téléphone sur vous ? grogna Levi.

Michael le lui tendit. L'homme avait quelque chose d'intimidant ; cela tenait autant à son timbre de voix qu'au fait qu'il portait une arme sur lui. Il le vit donner le téléphone à son équipier corpulent.

Brice jeta le téléphone dans une boîte en métal, et approcha de Michael ce qui ressemblait à un détecteur de métaux.

— Ces gars-là vous suivent à la trace. C'est peut-être le téléphone, ou peut-être autre chose.

Michael leva les bras. La camionnette fit une nouvelle

embardée. Brice, sourcils froncés, mais imperturbable malgré le chaos ambiant, continua de passer le détecteur tout le long du corps de Michael.

— J'ai éteint mon téléphone, en me disant que ça suffirait.

— Apparemment non, dit Levi, tandis que la camionnette prenait un nouveau virage serré, le bruit du moteur résonnant dans la cabine arrière.

Brice approcha le détecteur de Percy, qui grogna doucement, déjà contrarié par le fait d'être balloté d'avant en arrière.

— Tout va bien, Percy. Il vérifie juste quelque chose.

Brice passa l'appareil au-dessus de la tête de Percy, et un signal aigu retentit au moment où il l'approcha du collier.

— Enlevez-lui ce collier. C'est lui qui émet le signal ; il contient un traceur.

Michael essaya d'ôter le collier, mais il semblait bloqué en position fermée.

Comme la camionnette tournait à nouveau, Brice décrocha une petite pince coupante de sa ceinture porte-outils. D'un geste de coupe précis, il réussit à faire sauter le collier, qui tomba et glissa vers l'avant de la camionnette tandis que le chauffeur freinait brutalement pour négocier un nouveau virage.

Brice réussit à le rattraper comme il glissait de nouveau vers lui, et il le jeta dans la boîte en métal qui paraissait soudée au plancher de la camionnette.

Quelqu'un cria :

— On nous tire dessus !

Alicia poussa Michael sur le plancher, le couvrant avec son corps et tombant avec lui. Le choc fut brutal ; il expulsa d'un coup tout l'air contenu dans ses poumons, tandis qu'une grêle de balles perforait l'arrière de la camionnette. À l'intérieur, c'était le chaos.

En vision périphérique, il vit Levi ouvrir une espèce de trappe intégrée au plancher. Il entendit l'autre homme dire quelque chose à propos de « chausse-trappes », ou quelque chose comme ça. Alicia pesait sur lui de tout son poids ; il respira son odeur, et des images se bousculèrent dans son esprit.

Alicia était sur lui, nue, plus âgée qu'à présent, et ils faisaient l'amour.

Il vit Alicia au laboratoire, travaillant avec des souris d'abord, puis avec des personnes.

Il fut assailli par des images d'innombrables dîners et de collations à des heures indues, dans la salle de repos d'un laboratoire qu'il n'avait jamais vu, et qui pourtant lui était aussi familier que celui de Princeton.

Et de nouveau, ce sentiment de culpabilité écrasant d'avoir cédé à la tentation. Se réveiller auprès d'une femme qui n'était pas celle qu'il avait épousée ; c'était quelque chose qui l'avait rongé de l'intérieur.

Il cligna des yeux en entendant quelqu'un dire :

— C'est bon. Je crois que tu les as eus avec les chausse-trappes.

— Tout le monde va bien ? cria Levi. Personne n'a été touché ?

Alicia se laissa glisser à côté de Michael pour se relever, tandis que chacun faisait le point sur sa situation.

Michael ne put s'empêcher de fixer la fille, qui le regarda et lui demanda :

— Ça va ?

Il acquiesça d'un hochement de tête.

— Je ne sais pas comment. Je ne sais pas pourquoi, mais à présent je me souviens de tout.

Alicia écarquilla les yeux. Levi la prit par le bras et lui fit signe d'aller à l'avant de la camionnette.

— Va tenir compagnie à Walt.

— Mais attends, je…

— Alicia.

Levi la fixa d'un regard dur, sous l'intensité duquel elle fléchit presque naturellement.

— Vas-y. Je sais que tu veux lui parler, mais ce n'est pas le moment. Assure-toi que Walt ne nous envoie pas dans un fossé ou je ne sais quoi.

Alicia s'exécuta et rejoignit la partie avant de l'habitacle.

Michael se tourna vers Levi, qui paraissait commander l'opération.

— Nous devons arrêter ces gens.

— C'est pour cette raison que nous vous mettons en sécurité…

— Non ! dit Michael, son cœur battant la chamade maintenant que son esprit l'abreuvait de souvenirs qui, pour une raison qu'il ignorait, sommeillaient peut-être en lui.

Tout ce qu'il savait, c'était qu'il s'agissait de souvenirs de faits qui ne s'étaient pas encore produits. Alicia avait déclenché quelque chose en lui qui avait fait tomber, en quelque sorte, les barrières qui bloquaient ces souvenirs.

— Ils n'ont plus besoin de moi, en réalité. Même si je disparaissais maintenant, ça les ralentirait, mais ça n'arrêterait pas ce qu'ils vont faire. Nous devons les empêcher d'agir.

— Que voulez-vous dire par là ? demanda Brice.

Michael grimaça, tandis que son esprit l'entraînait vers la seule conclusion possible.

— Il faut que j'y retourne ; que j'y retourne et que je trouve un moyen d'effacer tous les dossiers qu'ils ont en leur possession. Ils ont mis en place un réseau informatique indépendant, exclusivement réservé à mon projet. Si on n'arrive pas à se débarrasser de tous ces rapports et de toute cette documentation que j'ai minutieusement rédigés, quelqu'un d'autre pourra continuer sur la voie que je suivais.

Il désigna l'avant de la camionnette d'un geste vague et ajouta :

— C'est la même chose pour Alicia, si ce n'est que son travail n'en est encore qu'à ses prémisses. Mais nos travaux respectifs vont finir par se combiner, et c'est là que le cauchemar va réellement commencer. Mon travail est le plus dangereux des deux, sans aucun doute. Je vous le dis clairement ; si on n'y met pas un terme définitif, nous sommes foutus. Et je suis convaincu à cent pour cent que cela ne peut se faire que de l'intérieur.

Brice se tourna vers Levi et hocha la tête.

Ce dernier reporta son regard sur Michael et demanda :

— Qu'est-ce que vous allez bien pouvoir leur dire qui ne risque pas de vous attirer des ennuis ?

Michael fronça les sourcils.

— Je suis censé appeler un des agents si Percy réclame d'aller faire ses besoins dehors, pour qu'il puisse nous accompagner. J'imagine que je peux dire que j'ai composé le numéro d'une chambre, et que je n'ai pas eu de réponse. Je ferai l'idiot en me souvenant du mauvais numéro de chambre. J'ai dû sortir, et c'est comme ça que je suis tombé sur des types armés.

— Ça pourrait valoir quelques ennuis au chauffeur de taxi

qui vous a déposé, non ? fit remarquer Levi en arquant un sourcil.

— Non, dit Brice en secouant la tête. La vidéosurveillance de l'hôtel est merdique. J'ai vérifié. Et je peux faire en sorte que les relevés de la compagnie de taxi ne montrent même pas un ramassage dans votre secteur. Je peux étouffer tout ça.

Levi pinça les lèvres un moment, avant d'appuyer un doigt sur le bandeau autour de son cou.

— Walt, trouve-nous un endroit où déposer le professeur et son chien. Plus près de la civilisation.

Michael sentit un bleu gonfler sur sa joue après qu'Alicia l'avait plaqué au sol. Il sourit. Il agrippa le col de son polo, tira dessus et le déchira le long d'une couture.

— Le bleu, plus ça… ça devrait donner un peu de crédit à mon histoire si je dis que j'ai réussis à sauter de la camionnette et à vous échapper.

Levi approuva d'un hochement de tête, tandis que Brice s'asseyait à côté de lui.

— Ce coquard devrait effectivement donner de la crédibilité à votre petit récit, et leur prouver du même coup que vous avez des couilles, comme on dit. Mais vous et moi, nous avons des choses à mettre au point. Nous devons parler de leur réseau privé, de ce que nous allons faire. J'ai quelques idées, mais j'ai besoin de savoir certaines choses.

En vision périphérique, Michael avait remarqué qu'Alicia jetait des coups d'œil derrière par intermittence. À chaque fois, il sentait son estomac se nouer, partagé entre la culpabilité et le désir d'être avec elle. Il changea légèrement de position, de manière à faire face à Brice, tourné vers l'arrière de la camionnette. Rassemblant ses pensées, il demanda :

— Connaissez-vous le campus de Princeton ?

Brice hocha la tête.

— Oui, du moins vu du ciel, depuis un satellite militaire. Pourquoi ?

— Eh bien, en supposant que toute cette histoire ne change rien à ce qu'il faudra faire là-bas, je dois retourner dans le New Jersey dans un jour ou deux. J'ai un endroit sûr où vous pourriez me faire passer des messages sans que personne ne remarque rien.

Brice sourit.

— Un « dead drop », hein ? dit-il en recourant au jargon de l'espionnage – le terme désignant un « point de chute », un endroit secret permettant aux espions de communiquer avec leur officier traitant.

Il jeta un coup d'œil à Levi et ajouta d'un ton approbateur :

— Le professeur commence à parler notre langage.

Michael sourit et dit :

— Je ne connaissais pas le terme, mais je crois qu'on parle bien de la même chose, alors ça me va. Vous avez une idée précise de ce que vous voulez que je fasse ? Je peux me débrouiller pour avoir un accès physique à une machine sur le réseau. J'ai juste besoin de savoir quoi faire. Les ordinateurs, c'est pas tellement mon truc.

Brice sortit son téléphone et montra à Michael une image du campus.

— Commençons par déterminer un « point de chute », et je vous dirai ensuite ce que vous pouvez faire.

Il leur fallut une minute à peine pour zoomer sur la carte et tomber d'accord sur un lieu d'échange.

Michael pointa du doigt la caisse en métal et demanda :

— Je peux récupérer mon téléphone ?

— Oui, bien sûr, répondit Brice. Attendez que nous soyons

partis avant de le rallumer, c'est tout. Quant au collier du chien, je vais le ramener avec moi au labo pour l'analyser. Où l'avez-vous eu ?

— Quelqu'un l'a donné à ma femme, dit Michael. Un vieux couple, semble-t-il. Vous croyez que… ? Mais oui, bien sûr. Je suis tellement naïf. Ils recrutent toutes sortes de personnes…

Levi, le visage grave jusque-là, laissa échapper un petit rire. Il ouvrit la portière arrière de la camionnette. Devant s'étendait une rue sombre et déserte, avec une supérette ouverte vingt-quatre heures sur vingt-quatre un peu plus loin.

Brice rendit son téléphone à Michael, et dit :

— Il va certainement se passer un jour ou deux avant que je ne trouve une solution. Soyez à l'affût, d'accord ?

Michael hocha la tête. Il regarda Percy, qui était resté à ses pieds durant tout le trajet.

— Tu es prêt, mon chien ?

Percy répondit par un jappement affirmatif.

Michael descendit de la camionnette en même temps que lui. Quelques secondes plus tard, la camionnette avait disparu dans l'obscurité du petit matin.

Il baissa les yeux vers Percy et dit :

— Ne vas pas me balancer aux fédéraux quand je commencerai à déformer la vérité, d'accord ?

Il alluma son téléphone, vérifia qu'il avait du signal, et composa le numéro de Bernstein.

CHAPITRE DIX-SEPT

— Entrez, cria Mason à travers la porte de son bureau.

C'est un Brice aux yeux bouffis qui entra, s'affala sur la chaise face à Mason, et brandit un dongle USB d'un air de triomphe.

— C'est ça ?

— Mouais, dit Brice en se penchant en avant et en déposant sur le bureau le dispositif de stockage miniature. Ce truc-là va leur causer des problèmes en cascade.

— D'accord, dis-m'en plus, demanda Mason, intrigué. Comment fonctionne ce truc, quels sont ses avantages et ses inconvénients ?

— Eh bien, le fonctionnement est assez simple en fait. Il existe une faille de type « zero-day » face à laquelle chaque ordinateur du gouvernement est vulnérable, et j'ai bien l'intention de l'exploiter à leur détriment.

Un « exploit zero-day », appelé aussi « vulnérabilité du jour zéro », consistait à lancer une cyberattaque que ne reconnaissait pas le logiciel anti-virus.

Mason hocha la tête.

— Que fait le virus, au juste ? demanda-t-il.

Brice grimaça.

— Pour être tout à fait franc, ça pourrait facilement devenir incontrôlable. Le virus va tirer parti de deux choses : la première, c'est une vulnérabilité qui existe sur à peu près tous les systèmes modernes, à la même échelle que les failles de sécurité Spectre et Meltdown de 2018. Donc, c'est suffisant pour la plupart des systèmes existants. Mais comme on ne peut pas savoir où sont passées certaines de ces données, et que tu m'as dit qu'il fallait les éradiquer partout, eh bien… c'est là que ça devient moche. Comme tu le sais, les ordinateurs du gouvernement reçoivent régulièrement des mises à jour de sécurité, d'accord ?

Mason hocha la tête.

— Eh bien, j'ai introduit un « exploit » qui fera partie du correctif de sécurité de demain. Quand j'appuierai sur « go », tous les ordinateurs vont brusquement perdre la boule. Il y aura d'abord une corruption silencieuse des données, et puis j'ai fait en sorte que les systèmes de sauvegarde soient empoisonnés avant que le projet Morphée soit lancé.

— Ça pourrait tout faire tomber, s'inquiéta Mason.

— Oui et non. Ça va effacer presque tout ce qui s'est passé au cours des quatre derniers mois. Aucune des sauvegardes ne fonctionnera avant la date de démarrage initiale que vous m'avez donnée. J'ai « vacciné » les anciennes sauvegardes pour qu'elles ne soient pas perturbées. Et toutes les sauvegardes plus récentes qui ont pu être transférées sur bande, notre logiciel de restauration va avoir leurs « hashs » précalculés, si bien qu'il va penser que la sauvegarde est corrompue aussi. Rien ne va fonctionner. C'est une sorte de scénario catastrophe.

Mason, sourcils froncés, tambourina du bout des doigts sur la table.

— Tu es sûr que nous pourrons restaurer les anciennes sauvegardes ?

Brice sourit.

— Ça n'infectera rien qui n'utilise pas les versions du logiciel fournies par le gouvernement. C'est ça le plus beau ; le virus va vérifier qu'il fonctionne bien sur du matériel gouvernemental ou des logiciels sous licence gouvernementale.

Mason pointa du doigt le dongle USB.

— Tu as trouvé comment le faire passer au professeur ? J'ai entendu dire qu'il était de retour à Princeton.

— Oui, répondit Brice, on s'en est occupé.

Il saisit le minuscule appareil électronique censé déchaîner une dévastation informatique et le tapota doucement.

— D'après mes calculs, il ne se passera guère plus de quarante-huit heures entre le moment où le professeur installera la première copie du virus, et celui où il se propagera sur le réseau privé. Il suffira qu'il commence les premières manipulations prévues, et l'infection gagnera l'ensemble des ordinateurs du gouvernement.

— D'accord, ça promet ! On verra pour les retombées ; on gérera si nécessaire.

Mason se renversa contre le dossier de sa chaise, et ajouta :

— Concernant les copies papier des recherches du professeur, j'ai mis des gars sur le coup.

— J'ai l'impression qu'il va y avoir pas mal d'incendies qui vont se déclencher à Arlington au cours des prochains jours.

Tenant Percy en laisse, Michael suivit le même chemin que d'habitude. La situation avait été particulièrement tendue au cours des deux jours qui avaient suivi son « enlèvement », mais le FBI avait apparemment gobé ses explications, parce qu'à part doubler sa sécurité rapprochée et poster quelqu'un devant sa porte à l'hôtel, pas grand-chose n'avait changé.

Les deux agents du FBI qui l'accompagnaient sur le campus marchaient toujours derrière lui, à une distance calculée, mais un de chaque côté.

Michael dépassa un massif d'arbustes buissonnants, et sentit son pouls s'accélérer. Il venait d'y repérer quelque chose qui lui était destiné. il se hâta de terminer son petit tour pour revenir vers le massif, et encourager Percy à y aller lui aussi.

— Allez, mon chien, je sais que tu as envie de faire la grosse commission.

Peinant à dissimuler son exaltation, il regarda Percy, qui parut s'asseoir pour déféquer, bien que ce ne fût pas du tout ce qu'il essayait de faire.

L'entraînement par répétitions auquel il avait soumis le chien à l'hôtel semblait porter ses fruits. Le chien se releva et agita la queue.

— C'est bien, Percy.

Michael s'accroupit devant les buissons et, à l'aide d'un sac hermétique alimentaire, il récupéra au pied des végétaux la crotte dure et froide qui avait été laissée là.

Fermant ostensiblement le sac hermétique, il le glissa dans une poche de son coupe-vent, et ils continuèrent de marcher le long du chemin.

Mais Percy s'arrêta soudain, et cette fois il déféqua vraiment.

Un des agents commenta :

— Il a eu double ration de croquettes ou quoi ?

— Je crois que c'est juste la marque qui ne lui convient pas.

Michael sortit un autre sac, et ramassa les déjections de Percy comme il le faisait d'habitude.

Tandis qu'ils s'en retournaient vers le labo de physique, il se débarrassa des vraies déjections dans une poubelle, et garda le premier sac dans sa poche.

Assis dans la cabine des toilettes au travail, Michael ouvrit la fausse déjection qu'il avait glissée à l'intérieur du sac hermétique, et y trouva ce qui ressemblait à un périphérique USB, un compte-goutte en plastique rempli d'une sorte de liquide, et un sachet de poudre violette. Il prit délicatement le périphérique et récupéra le morceau de papier en partie fixé dessus, et contenant le message suivant :

« Insérez le périphérique dans un ordinateur. Attendez qu'une LED verte s'allume. Ensuite, retirez l'embout du compte-gouttes, versez la glycérine sur la poudre violette, puis déclenchez l'alarme incendie et courez. »

Il fixa le contenu du sac en plastique et se demanda ce que ce type avait bien pu lui donner.

Il prit le dongle USB, referma le sachet hermétique, et le mit dans sa poche avec précaution. Il n'avait pas envie que ce truc se mette à prendre feu ou à exploser.

Assis sur les toilettes, il essuya la sueur de son front, conscient à présent qu'il s'apprêtait à ruiner sa carrière s'il allait jusqu'au bout de ce que ces gens lui demandaient de faire.

Il secoua la tête ; il savait qu'il ne pouvait pas faire marche arrière maintenant. Les souvenirs du futur le hantaient. Les images de ce que la société était appelée à devenir par sa faute ne lui laissaient pas de répit. Il avait permis l'existence d'une future dystopie.

Penser au futur comme à une chose faite dans le passé paraissait aller contre toute logique, mais c'était pourtant bien ce qu'il était en train de faire.

Il n'était plus celui qu'il était quelques jours plus tôt encore. Dans son esprit, il était bien plus âgé. Il était un homme brisé, incapable de ne pas penser aux tragédies que l'œuvre de sa vie avait causé au monde.

Et même s'il pensait avoir encore une chance de réparer une partie du mal qu'il avait causé, il ressentait toujours une douleur aiguë ; il avait toujours cette plaie suppurante, celle d'avoir perdu sa famille… sa seule consolation était qu'au moins cette étrange série d'évènements lui avait permis de passer encore un peu de temps avec sa femme. Et il avait eu la chance de tenir son enfant dans ses bras. Ces miracles seuls valaient toute la peine qui l'attendait pour les actions qu'il s'apprêtait à entreprendre.

Il prit une grande inspiration, et expira bruyamment. Le moment était venu.

Il tira la chasse d'eau, se lava les mains et sortit des toilettes. Comme toujours, un agent l'attendait pour l'escorter jusqu'au labo.

La situation était sur le point de prendre un tour inattendu.

Quand il regagna le laboratoire, Percy l'accueillit avec un petit jappement. Josh arriva du fond du labo, tenant une planchette à pince.

— Professeur, je prends les commandes pour le déjeuner. Tout le monde semble avoir envie de manger indien aujourd'hui ; on pense donc commander au Cross Culture, sur North Harrison. Vous voulez voir le menu ?

— Non, je vais prendre du poulet vindaloo.

Josh écarquilla les yeux.

— Vous savez que c'est très épicé ?

— Oui. C'était le plat préféré de ma femme. C'est ma façon de penser à elle.

— Super. Je vais voir si les agents veulent quelque chose.

Josh sortit du labo. Michael ressentit du soulagement en passant devant le poste de commande et en se dirigeant vers le fond du labo où Josh s'asseyait habituellement.

Le dongle USB dans une main, il le brancha sans hésiter dans un des « ports » exposés.

L'ordinateur de Josh était verrouillé, mais cela n'empêcha pas une LED rouge de s'allumer.

Le dongle avait-il activé quelque chose ? Difficile à dire.

Debout au fond du labo où il n'allait presque jamais, il sentit la sueur couler le long de sa nuque. La culpabilité se lisait probablement sur son visage.

Il entendit un bip à l'entrée du labo juste au moment où une LED verte se mit à clignoter sur le périphérique USB.

Il l'arracha du port de l'ordinateur et s'éloigna, tandis qu'un des ingénieurs traversait le labo pour regagner son bureau.

Michael s'arrêta soudain, se rendant compte qu'il avait encore beaucoup à faire.

Il ignorait ce que le contenu du sac qu'il avait dans sa poche allait faire réellement. Y aurait-il une explosion ? Il se dirigea vers une zone où il n'y avait pas de bureau proche, récupéra le sac hermétique, l'ouvrit et fixa de nouveau la pipette, le liquide et la poudre.

Puis il s'accroupit à côté d'un ensemble d'armoires remplies de fournitures de bureau et de matériel de laboratoire, et sortit la pipette du sac. Il pinça le bout de la pipette et s'arc-bouta pour poser le sachet sur le sol, verser le contenu de la pipette dans le sachet de poudre, et se précipiter vers l'entrée pour déclencher l'alarme incendie. Une sonnerie assourdissante résonna dans tout le bâtiment.

Quelqu'un cria « au feu ». Michael jeta un regard vers l'endroit où il avait laissé le sachet, et vit s'élever un nuage de fumée.

— Au feu, tout le monde dehors ! » hurla-t-il en poussant la porte.

Il attrapa la laisse de Percy, et entraîna le chien avec lui. Tout le monde sortit du bâtiment.

Percy aboya bruyamment contre quiconque s'approchait de trop près dans la cage d'escalier. Les agents parvinrent à rejoindre Michael au milieu du chaos, et l'escortèrent jusqu'à l'extérieur.

Au loin, Michael entendit une sirène, puis le bruit allant crescendo d'un camion de pompiers en approche. L'espace d'un instant, il se demanda quel sort allait être le sien. Le dongle USB allait-il faire son travail ? Qu'adviendrait-il du laboratoire ?

Allait-il se retrouver seul à présent qu'il avait fait ce qu'on attendait de lui ?

Il ferma les yeux, et tandis que le camion de pompiers arrivait, il se dit qu'il pourrait peut-être continuer comme s'il n'avait rien fait. Après tout, il n'y avait pas de caméras à l'intérieur du laboratoire… mais peut-être se trompait-il. D'une manière ou d'une autre, c'était probablement fichu pour lui.

La physique et la recherche, c'était toute sa vie. Il ne connaissait rien d'autre. Il avait l'impression de s'être lancé dans une évasion mal planifiée.

— Quelqu'un a-t-il senti de la fumée ? demanda un homme dans la foule.

— Je n'ai rien senti ni rien vu, répondit un autre. C'est probablement encore un de ces exercices d'incendie.

— Moi, j'ai senti quelque chose de vraiment bizarre au rez-de-chaussée, réagit quelqu'un d'autre encore.

Le camion de pompiers passa devant la foule et se dirigea droit vers l'entrée du bâtiment. Dès qu'il s'arrêta, un des hommes portant un gros sac sur le dos courut à l'intérieur, avant de ressortir précipitamment moins d'une minute plus tard en agitant frénétiquement les bras alors que le camion faisait marche arrière en direction de la foule.

— Que se passe-t-il ? demanda quelqu'un.

— Merde, ce gars-là a l'air de flipper complètement. Pourquoi est-ce que le camion recule vers nous ? On ne devrait pas reculer, nous aussi ?

Michael entendit un des agents dire :

— Appelez Bernstein, et voyez ce qu'il veut qu'on fasse.

La foule s'écarta pour laisser passer le camion de pompiers, qui remontait le chemin qu'il avait emprunté en arrivant.

Un des étudiants à proximité dit :

— Vous avez remarqué que le pompier a porté quelque chose à l'intérieur, et qu'il est ressorti sans… ?

Michael sentit brusquement une onde de choc le traverser, tandis que des gerbes de flammes jaillissaient de toutes parts au rez-de-chaussée du bâtiment.

Un des agents porta la main à son cou, touché par quelque

chose. Et soudain, quelqu'un attrapa Michael par derrière, et plaça un tissu humide sur sa bouche et son nez.

Michael entendit Percy aboyer ; puis ce fut le noir complet.

Doug Mason était assis dans son bureau face à son ordinateur « gelé », incapable d'accéder au réseau. Le virus de Brice avait quelque peu dépassé les limites de son champ d'action. Les seuls ordinateurs encore capables de se connecter à internet, étaient les téléphones portables.

Mason fixa le sien et monta le volume, tandis qu'un journaliste donnait les dernières nouvelles, un bandeau en bas de l'écran indiquant : « Problème à Washington » :

« Ici Tom Nusbaum, avec le service des informations d'ABC. Nous avons en ligne Jennifer Griffen, qui est en direct de Washington. Jennifer, pouvez-vous nous dire ce qui se passe là-bas avec ce mystérieux virus ? Est-il vrai qu'il n'affecte que la zone métropolitaine de Washington ? »

« Merci Tom, oui, ici Jennifer Griffen, en direct de Washington. Ce que je peux vous dire pour le moment, c'est que contrairement au coronavirus, qui a affecté la vie et les moyens de subsistance de presque tout le monde, ce virus semble se concentrer uniquement sur la région de Washington.

« J'ai parlé avec l'amiral Greg Richardson, qui est le coordinateur du Conseil de sécurité nationale pour les communications stratégiques, ici, au Pentagone, qui m'a confié ne pas être en mesure encore de dire si des militaires ont été touchés par le virus.

Il tient toutefois à assurer aux téléspectateurs que ce virus n'a aucunement affecté notre état de préparation militaire, et que les États-Unis sont prêts à répondre à toute menace visant la patrie.

« Néanmoins, j'ai parlé avec certaines personnes au Pentagone, de manière officieuse, et beaucoup d'entre elles pensent qu'il s'agit d'une cyberattaque ciblée émanant des Russes, ou peut-être même des Nord-Coréens.

« Je peux également témoigner qu'il y a beaucoup de confusion dans les couloirs du Congrès. Il semble que la Chambre et le Sénat aient dû recourir à des votes manuels par appel nominal puisque le système de vote informatisé ne fonctionne pas pour le moment.

« Voilà, Tom, c'est à peu près tout ce que j'ai pour le moment, ici, à Washington."

« Merci beaucoup Jennifer. Voici une dernière information, probablement liée à ces événements : la porte-parole de l'IRS, Claudia Thomas, a déclaré qu'en raison de certains problèmes informatiques, la date limite de déclaration des impôts serait certainement repoussée d'un mois. Autrement dit, les contribuables peuvent s'attendre à ce que leur date limite de déclaration soit déplacée du 15 avril au 15 mai de cette année. »

Mason sourit.

— Ça a l'air de fonctionner.

Son téléphone vibra. Il regarda le numéro, et tapota son oreillette.

— Oui, Levi, quoi de neuf ?

— *Salut. Tout est prêt pour la réunion. Alicia est déjà dans la salle. Compte tenu des dernières nouvelles, je pense qu'elle aura besoin de voir ça.*

Mason se leva, fit le tour de son bureau et commença à se diriger vers la salle de réunion.

— Levi, rends-moi un service. Donne-moi quelques minutes. Les ordinateurs ici sont complètement détraqués. Il va falloir que je me serve de mon téléphone comme d'un « hotspot » Wi-Fi pour accéder au flux vidéo.

— *Compris. Tu veux que j'appelle, ou...*

— Non, donne-moi cinq minutes, c'est tout. Je t'envoie un SMS dès que nous sommes prêts.

Mason accéléra le pas, descendit rapidement l'escalier métallique, et, après quelques « bonjour » rapides et un « Je n'ai pas le temps pour ça maintenant », il entra dans la salle de réunion où Alicia était assise, en train de regarder son téléphone.

Elle leva les yeux et sourit.

— Mon père m'a dit de venir attendre ici. Il m'a dit que c'était important.

Mason hocha la tête, désolé par avance pour la fille de son ami. Elle allait perdre son sourire avant qu'il n'en ait terminé.

Il faisait nuit quand Michael sortit de la voiture avec Percy à ses côtés. Ils étaient quelque part près de l'océan ; il respira l'air iodé, et se demanda où il se trouvait exactement.

Il ne se souvenait pas de grand-chose après son exfiltration du campus. « Exfiltration » : c'était le mot qui convenait le mieux pour décrire ce qu'il lui était arrivé : transfert secret d'une personne (principalement un espion ou un militaire) d'un endroit à un autre, généralement pour échapper à une situation dangereuse.

Il ignorait qui étaient ces gens exactement, mais une chose

était sûre : ils savaient ce qu'ils faisaient. Tout ce dont il se souvenait ensuite, c'était de s'être réveillé à l'arrière d'une camionnette, avec Levi qui le regardait.

L'homme avait été assez bienveillant pour combler les blancs et lui permettre de faire le point. Il comprenait maintenant que le camion de pompiers n'était pas un vrai. Ils avaient réussi à détourner l'alarme, et à faire exploser l'ensemble du laboratoire avec un engin incendiaire.

La petite bombe qu'il avait lui-même mis en place n'était destinée qu'à causer un début d'incendie et assez de fumée pour créer la panique. Ils avaient fait le reste.

Ils venaient de lui remettre ses nouveaux papiers d'identité. Il n'était plus Michael Salomon, professeur respecté de physique des particules à Princeton. Il se nommait à présent Michael Gantry ; il était un simple professeur de physique, présentement en recherche d'emploi.

La gloire et la fortune n'étaient probablement pas au bout du chemin, mais le bon côté des choses, c'était que cela répondait à son besoin d'anonymat du moment, s'il voulait disparaître comme il savait qu'il devait le faire.

Levi, qui se tenait à côté de lui, lui fit signe de le suivre.

— Venez, il est temps de boucler la boucle, comme on dit.

Michael le suivit à l'intérieur de l'entrepôt, plongé dans une obscurité quasi-totale. Il ne voyait pas à trente centimètres devant lui.

— Vous avez dit « boucler la boucle » ? Où va-t-on ?

Percy renifla l'air ambiant et remua la queue, mais par inter-mittence seulement, comme si quelque chose l'inquiétait malgré tout. Ses oreilles étaient dressées ; tous ses sens étaient en alerte.

— Vous avez demandé ce que vous alliez faire de votre vie, à présent que vous n'êtes plus celui que vous étiez hier encore.

Levi appuya sa main contre une porte en métal, et une LED verte s'alluma en même temps que la porte s'ouvrait électroniquement.

— Je ne suis pas la personne la mieux placée pour vous répondre, comme vous pouvez l'imaginer, poursuivit Levi.

Michael le suivit dans une pièce à l'éclairage intense, aux murs lambrissés, et qui sentait légèrement l'encaustique. Le genre de pièce que l'on ne s'attendait pas à trouver à l'intérieur d'un vieil entrepôt de stockage, quelque part près de l'océan.

Percy se mit à renifler bruyamment et à tirer sur sa laisse, que Michael tint fermement.

— Non, Percy. Assis.

Le chien gémit piteusement et s'assit.

— Bon, peu importe, reprit Michael. Je crois que j'ai tout ce dont j'ai besoin. Vous m'avez déjà donné une nouvelle identité, un compte bancaire avec un peu d'argent, et une carte de retrait pour que je ne meurs pas de faim. Vous avez fait plus pour moi que je n'aurais pu l'espérer. Je peux me débrouiller à partir de là.

Levi lui décocha un petit sourire, ce qui n'était pas, semblait-il, dans les habitudes de l'homme.

— Il y a encore autre chose, dit-il.

Il s'approcha du mur opposé et posa sa main à plat dessus. Il fallut moins de deux secondes pour qu'un mécanisme dissimulé dans le mur émette un cliquetis, et qu'une ouverture apparaisse.

Une porte cachée.

Percy se mit à aboyer follement en s'agitant de la même manière. Il tira sur sa laisse, cherchant désespérément à foncer vers ce qui se trouvait derrière la porte.

Levi s'écarta et invita Michael à passer devant lui.

Percy ouvrit la voie. De l'autre côté se trouvait un espace minuscule, de la taille d'un dressing confortable, mais pas plus.

À l'intérieur, une femme était assise dans un confortable fauteuil en cuir. Et à côté du fauteuil se trouvait un couffin.

Michael n'en croyait pas ses yeux.

— Je… je croyais que tu étais morte, dit-il d'une voix étranglée.

Maria se jeta dans ses bras, et ils s'étreignirent pour la première fois depuis des mois.

— *Ay, mi amor !*

Les sanglots étouffés de Maria était la plus belle chose qu'il aurait pu s'imaginer entendre.

— Maintenant que tu es là, il ne nous manque plus rien, à Felicia et à moi, murmura-t-elle.

Serrant Maria dans ses bras, Michael baissa les yeux et regarda le couffin. Felicia – elle avait tellement grandi depuis la dernière fois qu'il l'avait vue – s'agita tandis que Percy la reniflait partout.

Sans lâcher Maria, il se tourna vers Levi, qui se tenait dans l'embrasure de la porte.

— Comment ? Comment est-ce possible ?

Levi haussa les épaules.

— Parfois, il faut savoir ne pas demander pourquoi, et juste vivre l'instant présent, être simplement reconnaissant de ce que la vie nous offre.

Michael enfouit sa tête dans la douce chevelure de Maria, et ne put réfréner ses larmes. Levi avait raison. Le présent seul comptait.

Être réunis avec les deux êtres qui lui étaient les plus chers. Rien d'autre n'avait d'importance.

Alicia essuya les larmes qui roulaient sur ses joues, et dut s'intimer l'ordre de respirer, tandis qu'elle regardait le flux vidéo des joyeuses retrouvailles entre Michael et sa femme.

Mason l'observa tandis qu'elle suivait la vidéo. D'une voix douce, il suggéra :

— Éteignons ça maintenant, d'accord ?

— Non ! s'écria Alicia en lui lançant un regard noir. J'ai besoin de voir ça. Tout m'apparaît plus clairement maintenant que je sais. Il les croyait mortes ?

Mason hocha la tête.

— Ces salopards du FBI n'avaient aucune idée de l'endroit où elles étaient, mais ils savaient que Michael gardait espoir. Ils ont fini par lui montrer les restes carbonisés dans un accident de voiture d'une pauvre famille quelconque.

Alicia écarquilla les yeux.

— Ils lui ont dit que sa famille était morte ? Pourquoi ?

— Ils ignoraient autant que lui ce qu'il était advenu de sa femme et de sa fille, mais ils savaient que cette incertitude était ce qui le faisait rester à Princeton. Or, ce qu'ils voulaient, c'était qu'il s'installe à Washington, donc…

— C'est cruel. C'est même pire que ça.

Mason haussa les épaules.

— Mais alors… où étaient-elles durant tout ce temps ?

Mason lui fit un clin d'œil.

— C'est là que j'entre en scène. Tu te souviens, je t'ai dit que j'ai vu tout cela se dérouler de plusieurs manières différentes ? Il y a eu une fois où le FBI a enlevé et retenu sa femme et sa fille comme de véritables otages. Une autre fois, le bébé est mort, ce qui a provoqué des conflits entre Michael et sa femme ; le FBI a fini par se débarrasser d'elle pour qu'il puisse se concentrer sur le programme. Cette fois, j'ai décidé d'éviter tout cela. Je les ai mises à l'abri dès que possible. Je suis arrivé trop tard pour emmener Michael, ce qui aurait probablement court-circuité les choses, mais j'ai tout de même réussi à protéger sa femme et sa fille.

— Vous avez fait ce qu'il fallait, dit Alicia. Vous avez agi quand c'était possible. C'est bien notre devise, non ?

— Je vois que tu écoutes bien ce qu'on te dit, la complimenta Mason en jetant un coup d'œil à la vidéo qui continuait de passer. Tu m'as dit un jour dans le futur – dans un des futurs possibles – que tu étais enceinte de lui. Comment vas-tu gérer ça maintenant ? Voir l'amour de ta vie dans les bras de sa femme, avec leur enfant ?

— Ça va. Je l'accepte.

Elle secoua la tête. Même si elle n'avait jamais imaginé une telle issue, elle se sentait finalement en paix avec elle-même.

— Ce qui est arrivé dans le futur n'était pas réel.

Elle posa un doigt sur sa tempe droite.

— Peut-être qu'ici ça l'était, mais ce n'est jamais arrivé. Du moins pas au sens où on l'entend normalement. Je dois maintenant construire une nouvelle réalité, et ne pas m'attarder sur un futur qui n'arrivera pas… ça n'arrivera pas, n'est-ce pas ? demanda-t-elle en fixant durement Mason. Je veux vous l'entendre dire. Comment pouvons-nous être sûrs que nous avons arrangé les choses ?

Mason sourit.

— Je suis confiant. Rien ne nous le garantit dans l'absolu – on ne peut jamais être certain de ce qu'il adviendra demain – mais les choses vont dans la bonne direction à présent. Nous nous en sommes déjà assuré auprès de tous ceux que nous soupçonnions d'avoir été mis au courant des terribles évènements futurs. Ce qui est intéressant, c'est que certaines de ces personnes

– Bernstein et Whitley, entre autres – constatent déjà que leurs « souvenirs du futur » commencent à s'estomper. C'est ce qui devrait arriver également aux tiens. Ce sera la meilleure preuve que nous avons réussi. Parce que s'il n'y a pas de futur dystopique demain, il n'y donc aucun moyen de renvoyer ces souvenirs. Et donc, tu n'as plus de raison de les avoir.

Alicia fronça les sourcils.

— Mais on ne peut pas en être sûr ?

— Si, et il n'y a qu'un moyen pour ça, répondit Mason. C'est de vivre nos vies, et de voir ce qui se passe.

Alicia hocha la tête. C'était exactement ce qu'elle avait l'intention de faire.

À cet instant lui revint une question qui lui trottait dans la tête depuis un certain temps déjà.

— Est-ce que je peux travailler ici ? De manière permanente, je veux dire.

Sans laisser le temps à Mason de répondre par la négative, elle leva la main et ajouta :

— J'y ai beaucoup réfléchi. Retourner à l'université et poursuivre sur la voie que j'avais commencé à emprunter, pourrait donner lieu encore à des choses auxquelles je ne veux même pas penser. Je crois que je peux faire plus, et mieux, en agissant sur des choses qui s'y prêtent.

Mason sourit.

— Voilà une nouvelle variation habile sur notre devise. Bien joué.

— Doug, dites oui, je vous en prie. Je le veux vraiment. Plus que tout même.

Mason la fixa longuement d'un air pensif. Alicia aurait bien voulu lire dans ses pensées ; elle était terrifiée à l'idée de ce qu'il pouvait lui répondre. Elle craignait d'entendre un « peut-être plus tard », ou « tu es trop jeune », ou toute autre excuse qui ne serait qu'une manière aimable de lui dire non.

— Eh bien, j'ai bien peur de…

Mason s'interrompit, l'air sombre. Alicia se raidit.

— J'ai bien peur de devoir te refuser de… d'imaginer autre chose que d'intégrer notre quartier général, puisque tu fais une candidate idéale, termina-t-il en souriant.

Alicia éclata de rire.

— Espèce de salopard.

Mason arqua un sourcil.

— N'oublie pas que tu parles à ton nouveau patron. Et qu'il va te falloir suivre un entraînement intense. Mais je crois que tu vas trouver ta place ici.

Il lui tendit la main. Alicia la lui serra en souriant.

— Bienvenue à l'Organisation, mademoiselle Yoder.

— Merci, monsieur Mason.

Elle tourna la tête et regarda la vidéo de nouveau. Michael tenait son bébé dans ses bras, sa femme à ses côtés. Et tout ce qu'elle ressentit à cet instant, ce fut de la joie, pour lui et sa famille. Michael était une des meilleures personnes qu'elle ait jamais rencontrées. Il méritait d'être heureux.

Cela faisait six semaines que la vie de Michael avait changé à jamais. Ils vivaient à présent à Guilford, dans le Connecticut, une petite ville côtière isolée des grands centres urbains, et pour le moment, Michael était toujours sans emploi. Il disposait encore de l'argent que lui avait remis l'organisation qui avait sauvé sa famille, et ils s'en sortaient plutôt bien, mais aujourd'hui était un jour de fête.

Il venait d'avoir un deuxième entretien avec le principal du lycée de Guilford. Enfin, ce n'était pas à proprement parler un deuxième entretien ; plutôt une occasion de rencontrer d'autres membres du personnel, au cours de laquelle on lui avait dit que si le poste de professeur de sciences l'intéressait, il était à lui.

Avec un salaire de départ qui représentait à peine un tiers de sa rémunération passée, dans le New Jersey, la pilule avait eu un peu de mal à passer.

Malgré tout, Maria et lui avaient eu une longue discussion.

Rien au monde n'avait réellement d'importance, tant qu'ils étaient ensemble. Et si tout recommencer à zéro était le prix à payer pour être heureux, soit. Cela voulait donc dire habiter un deux pièces, avoir une voiture d'occasion, et faire des économies partout où c'était possible.

Sur le chemin du retour, il s'arrêta néanmoins au magasin d'alimentation Kauszer, se dirigea vers le rayon des fleurs, et choisit une unique rose rouge. Il ne se voyait pas rentrer les mains vides. Il fallait qu'il achète quelque chose pour Maria… n'importe quoi. Ce n'était pas une journée comme les autres. Il voulait fêter son nouveau poste.

Alors qu'il faisait la queue pour payer, le client qui se trouvait juste devant lui acheta cinquante billets de loterie Power Ball, à deux dollars l'unité. Le jackpot était de près de trois cents millions de dollars ; on ne parlait que de cela un peu partout. Michael réprima une brusque envie de lever les yeux au ciel. Il avait toujours considéré que les gens qui jouaient à la loterie étaient forcément nuls en maths.

Les chances de gagner n'étaient jamais en votre faveur.

Pourtant, pendant qu'il attendait que l'homme récupère ses billets de loterie, il se souvint brusquement d'une cascade de chiffres ; c'était presque comme dans une scène de *Matrix*. Et parmi ces chiffres, il y avait une date. La date d'aujourd'hui.

Était-il juste en train de fantasmer quelque chose qui s'apparentait à un vœu pieux ?

Probablement.

Après tout, ce n'était que deux dollars.

Pour une fois, il passa outre le fait qu'il trouvait ridicule de gaspiller deux dollars pour une chance de gagner aussi improbable, et il saisit les numéros qu'il avait vus défiler dans sa vision. Il paya le billet de loterie et la rose, et sortit du magasin en ayant l'impression d'avoir fait quelque chose de stupide.

Mais bon, c'était jour de fête. Il pouvait bien s'amuser un peu, pour une fois.

Plus tard ce soir-là, il se retrouva assis devant la télévision avec Maria, sur leur « nouveau » canapé acheté quelques jours plus tôt dans un vide-grenier, la rose sur la table basse devant eux, trempant dans un vase acheté au même endroit que le canapé. Le bébé dormait, et Percy occupait sa place habituelle, à côté du berceau, jouant les chiens de garde.

Le journal télévisé se termina, et Michael allait éteindre, quand une journaliste blonde apparut à l'image, se tenant précisément devant l'épicerie du coin.

Maria lui tapota la jambe.

« « Regarde, chérie, le ticket gagnant a été acheté chez notre épicier, chez Krauszer.

Elle monta le son.

« *Le ticket gagnant du Power Ball de ce soir a été vendu dans un magasin d'alimentation Krauszer, à Guilford, dans le Connecticut. Nous ignorons encore qui est l'heureux gagnant, mais il a cent quatre-vingt jours pour réclamer son prix.* »

Les numéros gagnants de la loterie apparurent en bas de l'écran.

Michael en eut le souffle coupé.

Il faillit déchirer sa poche en essayant de récupérer son portefeuille pour montrer le ticket à Maria.

— Tu veux bien vérifier ça pour moi ?

Maria prit le ticket, et son regard fit des allers et retour entre l'écran et le petit rectangle de papier.

Un spot publicitaire prit la suite du programme, tandis que Michael regardait Maria.

Il essaya de se remémorer les numéros qu'il avait choisis, mais même s'il revoyait bien la pluie de chiffres qui lui était apparue, il ne se souvenait plus des numéros qu'il avait cochés.

— Attends, dit Maria, ça a quitté l'écran trop vite.

Elle se précipita dans leur chambre et rapporta son téléphone portable. En quelques pressions sur l'écran, elle afficha les numéros gagnants du jour, et ils les comparèrent tous les deux avec ceux qui figuraient sur le ticket.

Maria écarquilla les yeux.

— Oh, mon Dieu.

Ils échangèrent un regard abasourdi.

— On a gagné.

Jason Whitley entra dans la pièce qui lui servait de repaire souterrain. Ce bunker remontait à l'époque de la guerre froide, mais c'était son refuge, l'endroit où il pouvait travailler sans que personne ne l'interrompt avec des appels ou des messages. Son ordinateur était hors réseau, et les téléphones portables ne passaient pas ici.

Il s'assit devant son ordinateur et entra son mot de passe pour déverrouiller l'écran. Un fichier PDF était resté ouvert depuis la dernière fois ; curieusement, il ne reconnut pas le rapport. Il remonta dans le fichier pour trouver le nom du projet : Morphée.

Morphée ?

Le nom lui disait bien quelque chose, mais…

Il haussa les épaules, ferma le PDF et ouvrit Microsoft Office. Il avait besoin de créer des diapositives pour la réunion du lendemain avec les généraux. Il n'avait pas le temps de regarder un vieux PDF.

Peut-être plus tard.

NOTE DE L'AUTEUR

Voilà, c'est la fin de *Multivers*. J'espère que vous y avez pris plaisir.

Si c'est le premier livre de moi que vous lisez, je vous dois une petite présentation. Les autres, qui ont déjà lu ceci, vous pouvez passer directement à la suite.

J'ai passé la plus grande partie de ma vie à faire de la recherche scientifique, et j'ai travaillé dans le secteur des hautes technologies plus longtemps que je ne voudrais l'admettre. Mes débuts n'ont rien de particulièrement original ; je noterais tout de même que j'ai grandi avec l'anglais comme troisième langue, même si aujourd'hui c'est de loin celle que je maîtrise le mieux. Étant issu d'une famille de militaires, j'ai beaucoup voyagé. Et puis, j'ai fait ce que beaucoup de gens font : j'ai étudié, j'ai trouvé un emploi, je me suis marié, et j'ai eu des enfants.

J'ai grandi en lisant des magazines scientifiques, ce qui m'a amené à lire de la science-fiction, principalement les classiques d'Asimov, de Niven, de Pournelle, etc. Et puis j'ai découvert la

« fantasy épique », qui m'a ouvert un tout nouveau monde – en fait de nombreux nouveaux mondes. Ce sont Eddings, Tolkien et d'autres qui m'ont permis d'apprécier ce genre. En vieillissant, j'ai commencé à apprécier les thrillers de Cussler, Crichton, Grisham et autres.

Lorsque j'ai eu de jeunes enfants, j'ai commencé à leur inventer des histoires, à chercher à les divertir. Après tout, qui ne serait pas diverti en entendant parler de nains, d'elfes, de dragons et de Dieu sait quoi d'autre ? Ces histoires, je les leur ai racontées avant de dormir ; elles ont bercé leur jeunesse. Et pour ne pas en oublier les détails, et ne pas tout mélanger dans ma tête, j'ai fini par les coucher sur le papier.

Et puis, les enfants ont grandi, mais après avoir transcrit toutes ces histoires qui les avaient divertis, j'ai fini, moi, par attraper le virus de l'écriture. Écrire a commencé à me démanger… mais j'avais envie d'autres choses que les histoires traditionnelles que j'avais inventées pour eux.

Et puis, je me suis lié d'amitié avec certains auteurs jouissant d'une belle renommée, et quand je leur ai parlé de mon envie de me mettre plus sérieusement à l'écriture, plusieurs d'entre eux m'ont donné le même conseil : « Écris sur ce que tu connais le mieux. »

Écrire sur ce que je connaissais ? J'ai pensé alors à Michael Crichton. Il était médecin, et il s'est mis à écrire des thrillers médicaux. John Grisham a été avocat durant une dizaine d'années avant de se lancer dans sa série de thrillers juridiques. Ce conseil qu'on me donnait valait peut-être quelque chose, après tout ?

Je me suis mis à réfléchir. « Qu'est-ce que je connais ? » Et soudain, cela m'a paru évident.

Je connais la science. C'est mon métier, et c'est ce que

j'aime. En fait, un de mes passe-temps consiste à lire toutes sortes d'articles couvrant la plupart des disciplines scientifiques. Mes centres d'intérêt vont de la physique des particules à la médecine générale, en passant par l'informatique et les sciences militaires (vous savez, cette science qui est derrière tout ce qui fait « boum » !). Il y a chez moi quelque chose du rat de bibliothèque. J'ai également beaucoup voyagé au cours de ma vie, et je continue d'étudier en autodidacte les langues et les cultures étrangères.

C'est comme cela qu'en suivant le conseil de certains auteurs classés dans la liste des best-sellers du *New York Times*, j'ai écrit mon premier livre, *Menace primale*, qui a été classé sur la liste des best-sellers de *USA Today*, liste sur laquelle j'ai eu l'honneur de figurer plusieurs fois encore par la suite. Avec le recul, je suis heureux d'avoir fait le grand saut en commençant à écrire.

Mais assez parlé de moi – ce que je n'aime pas faire plus que cela – et permettez-moi de revenir là où j'en étais avant de m'interrompre brutalement.

L'idée de *Multivers* est née d'un exercice de réflexion. Sans trop entrer dans des détails techniques, disons que j'aime l'idée des paradoxes. Qu'est-ce qu'un paradoxe ? Il s'agit d'une situation où des choses sensées, apparemment mises ensemble, aboutissent à une conclusion absurde.

Par exemple, si vous aviez la possibilité de remonter le temps et que vous tuiez accidentellement l'un de vos ancêtres, vous ne pourriez pas être né, et donc vous ne pourriez pas l'avoir tué. C'est typiquement le genre de situation où l'idée de voyager à rebours dans le temps donne des migraines à beaucoup.

Je voulais jouer avec cette idée.

Sans aller jusqu'à dire qu'il est possible de voyager dans le temps, imaginons que l'on puisse envoyer un message dans le passé. Quelles conséquences une telle possibilité aurait-elle ?

C'est de cette interrogation qu'est né ce roman.

J'aimerais mentionner quelque chose qui est assez amusant. Je ne suis pas le genre de personne à me mettre dans mes propres romans, ou du moins vous ne trouverez pas de Dr Rothman dans les romans que j'écris, car l'idée même d'être DANS un roman me paraît un peu bizarre. Cependant, certains d'entre vous auront sûrement remarqué une entrée dans le premier chapitre où le nom de Rothman est mentionné. Permettez-moi de vous en expliquer brièvement la raison :

Des coïncidences bizarres se produisent tout le temps, mais celle-ci est un peu spéciale.

Lorsque j'écris une scène, en particulier une scène en voiture, je détermine souvent une adresse et une destination, et puis je consulte les indications sur Google Maps pour comprendre la distance à parcourir, la durée du trajet, le type de circulation auquel il faut s'attendre, etc.

Je vais même chercher des visuels pour me rendre compte de ce à quoi ressemblent les environs.

Tout cela pour ajouter un certain réalisme à la scène.

Lorsque j'ai écrit le premier chapitre de *Multivers*, j'ai choisi au hasard un point de départ, décidé d'une destination, et puis j'ai de nouveau choisi un endroit (au hasard) sur la carte pour zoomer sur ce qui constituerait la matière des descriptions visuelles... et là, que vois-je sur Google Maps, dans cet endroit du New Jersey choisi au hasard ?

Un panneau qui dit Rothman... Ouah... coïncidence ? Mouais !

Je comprends alors qu'il s'agit d'un « Centre orthopédique

Rothman ». Ouah ! Mon père était chirurgien orthopédique... (non, il est à la retraite depuis longtemps et n'est jamais venu dans le New Jersey).

De tous les endroits sur lesquels j'aurais pu zoomer, il a fallu que je tombe sur *ce* bâtiment-là, en bordure d'autoroute.

Et voilà comment le nom de Rothman s'est retrouvé dans le livre.

Comme toujours, je parlerai un peu dans l'addendum de la science qui est présente dans ce roman. Je passerai en revue certains concepts, et j'approfondirai un peu cette histoire de paradoxes.

Ceux d'entre vous qui ont lu certains de mes autres romans, notamment la série Levi Yoder, auront peut-être remarqué que j'ai fait se croiser les intrigues.

L'une de mes séries de romans en cours porte sur un personnage nommé Levi Yoder. Dans le dernier livre de cette série, *The Swamp*, je présente sa fille aînée, Alicia. Elle a même quelques scènes à elle. Curieusement, elle était étudiante à Princeton. J'ai eu plaisir à lui donner un rôle dans cette histoire et à lui faire découvrir l'Organisation. J'espère que cela vous aura plu autant qu'à moi.

Comme toujours, j'aimerais beaucoup avoir vos commentaires et vos réactions.

N'hésitez pas à partager vos impressions et vos critiques sur Amazon et avec vos amis. Ce n'est qu'à travers les critiques et le bouche-à-oreille que cette histoire trouvera d'autres lecteurs, et j'espère que ce livre (et tous les autres) trouvera un public aussi large que possible.

Je me dois également de préciser, pour les fans d'un livre ou d'une série en particulier, que je suis fortement influencé par mon lectorat quant au choix de mes prochains ouvrages. J'en veux pour preuve le premier d'entre eux, *Menace primale*, qui ne devait pas avoir de suite. Mais quand je l'ai publié, il a connu un grand succès aux États-Unis et à l'étranger, si bien qu'en raison de la demande, j'ai publié un deuxième tome et baptisé la série *L'Exode*.

Aussi, pour ceux qui auraient des idées concernant Alicia, n'hésitez pas à m'en faire part : voulez-vous la suivre dans de nouvelles aventures ? Si oui, préféreriez-vous qu'elle soit seule ou avec son père ?

Si vous souhaitez être tenu au courant de mes derniers travaux, inscrivez-vous sur ma liste de diffusion à l'adresse suivante :
https://mailinglist.michaelarothman.com/new-reader

Mike Rothman
21 août 2022

Une dernière chose : vous trouverez ci-après un extrait d'une œuvre de science-fiction où la science est partout présente. Ceux d'entre vous qui ont aimé *Multivers* apprécieront probablement ce roman dont je viens de parler, intitulé *Menace primale*.

ADDENDUM

Si vous avez lu mes livres par le passé, vous avez pris l'habitude maintenant de me voir introduire dans mes histoires un peu de science, et cela quel que soit le genre du livre. Je n'aime pas être prévisible, mais nous voici, une fois de plus, à ce qu'il est convenu d'appeler l'addendum. Comme dans la plupart de mes romans, j'ai abordé certains points qui méritent quelques explications.

Cette fois encore, il s'agit d'un ouvrage de science-fiction, mais il est parsemé de nombreux faits scientifiques. Ce que j'essaie de faire dans cet addendum, c'est de mettre en évidence ces différents faits, et d'en parler d'une manière disons plus technique.

Dans *Multivers*, les nombreux sujets scientifiques abordés, si on voulait leur rendre justice, mériteraient chacun une série de livres, mais dans le but de distiller les choses en les ramenant à l'essentiel, je ferai de mon mieux pour expliquer tel sujet particulier, ou tel mot à la mode, et ainsi permettre de distinguer ce qui est réel par rapport à ce avec quoi j'ai pris quelques libertés.

Je veux également que vous preniez conscience que les sujets que je vais aborder sont extrêmement complexes, et qu'ils le deviennent davantage à mesure qu'on les épluche, couche après couche, comme on retire la peau d'un oignon. J'aurais réussi si je parviens à vous donner une idée générale de chacun d'entre eux, et suffisamment de mots clés pour que vous puissiez aller plus loin, si vous le souhaitez.

Encore une fois, j'ai toujours cru à l'apprentissage par la recherche personnelle. Les personnes véritablement intéressées par la science savent que rien n'égale le fait de chercher par soi-même ce qui se cache derrière certaines notions complexes. Mon but ici est de vous donner une longueur d'avance de ce point de vue ; il vous appartiendra de faire par vous-même le reste du chemin.

Les tachyons : sont-ils réels ?

Ce roman pose très vite l'idée que les tachyons existent. Mais est-ce réellement le cas ?

Pour commencer, évoquons cette idée que quelque chose puisse aller plus vite que la lumière.

Vous allez me dire : « Je croyais que rien n'en était capable. »

C'est une idée fausse, une mauvaise interprétation très répandue des théories d'Einstein, dont j'ai énoncé correctement certaines des règles dans *Multivers*.

La première de ces règles est que rien de ce qui se déplace initialement plus lentement que la lumière, ne peut être accéléré au point de dépasser la vitesse de celle-ci.

Cela est vrai.

Néanmoins, cela ne veut pas dire que rien ne peut voyager

plus vite que la lumière. Cela laisse ouverte la possibilité qu'il existe des particules qui ont justement cette propriété dès l'instant où elles sont créées. Toutefois, si de telles particules existaient, la relativité restreinte implique qu'elles ne pourraient jamais être ralenties à des vitesses inférieures à celle de la lumière.

Les équations associées à la masse et à la vitesse sont étrangement symétriques rapportées au « mur » associé à la vitesse de la lumière. Il faudrait une énergie infinie pour pousser une particule normale (baryonique) ayant une masse, à la vitesse de la lumière. De même qu'il faudrait une énergie infinie pour ralentir une particule tachyonique (supraluminique) et la ramener à la vitesse de la lumière.

C'est bizarre, je sais.

Ce sont là quelques-uns des détails que vous avez pu voir dans le roman, où les scientifiques s'amusent à accélérer et à faire décélérer des particules en utilisant d'immenses quantités d'énergie pour accomplir ce que le professeur Salomon tente de faire.

On pourrait dire les choses de manière encore plus bizarre, en expliquant que les particules tachyoniques qui se déplacent à une vitesse infinie, ont une énergie nulle, tout comme les particules baryoniques privées de vélocité de notre côté du « mur ». Dans ce cas, l'infini est le miroir de zéro.

Ce concept de particules plus rapides que la lumière (tachyons) alimente l'univers de la science-fiction depuis des décennies. J'ai eu la chance de pouvoir discuter de ce sujet avec Greg Benford, un physicien théoricien, et l'un des grands auteurs de ce qu'on appelle aujourd'hui la science-fiction « dure » – autrement dit la science-fiction fondée sur la science.

Greg Benford m'a orienté vers les dernières recherches en

cours, et après avoir beaucoup lu sur le sujet, je suis arrivé à la même conclusion que la plupart des autres scientifiques... Je ne sais tout bonnement pas si les tachyons existent ou non.

Mais parlons de ce que nous *pensons* être vrai, car après tout, c'est le but de la recherche théorique, non ? On ne sait pas avant de savoir.

En 1972, deux expérimentateurs australiens, Roger Clay et Philip Crouch, ont rédigé un rapport intitulé *«Observation possible de tachyons associés à des gerbes atmosphériques»*.

Leur expérience portait sur un ballon météorologique envoyé très haut dans l'atmosphère (20 km) avec un détecteur de particules censé capter un bombardement de rayons cosmiques attendu. Pour résumer, ils ont mesuré l'arrivée d'un tachyon voyageant à 2,5 fois la vitesse de la lumière.

Intéressant.

La science et la méthode de mesure qu'ils ont utilisées ont été jugées solides. Néanmoins, ces résultats datent maintenant de cinquante ans et n'ont pas été reproduits depuis. Statistiquement, ils auraient dû l'être.

La prémisse de l'existence d'un tachyon est raisonnable, et l'existence des tachyons est certainement le genre de chose que la relativité restreinte d'Einstein autorise à considérer.

Pour ce roman, il s'est agi simplement de faire en quelque sorte un saut dans l'inconnu.

Les tachyons : s'ils sont réels, et le voyage dans le temps alors ?

Grâce à la théorie de la relativité, nous savons déjà que la dilatation du temps existe, couplée à l'augmentation de notre vitesse. Par exemple, lorsque l'on voyage en jet, il est prouvé que le temps passe un peu plus lentement que lorsqu'on se trouve au sol. Voir les expériences de Hafele et Keating auxquelles je fais référence dans la partie « Voyage dans le temps » de cet addendum.

De toute évidence, la déformation/dilatation du temps est très faible lorsqu'on procède à une telle expérience ; toutefois, le phénomène de dilatation augmente à mesure que l'on se rapproche de la vitesse de la lumière. Si vous voyagez par exemple à une vitesse très proche de celle de la lumière, des millions d'années peuvent passer en un clin d'œil dans le monde réel, alors que pour vous, une simple fraction de seconde se sera écoulée.

En utilisant les mêmes équations, on peut prédire que si une particule peut dépasser la vitesse de la lumière, la déformation du temps devient négative, et la particule remonte alors le cours du temps.

Détecter un tachyon :

Nous n'avons pas encore trouvé de tachyons fiables au point de pouvoir dire définitivement comment les détecter, mais l'une des méthodes les plus simples serait celle que j'ai décrite dans *Multivers*, et qui a trait à ce qu'on appelle le rayonnement de Tcherenkov.

Qu'est-ce que le rayonnement de Tcherenkov ?

Pour dire les choses simplement, le rayonnement de Tcherenkov est observé quand une particule chargée voyage à travers une substance (un milieu) à une vitesse supérieure à celle de la lumière.

Il est fréquent aujourd'hui d'observer le rayonnement de Tcherenkov dans les centrales nucléaires refroidies par eau. Ce qui est intéressant ici, c'est que la vitesse de la lumière varie en fonction de la substance traversée. Par exemple, l'eau ralentit la lumière à environ 75 % de sa vitesse normale. Pourtant, si l'on observe ce qui se passe lorsque le cœur d'une centrale nucléaire est mis sous tension, on voit apparaître une soudaine lueur bleue.

Ce qu'il se passe, c'est que lorsque le cœur de la centrale en question est activé, il se produit à chaque seconde des trillions de fissions nucléaires, et à partir de chacun de ces événements, une énorme quantité d'énergie rayonne vers l'extérieur. Certaines des particules émises sont des particules bêta avec des niveaux très élevés d'énergie cinétique – si élevés qu'elles sont poussées vers l'extérieur à une vitesse qui dépasse la vitesse de la lumière dans l'eau.

Il faut imaginer chacune de ces particules en train de traverser une barrière semblable à un boom sonique. C'est ce boom qui produit cette lueur bleue que vous voyez.

Pour détecter un tachyon, on ne procéderait guère différemment, à ceci près que l'on chercherait à le détecter dans un vide où la vitesse de la lumière n'est pas ralentie. C'est précisément ce que nous avons décrit dans ce roman.

Maintenant, soyons honnêtes, nous ne savons pas si les tachyons sont des particules chargées. Si ce n'est pas le cas, alors ils deviennent plus difficiles à détecter.

Mais c'est la prérogative de l'auteur de pouvoir choisir de faire des tachyons des particules effectivement chargées. Dans le cas contraire, nous aurions été confrontés à beaucoup plus de difficultés théoriques. Je n'ai pas jugé que c'était utile pour cette histoire.

Les paradoxes - le casse-tête du monde scientifique :

Chaque fois que l'on aborde le sujet du voyage dans le temps, et plus spécifiquement le sujet du voyage dans le passé, inévitablement la question des paradoxes entre en jeu. Le paradoxe, c'est le cheveu dans la soupe, le rabat-joie à une fête de mariage.

Mais de quoi parle-t-on, au juste ?

Le paradoxe le plus simple à décrire en rapport avec le voyage dans le temps s'appelle le paradoxe du grand-père.

Le paradoxe du grand-père est une situation qui se produit lorsqu'une personne fait un voyage temporel dans le passé et tue son grand-père. Dès lors, logiquement, le parent du tueur ne peut plus naître, ce qui nous laisse avec l'énigme suivante : comment le tueur a-t-il pu exister et tuer son grand-père ?

Le paradoxe du grand-père est souvent avancé pour contredire la possibilité logique de voyager dans le passé.

Vous savez maintenant pourquoi les scientifiques sont sujets aux migraines.

Bon, ceci étant dit, il existe quelque chose que l'on appelle le principe de cohérence de Novikov. Sa prémisse est de résoudre les paradoxes associés au voyage dans le temps, que l'on peut considérer comme une fonction cachée de la relativité générale.

Le principe considère qu'il n'y a qu'une seule ligne temporelle pour l'univers dans lequel vous vous trouvez ; le voyageur temporel se retrouve dans l'impossibilité d'affecter le passé de manière à perturber le futur. On parle ici de libre arbitre et autres, mais l'idée, c'est qu'il en est empêché *physiquement*.

Pourtant, s'il est bien parvenu à remonter le temps et à tuer son grand-père, comment cela peut-il ne rien changer ?

Selon la physique quantique, un événement peut avoir plusieurs résultats ou conséquences possibles, avec des probabilités différentes de se produire.

Nous en avons vu l'illustration dans le roman, notamment lorsque Mason se souvient d'avoir vécu certains événements avec des implications différentes au cours de la chronologie choisie.

Mais s'agit-il de science ou d'invention ?

Eh bien, nous sommes assurément dans le domaine de la vraie science, mais elle est théorique, et le fruit du travail d'innombrables « grosses têtes », et de titulaires de doctorats.

En pratique, qu'est-ce que cela signifie ?

Bon, d'accord, préparez-vous à plonger dans les profondeurs de la science. Essayons…

Dans l'interprétation intégrant l'idée de « mondes multiples » de la théorie quantique, des événements comme le meurtre de son propre grand-père sont considérés comme divers résultats possibles se produisant dans des lignes temporelles ou des chronologies différentes, « parallèles ». Dans cette perspective, le paradoxe du grand-père pourrait être résolu dans le cas où le tueur agirait dans une ligne temporelle où le grand-père vivrait assez longtemps pour avoir ses enfants ; le tueur pourrait donc être né, mais se déplacer sur une ligne temporelle parallèle dans laquelle il n'existe pas, à la façon d'un nouvel élément dans un nouvel univers.

Et voilà comment le terme de « multivers » prend tout son sens.

Le multivers – ça existe ?

L'existence d'un multivers est un sujet qui fait l'objet de débats dans la communauté des physiciens depuis de nombreuses années. Il s'agit d'une hypothèse selon laquelle il existe de nombreuses copies (peut-être un nombre infini) de notre univers, lesquelles coexistent en parallèle les unes avec les autres. Prenez la somme totale de la matière, de l'énergie, du temps et de l'espace de tous ces univers, et vous obtenez le « multivers ».

Bien que cette idée soit depuis longtemps populaire dans les romans de science-fiction et de fantasy, de nombreuses personnalités reconnues de la communauté scientifique (Stephen Hawking ou Michio Kaku, pour ne prendre que deux exemples) défendent ce concept. Une théorie connexe, connue sous le nom de « théorie des contreparties », émet l'hypothèse que dans les multiples copies d'un monde donné, chaque élément ou événement n'est pas nécessairement identique, mais est une copie dans laquelle une variabilité peut exister. Et si l'on veut pousser les choses encore plus loin, il existe une autre théorie appelée « interprétation des mondes multiples ». Il s'agit d'un mécanisme par lequel on peut concevoir que le monde réel, celui dans lequel nous vivons, n'est qu'un des nombreux mondes possibles. Et plus précisément, pour chaque façon différente dont le monde aurait pu évoluer, il existe un monde distinct et séparé qui représente ce résultat.

Si tout cela vous semble confus, bienvenue dans le multivers.

Le voyage dans le temps :

Lorsque Einstein pose pour la première fois la théorie de la relativité générale en 1915, il décrit notre univers selon les trois dimensions de l'espace que nous connaissons bien, et intègre une quatrième dimension, celle du temps lui-même. C'est à ce moment-là qu'apparaît la notion d'espace-temps ; c'est le terme que les scientifiques utilisent pour décrire les quatre dimensions de notre univers.

La relativité générale est la description de l'espace-temps lui-même, lequel est en fait un modèle dans lequel l'espace et le temps sont tissés ensemble afin de simplifier le discours sur les quatre dimensions. Einstein a déterminé que les grands objets provoquent une distorsion dans l'espace-temps ; cette distorsion est connue sous le nom de gravité.

L'idée de voyager dans le temps, vers le futur, est loin d'être controversée. En fait, il a été prouvé qu'elle était vraie.

En science, on appelle généralement cet effet dilatation du temps, et il a été vérifié expérimentalement. Je vous renvoie aux expériences de Hafele et Keating, de l'Observatoire naval des États-Unis, qui ont documenté ce qui s'est passé lorsque quatre horloges atomiques d'une précision extrême ont été synchronisées. Deux d'entre elles ont fait le tour du monde en avion, pendant que les deux autres restaient immobiles. Lorsque les horloges ont été réunies, on a pu constater que le temps avait connu un léger décalage sur les horloges qui avaient voyagé à la vitesse d'un avion à réaction. Pour ces dernières, le temps avait avancé d'une fraction de seconde. Évidemment, il n'y a là matériellement rien de bien excitant, mais cela prouve que le principe du voyage dans le temps vers l'avant est possible.

Parallèlement, le retour en arrière, vers le passé, pose des problèmes intéressants.

J'ai déjà abordé le concept des tachyons et leur capacité à remonter le temps à partir de notre cadre de référence. Je décris ici une autre méthode, qui serait réservée à une aventure qui se déroulerait dans un futur lointain.

En 1974, Frank Tipler a pris les équations de la relativité d'Einstein et a envisagé la construction d'un dispositif permettant de voyager dans le temps.

Bien sûr, les équations posées sur le papier se traduisent difficilement en solutions pratiques compte tenu du niveau de science et de savoir-faire dont nous disposons aujourd'hui. Mais à titre de pures conjectures, Tipler s'est demandé à quoi pourrait ressembler un tel dispositif si nous disposions un jour d'une telle technologie.

Prenons pour commencer une énorme quantité de masse – disons l'équivalent de la masse de dix soleils. Je sais, je sais ce que vous vous dites : ça y est, on est en plein délire. Non, soyez sympas, suivez mon raisonnement.

Disons maintenant que nous logeons cette incroyable masse dans un espace équivalent à celui qu'occuperait un trou noir ; nous parlerions alors d'un objet d'un peu moins de trente-deux kilomètres de diamètre.

Tout bien considéré, ce n'est pas *si grand*.

Tipler a proposé que cette quantité de masse, au lieu de tenir dans une boule, crée un cylindre. Un peu comme le centre en carton d'un rouleau d'essuie-tout, mais en plus grand.

Imaginez à présent que ce cylindre tourne très très vite.

Si l'on combine l'immense attraction gravitationnelle de la masse et sa grande vitesse de rotation, on obtient ce qu'on appelle un « effet de glissement de cadre ».

De quoi s'agit-il ?

Le cylindre entraîne en fait l'espace-temps avec lui, et si l'on suit la rotation dans un sens, on se retrouve dans une CTC (« close timelike curve », ou courbe temporelle fermée) qui vous propulse dans le passé.

Une CTC est une boucle temporelle qui se referme sur elle-même, de sorte que, lorsque l'on croit avancer, on revient en réalité à son point de départ. On comprend du même coup qu'en cours de route, nous avons en fait remonté le temps. Si l'on rapporte ce principe à l'éternité, il apparaît que l'on peut remonter le cours du temps sans limite définie.

Si l'on suit la rotation du cylindre dans l'autre sens, on se dirige vers le futur.

Je sais, je sais… ce sont des concepts de physique théorique particulièrement complexes, mais ce sont des choses que je vous invite à explorer plus avant, si vous le souhaitez.

On l'a compris, construire un tel dispositif présente de nombreuses difficultés. On se retrouve avec des variables telles que la présence de matière exotique contenant de l'énergie négative, ou une construction d'une longueur infinie.

EXTRAIT DE MENACE PRIMALE

— Docteur Radcliffe, je me demandais si vous pourriez jeter un coup d'œil aux données de mon dernier recensement. Je viens juste de les obtenir. Il y a un truc qui cloche.

Carl, une des nouvelles recrues de 2066, se pencha au-dessus du bureau de Burt, l'air perplexe – ce qui n'avait rien d'étonnant, compte tenu du fait qu'il avait été engagé moins d'une semaine plus tôt.

— Avez-vous parlé à Jake Parrish ? s'enquit Burt sans même lever les yeux. C'est lui qui tient à jour la base de données pour tous les objets géocroiseurs.

— Il a pris un congé sabbatique.

— Je l'ignorais, dit Burt en consentant enfin à lever les yeux de sa propre pile de données de recensement astronomique.

Il prit le formulaire de Carl, nota l'expression inquiète de la nouvelle recrue et soupira. Bien qu'il n'eût que cinquante ans, Burt avait développé une fâcheuse tendance à se renfrogner quand les gens lui faisaient perdre son temps. S'efforçant de ne pas manifester son agacement, il pesa soigneusement ses mots.

— Que voulez-vous dire exactement par « quelque chose qui cloche » ? Pourriez-vous être un peu plus spécifique ?

Carl hésita un instant, avant de poser deux imprimés sur le bureau de Burt. Il pointa du doigt une image issue d'un des observatoires et expliqua :

— Eh bien, comme vous pouvez le voir, j'ai pris cette image de surveillance hier.

Burt se pencha sur l'image, et lut d'abord le texte décrivant une comète, son emplacement, ses dimensions approximatives. Mais sous le texte se trouvait une image sombre ne montrant rien de plus que le vide de l'espace.

— J'inspectais la zone où la comète Kowalski C/2011 S2 était censée se trouver, mais je n'ai rien vu dans le champ visuel du système d'imagerie.

Carl posa le doigt sur la deuxième image et ajouta :

— Ici, vous pouvez voir la même région, sauf que cette fois je me suis servi du satellite Hubble2 : et il n'y a rien, là non plus.

Burt sentit l'exaspération monter en lui, tandis qu'il se tournait vers le terminal qui se trouvait à sa droite. Il était impossible qu'un objet large de plusieurs dizaines de milliers de kilomètres disparaisse purement et simplement. Il entra le nom de la comète et la date de la veille. Les données s'affichèrent devant ses yeux : forme irrégulière de l'objet, composition chimique, trajectoire et position estimée. Il jeta un coup d'œil à l'imprimé et compara les coordonnées. Elles correspondaient. Il souffla de frustration, et rendit le papier au jeune chercheur confus.

— Ça n'a aucun sens, dit Burt. Montrez ça au Dr. Patel, et demandez-lui de revérifier votre information.

Le jeune chercheur écarquilla les yeux en entendant le nom de Neeta Patel.

Burt eut les plus grandes difficultés à réprimer un sourire. Neeta Patel était comme lui l'une des responsables de département au sein du *Jet Propulsion Laboratory* – le laboratoire de recherche sur la propulsion par réaction de la NASA, plus connu sous son sigle JPL – et elle avait la réputation d'être encore moins patiente que lui.

— Dites au Dr. Patel que c'est moi qui vous ai demandé de voir cela avec elle, ajouta-t-il en faisant signe à Carl d'y aller.

Le jeune chercheur au physique massif tourna les talons et sortit du bureau en traînant les pieds.

On n'apprend jamais mieux que de ses propres erreurs, songea Burt. Et Neeta serait un grand professeur. Elle expliquerait au petit nouveau où il s'était trompé, et ne prendrait pas de gants pour le faire. Une leçon que Carl n'oublierait pas de sitôt.

Il laissa échapper un petit gloussement, mais son amusement retomba aussitôt qu'il se retourna vers le tas de paperasse qui envahissait son bureau.

— Je hais les congés sabbatiques.

— Tu *quoi* ?

Bouche bée, Burt fixait Neeta, assise de l'autre côté de son bureau. La trentaine bien sonnée, de longs cheveux noirs, elle portait un jean et un sweat à capuche orange et noir estampillé du logo CalTech, le célèbre institut de technologie de Californie. Il ne travaillait avec elle que depuis quelques années, mais il la considérait déjà comme une des personnes les plus brillantes qu'il ait jamais rencontrée.

Neeta se renversa contre le dossier de sa chaise et se frotta les yeux avec le talon de ses mains.

— Je suis d'accord avec lui. Ce type que tu m'as envoyé avec sa comète « disparue », permets-moi de te dire qu'il a oublié d'être idiot celui-là.

Son accent britannique ravissait les oreilles de Burt.

— J'étais justement en train d'essayer de trouver la raison d'une anomalie avec une autre comète quand il est venu me trouver. Burt, il se passe un truc. Quoi, exactement ? Je n'en sais rien. Tout ce que je peux te dire, c'est que j'ai élargi la zone de surveillance pour ces deux objets géocroiseurs, et je les ai retrouvés dans des endroits totalement différents.

— Tu les as retrouvés dans des… ?

Burt s'interrompit, fronçant les sourcils en réfléchissant à ce que Neeta était en train de lui expliquer.

— Ça n'a pas de sens. Les chances pour que quelque chose ait heurté une des comètes et l'ait déviée de sa trajectoire sont presque infinitésimales, bien que cela reste une possibilité. Mais *deux* géocroiseurs déviés de leur trajectoire ? Se peut-il qu'ils soient entrés en collision l'un avec l'autre ?

Neeta secoua négativement la tête, ses longs cheveux oscillant d'avant en arrière.

— Aucune chance. Leur plan orbital n'a pas changé depuis la dernière fois que nous avons vérifié leurs positions.

— Je n'ai pas besoin de te dire qu'il faut que nous comprenions ce qui s'est passé. C'est notre boulot.

— Tu crois que je ne le sais pas ? fit Neeta en balayant la remarque d'un geste de la main. J'ai déjà mis plusieurs personnes sur le coup. Elles surveillent cette zone pour voir s'il y a d'autres déviations de trajectoire imprévues. Ça risque de prendre un peu de temps, parce que nous ne disposons pas d'un accès 24-24 au télescope ou au satellite. Pour ne rien arranger, ces comètes se trouvent bien au-delà de l'orbite des planètes, autour du nuage de Oort.

Burt appuyait ses coudes sur son bureau quand son téléphone sonna. Il plaça son écouteur sans fil dans son oreille. Aussitôt, une voix de femme résonna bruyamment dans sa tête.

— *Docteur Radcliffe ?*

— Oui, c'est lui-même.

— *Ici Anita Wexler, l'assistante du Dr. Phillip Johnson. Le docteur m'a demandé de vous organiser un rendez-vous avec lui en personne, ici, à Washington, à votre convenance mais au plus tôt. Quand pourrai-je envoyer une voiture vous prendre ?*

Du bout du doigt, Burt donna une tape sur son écouteur, mettant l'appel en mode silence. Il se pencha un peu plus au-dessus de son bureau et murmura :

— Pourquoi diable le nouveau directeur de la NASA pourrait-il vouloir me rencontrer en privé ?

Neeta haussa les épaules.

— C'est à moi que tu demandes ça ? *Tu* devrais peut-être poser la question.

Burt donna de nouveau une tape sur son écouteur.

— Anita, est-ce que demain matin pourrait convenir ?

— *J'en suis sûre. Je vois qu'il y a un vol au départ de l'aéroport international de Los Angeles à 8 heures demain matin. Je m'arrange pour qu'une voiture passe vous prendre chez vous à 5 heures, au plus tard. Ça vous convient ?*

— C'est parfait.

— *Très bien, docteur Radcliffe. Je vous réserve une place sur ce vol. Un chauffeur vous attendra à l'arrivée.*

Elle mit fin à l'appel. Burt baissa les yeux et regarda le jean et le T-shirt qu'il portait.

— J'imagine que je vais devoir rentrer à la maison et m'assurer que j'ai quelque chose de décent à me mettre.

Jon Stryker enfila son coupe-vent, observa brièvement son reflet dans le miroir de la chambre, et ratissa du bout des doigts ses cheveux châtain foncé.

Pas mal pour un flic de trente-quatre ans avec deux gosses qui vit avec sa sœur.

— Et merde, qu'est-ce que je raconte ?

Il n'était que 6 heures du matin. Il traversa le couloir et entra dans la chambre de ses gosses ; il entendit Emma, six ans, ronfler doucement dans son lit.

Il sourit. « La voleuse de couverture » : c'était le surnom de sa cadette, parce que parfois, durant la nuit, elle volait les couvertures sur le lit de son frère. C'est ce qu'elle venait encore de faire visiblement. Elle s'était glissée en-dessous, en plus de sa propre couette épaisse, et ronflait joyeusement.

Il tourna son regard vers le lit d'Isaac. Le garçon, âgé de huit ans, dormait lui aussi, vêtu d'un pyjama en flanelle. Il serrait dans ses bras son vieil ours en peluche. Il ne paraissait pas le moins du monde perturbé par l'absence de couvertures. Il allait pourtant hurler sur la voleuse dès qu'il se réveillerait et s'apercevrait du chapardage.

Stryker leur envoya un baiser à tous les deux ; puis il referma la porte de leur chambre et sentit l'arôme du café frais.

Il laissa son nez le guider jusque dans la cuisine, où il vit sa sœur et son ex-femme à la table du petit-déjeuner, tenant chacune un mug fumant.

Voir son ex lui causait toujours un choc. À chaque fois qu'il voyait le visage d'elfe encadré de tresses blondes de Lainie, son esprit le ramenait au moment où il avait reçu les papiers du divorce alors que son unité se déployait à l'étranger.

Quatre années s'étaient écoulées, mais la blessure n'avait pas cicatrisé. Le fait qu'elle soit toujours aussi éblouissante n'aidait pas non plus.

Il se pencha, planta un baiser sur la joue de sa sœur, et fit de même avec Lainie.

— Hé oui, je suppose qu'on est samedi, hein ?

Lainie arqua un sourcil et lui décocha un petit sourire en coin.

— Qu'est-ce que je ferais là autrement ? J'emmène les gosses chez mes parents pour le week-end.

Elle désigna du pouce la sœur de Stryker.

— Jessica me tenait au courant des résultats des enfants à l'école.

La sœur de Stryker enseignait dans une prestigieuse école privée du centre de Manhattan, non loin de Times Square où il patrouillait habituellement. Les enfants avaient de la chance de pouvoir y être scolarisés sans frais grâce au travail de sa sœur, une opportunité dont Stryker lui serait à jamais redevable.

Jessica fit un geste pour prendre la cafetière à moitié pleine.

— Je l'ai fait fort ce matin, si tu en veux un peu.

Il jeta un coup d'œil à sa montre et secoua négativement la tête.

— Merci, mais je n'ai pas le temps. On m'a collé une nouvelle recrue à former aujourd'hui ; il faut que j'arrive tôt au poste.

— Tu rentres bien pour 16 heures ? Tu m'as promis de m'aider à accrocher tous les trucs dans ma classe.

— Je serai là.

Stryker attrapa ses clés sur le plan de travail de la cuisine et se tourna vers Lainie :

— Attends-toi à ce qu'Isaac crie sur sa sœur au réveil. Emma lui a encore chipé ses couvertures.

Elle sourit. L'espace d'un instant, Stryker revit la femme qu'il avait épousée quatorze ans plus tôt.

Il se caparaçonna contre son sourire lumineux, et s'efforça de se souvenir à quel point ils s'en voulaient mutuellement. Elle avait toujours détesté qu'il doive se mettre en danger pour gagner sa vie, et lui avait honni le fait qu'elle ne parvienne pas à respecter son choix de carrière.

Mais ils avaient eu des enfants. Ils avaient l'un et l'autre des responsabilités… sinon l'un envers l'autre, du moins envers Emma et Isaac.

Stryker adressa un dernier salut aux deux femmes, avant de tourner les talons et de s'en aller vers ce qui s'annonçait comme une nouvelle journée tranquille au NYPD.

C'était une fraîche matinée de printemps. Stryker arpentait les trottoirs du quartier de Midtown, le centre de Manhattan.

Il avait passé sa vie entière dans ce quartier, et il avait vu tant de choses changer depuis qu'il était gosse. Midtown était depuis toujours une Mecque touristique, avec ses lieux emblématiques situés dans un mouchoir de poche – Times Square, l'Empire State Building ou encore la gare de Grand Central.

Mais Stryker était nostalgique d'une certaine atmosphère new-yorkaise plus authentique, avec ses coups de klaxon et ses moteurs ronflants, tous ces bruits depuis longtemps disparus, en particulier depuis que la municipalité avait recours à des algorithmes d'optimisation de circulation à travers le système AVR imposé à toutes les voitures dans les limites de la ville. Les véhicules étaient presque tous électriques désormais, et équipés en série dudit système, lequel sauvait un nombre considérable de vies en conduisant les « navetteurs » de banlieue d'un point A à un point B en toute sécurité, tandis que la circulation s'écoulait en toute fluidité. Tout cela n'empêchait pas Stryker de trouver que New York était étrange sans ses rues bloquées, ses sirènes, et ses résidents braillant dans les embouteillages.

— Hé, Jonny, lui lança une femme à la voix rauque depuis le trottoir d'en face. Tu montes te détendre un peu ?

Stryker tourna la tête et vit la jeune femme, une petite brune belle comme le jour qui pouvait avoir dix-neuf ou vingt ans. Il traversa la rue et secoua la tête en s'approchant d'elle. Elle portait une robe rouge moulante qui soulignait ses courbes aguicheuses.

Il l'avait déjà vue des centaines de fois près de Times Square, mais ici, dans Madison Avenue, elle ne racolait pas sur son carré de bitume habituel.

Il sentit son parfum au jasmin, tandis qu'elle lui souriait d'un air espiègle.

Il jeta un coup d'œil à sa montre et dit :

— Écoute Sheila, il n'est pas 7 heures du matin, et c'est le week-end. Les gens dorment encore. Rends-moi service : si vraiment tu veux faire de la retape, fais-le sur Times Square, ou mets-la en veilleuse quand t'es dans le secteur.

Sheila vissa ses poings sur ses hanches et fit un pas glissé en avant.

— Ce n'était pas un non, ronronna-t-elle.

Stryker lui mit le cadran de sa montre sous le nez.

— Je prends mon service dans trente minutes, chérie. Désolé.

Il se détourna et secoua la tête d'un air consterné. Plus rien n'était comme avant. Sheila était une gosse du quartier ; il l'avait vue grandir. Bien que la prostitution fût de nouveau légale en ville, les îlotiers comme lui s'efforçaient d'encadrer au mieux la pratique. Après tout, cette ville c'était aussi la sienne, et ses gosses jouaient ici.

Il tourna à droite dans la 35ᵉ Rue Est et marcha d'un bon pas. Il passa devant l'Empire State Building, longea « Koreatown» et traversa Garment District, le quartier de la mode, où se trouvait le poste de police de Midtown South.

Il rejoignit les vestiaires, où une dizaine d'autres officiers se préparaient à prendre leur service de jour. Il ouvrit son casier, prit son uniforme et commença à se changer.

— Hé, Stryker, t'as su pour hier soir ?

Il regarda Brian Decker, qui s'observait dans un miroir.

— Non, qu'est-ce que j'ai manqué ?

— Jenkins et McCullough ont dû balancer du OC sur une bande de cinglés qui manifestaient dans le hall de l'hôtel Hyatt.

— Aïe, fit Stryker. Combien de personnes manifestaient ?

— Une bonne dizaine, je crois.

Stryker enfila son gilet en kevlar et secoua la tête. L'OC – ou oleoresin capsicum – était le mélange gazeux au poivre rouge utilisé dans les sprays de défense. Il avait rarement eu l'occasion de s'en servir au cours de ses quatre années sur le terrain.

— Contre quoi ils râlaient, au juste, tu le sais ?

Fixant toujours son reflet dans le miroir, Decker tapota doucement sur ses joues et laissa échapper un bâillement sonore.

— Non, Sharon à l'accueil m'a donné les grandes lignes, c'est tout.

Après une dernière vérification pour s'assurer notamment que son arme était bien en place dans son holster, Stryker suivit les autres officiers hors du vestiaire, attrapa au passage une tasse de café et se prépara pour l'appel.

Burt n'avait jamais eu de raison de rencontrer l'ancien directeur de la NASA, et voilà qu'il se retrouvait dans le bureau du nouveau, Phillip Johnson. L'homme avait été placé récemment à la tête de presque vingt mille employés civils. Burt ne comprenait toujours pas pourquoi on lui avait demandé de rencontrer en tête à tête celui qui était probablement le patron de son patron… ou peut-être même le patron du patron de son patron. Difficile d'en être sûr tant l'équipe de direction jouait au chamboule-tout avec l'organigramme de la NASA.

Johnson se leva. Burt en fut aussitôt impressionné. L'administrateur mesurait quinze centimètres de plus que lui, qui faisait déjà plus d'un mètre quatre-vingts, et l'homme, tout en muscles, devait peser dans les cent quinze ou cent vingt kilos.

— Bon sang, Radcliffe, vous avez l'air plus tendu qu'une corde de banjo. Asseyez-vous, dit-il avec un fort accent du Sud, qui surprit quelque peu Burt.

Ce dernier s'assit dans un des deux fauteuils en cuir installés devant le bureau, et dit, en s'efforçant de maîtriser sa nervosité :

— Docteur Johnson, j'ai pris le premier avion dès que votre assistante a appelé, mais j'avoue que je ne suis pas sûr de comprendre la raison de ma présence ici.

Johnson se pencha au-dessus de son bureau et sourit, ses dents blanches contrastant étonnamment avec son teint mat.

— Burt, j'irai droit au but. Je viens d'approuver votre nomination au poste de nouveau directeur du Programme de recherche d'objets géocroiseurs. Vous serez sous la supervision du directeur du JPL, mais je veux recevoir également une copie de tous vos futurs rapports de situation.

Burt se sentit pâlir brusquement. Il cligna des yeux, doutant d'avoir bien entendu :

— Mais, monsieur, pourquoi moi ? Je crois que...

Johnson se mit à rire.

— Vous vous souvenez de ce programme informatique d'apprentissage bayésien sur lequel vous avez travaillé ? Ces généraux qui cherchaient un nouveau moyen de sortir les soldats du terrain militaire. Épargner des vies et tout ça.

Burt fixa l'homme un long moment, s'efforçant de comprendre de quoi il parlait. Puis :

— Monsieur, c'était il y a plus de vingt ans. J'ai tourné la page le 18 décembre 2045 exactement, et je suis passé à autre chose. Je m'en souviens très bien. Il s'agissait de déployer un système informatique sur le modèle de la machine de Turing. Mais qu'est-ce que ça a à voir avec le fait que vous vouliez me nommer nouveau directeur de programme ?

Johnson tambourina du bout des doigts sur son bureau et hocha la tête d'un air solennel.

— J'étais colonel dans l'armée ; je menais des recherches à l'USAWC, l'école militaire de Carlisle à ce moment-là. On m'a chargé d'évaluer certaines de vos créations. C'était brillant, permettez-moi de vous le dire. Franchement, ça a fichu une trouille monstre à beaucoup d'entre nous. J'ai lu un de vos papiers universitaires sur ce qu'il pourrait advenir si les ordinateurs étaient chargés de gérer des choix de vie ou de mort. Je me souviens parfaitement de l'avertissement que vous donniez dans cet article. « Et si les machines finissaient par se dire que l'on peut se passer plus facilement de nous que d'elles-mêmes ? »

Johnson se renfonça dans son fauteuil et passa une main sur son crâne rasé de frais.

— Bref, j'ai parlé au directeur du JPL, et il m'a donné une liste de candidats potentiels pour le poste dont nous parlons. Quand j'ai vu votre nom sur cette liste, je n'ai pas cherché plus loin.

Burt entrouvrit de nouveau la bouche, jusqu'à ce qu'il se rende compte qu'il devait avoir l'air d'un idiot devant son patron.

— Merci, monsieur, dit-il. Je ferai de mon mieux.

— Attendez, j'ai quelque chose à vous remettre.

Johnson fit glisser sur son bureau une petite carte mémoire.

— Elle est cryptée. Vous seul pourrez lire son contenu en lieu sûr ; vous y trouverez tout ce qui concerne DefenseNet. La présidente a demandé à la NASA de reprendre ce projet en main ; pour cela, des fonds supplémentaires vous seront alloués. Burt, c'est votre bébé maintenant, vous comprenez ?

— DefenseNet ? Nous parlons bien de cet ensemble de satellites géosynchronisés destinés à aider à la détection et à la destruction d'astéroïdes entrants ?

Burt s'était levé. Johnson l'imita et fit le tour de son bureau ; il posa son bras épais en travers des épaules de Burt et le raccompagna jusqu'à la porte de son bureau.

— C'est exactement pour cette raison que j'ai accepté que nous nous en occupions ; parce que je savais que notre Programme de recherche d'objets géocroiseurs recoupait parfaitement ce projet. Et en tant que directeur de ce programme de recherche, *vous* étiez tout désigné pour le job.

La porte s'ouvrit automatiquement à leur approche. Johnson donna une tape sur l'épaule de Burt, et ils se serrèrent la main.

Puis le directeur de la NASA lui désigna une double porte au bout du couloir.

— Cet espace là-bas est une ZICS. Vous avez au moins cinq heures avant votre vol retour. Pourquoi ne pas profiter de cet endroit ?

— Une ZICS ?

— Une zone d'information compartimentée sensible.

L'administrateur pointa du doigt la carte mémoire que Burt tenait dans sa main.

— Vous y trouverez un lecteur sécurisé qui vous permettra de commencer à cogiter sur votre nouvelle mission. Vous trouverez également une ZICS dans les locaux du JPL ; il est probable que vous n'ayez jamais eu à l'utiliser, c'est tout.

Il donna une dernière tape sur l'épaule de Burt, tourna les talons et regagna son bureau, la porte coulissante se refermant derrière lui.

Burt fixa la carte plastifiée grande comme la paume de sa main, et qui portait en rouge l'hologramme « Top secret ».

Comment ai-je bien pu me laisser embarquer là-dedans ?

Quelques heures après son retour en Californie, Burt passa la tête dans le bureau de Neeta et demanda :

— Tu as regardé les plans du projet DefenseNet que je t'ai envoyés ?

Neeta fit un geste dans le vide avec sa main droite, et son ordinateur de bureau projeta une image de la Terre avec deux douzaines de satellites interconnectés orbitant doucement autour. Elle le fixa à travers le globe semi-transparent flottant entre eux, et répondit d'un ton sarcastique :

— Nan, je me suis dit que j'y jetterais un coup d'œil quand je n'aurais rien de mieux à faire.

Puis elle secoua la tête, désigna la Terre en suspension devant elle et aboya :

— Évidemment que je me suis penchée dessus ! Tu crois que je me tournais les pouces en t'attendant ?

Elle appuya sur l'interrupteur rouge fluo projeté dans le coin inférieur gauche de l'hologramme, et l'image disparut.

Burt jeta un regard à l'ordinateur.

— Bon, je vois que tu as au moins commencé à modéliser le réseau. C'est génial. Ce que je ne comprends pas, c'est pourquoi les satellites sont interconnectés. Tu en connais la raison ?

— Malheureusement non. Je ne me suis guère occupée de ça quand j'étais à la Fondation internationale pour la science. Je m'en tiens donc aux données que tu m'as communiquées. Pour réellement connaître le pourquoi, il aurait fallu pouvoir interroger David Holmes, l'ancien directeur de la fondation, mais si je ne me trompe pas, il est mort – ou alors il se cache quelque part au fond d'un trou si profond qu'il serait illusoire de chercher à l'en débusquer.

Burt soupira en réfléchissant au problème.

— Ces plans sont incomplets, ou du moins certaines parties n'ont aucun sens. J'ai bien lu les notes qui mentionnent des ancrages d'ascenseur spatial, mais nulle part je n'ai vu fait mention de câbles ou je ne sais quoi. Et puis, de toute façon, quel besoin y aurait-il d'avoir des connexions câblées vers les satellites ? Bon sang, tout ce qu'il faut, c'est équiper chacun de ces satellites de rangées de panneaux solaires pour pouvoir charger les batteries embarquées et faire fonctionner les lasers. Toutes les autres communications peuvent se faire par ondes radio.

Neeta fronça les sourcils en secouant la tête.

— David était loin d'être idiot. Il n'aurait pas conçu quelque chose sans avoir un but précis en tête.

Appuyé contre le chambranle de la porte, Burt plissa les yeux en croisant les bras sur sa poitrine.

— Franchement, c'est ce qui me rend nerveux dans ce projet. Je crois qu'on peut le construire et le faire fonctionner, mais est-ce qu'on va construire ce qui était prévu ? Qu'avait-il réellement en tête ?

Soudain, les lumières de la pièce se mirent à clignoter en rouge. Burt et Neeta se tournèrent aussitôt vers le moniteur de l'ordinateur qui affichait une alerte PHA, pour géocroiseur potentiellement dangereux.

— Et merde ! s'exclama Neeta. Je n'ai pas le temps de m'occuper d'un PHA.

Burt lut le texte de l'alerte et secoua la tête.

— Distance minimale d'intersection d'orbite A. 00 ? Quelqu'un va passer une sale journée.

— Non, sans blague !

Neeta balaya d'une main le texte sur l'écran pour le projeter en l'air ; puis elle se mit à pianoter sur le clavier.

— J'ignore ce que c'est, mais ça a deux cents mètres de large, et les ordinateurs donnent à cette chose dix pour cent de chance de nous heurter.

Burt évalua en silence ce dernier chiffre tandis que Neeta continuait d'entrer des commandes sur son clavier.

— Si nous parlons d'une roche dure, voyageant à environ quinze kilomètres par seconde, avec un angle d'insertion d'approximativement quarante-cinq degrés, nous devrions avoir une catastrophe de quatre cents mégatonnes s'il nous heurte. Une grande ville rayée de la carte, voire un petit État. Voilà, je l'ai : quatre cent trente mégatonnes. Bon, n'oublions pas qu'à soixante-et-onze pour cent, la surface du globe est composée d'eau. Si cet astéroïde tombait au milieu de l'océan, eh bien… le tsunami qui en résulterait ne serait probablement pas aussi dévastateur.

Jetant un coup d'œil à l'horloge murale, Burt réprima difficilement un bâillement.

— Tu es d'astreinte ce soir, alors avant de partir, assure-t…

— Burt, je sais ce que je dois faire, coupa Neeta.

— Je sais que tu le sais, dit-il en haussant les épaules. Mais tu me connais, j'ai besoin de certitudes.

Elle le fusilla du regard un bref instant et dit d'un ton offusqué :

— Dès que nous aurons mis fin à cette discussion, je réunis l'équipe et je leur demande de localiser ce PHA, et aussi d'essayer de découvrir pourquoi il n'est pas sur notre liste. D'après les calculs des ordinateurs, il faudra un an à ce géocroiseur pour entrer dans notre orbite, autrement dit bien avant que nous puissions activer DefenseNet. Ceci étant dit, je mets tout le monde sur le coup. En espérant qu'il s'agisse d'une fausse alerte.

— Merci, Neeta, dit Burt en s'autorisant enfin le bâillement qu'il avait difficilement réprimé. Appelle-moi si tu as besoin de moi.

Il tourna les talons. Neeta appuya sur une touche de l'interphone et dit :

— Jenkins, Hsiu, Smith et Peterson, je vous attends dans mon bureau. On a un PHA non identifié qui réclame notre attention.

Burt sentit un long frisson lui parcourir l'échine tandis qu'il fixait le haut-parleur sur sa table de nuit. La tonalité qui emplissait l'espace de la chambre cessa aussitôt qu'il raccrocha, plongeant la pièce dans un étrange silence.

— Je viens de parler au ministre de la Défense, marmonna-t-il pour lui-même d'un air hagard. Je n'en reviens pas.

Son cœur tambourinait dans sa poitrine, tandis qu'un flot d'adrénaline affolait encore son métabolisme.

La tablette PC qu'il venait de projeter accidentellement sur le sol affichait une nouvelle alerte rouge provenant du JPL.

Il se pencha, ramassa la tablette et fit défiler la longue liste des alertes entrantes.

Le téléphone sonna à nouveau, et le fit sursauter.

Le répondeur s'enclencha immédiatement, mais Burt entendit la voix paniquée de Neeta s'écrier avec son fort accent britannique :

— Burt, nom de Dieu, décroche ! Aux dernières nouvelles, le directeur du Programme de recherche d'objets géocroiseurs, c'est toi ! Tout le monde devient cinglé ici. Hanford vient d'envoyer…

Il appuya sur la touche de prise d'appel.

— Neeta, tiens-toi prête. Je passe te prendre dans dix minutes.

Assis dans l'avion en face de Neeta, Burt boucla sa ceinture. Vêtue d'un tailleur jupe gris cendré et d'un chemisier assorti qui seyait à son teint mat, elle apparaissait posée et professionnelle, malgré une discussion animée tout le long du trajet de Pasadena à la base aérienne d'Edwards.

— Neeta, ce qui m'ennuie le plus, ce n'est pas le nombre d'alertes que nous avons reçues ; c'est pourquoi elles nous arrivent brusquement. Je vais être franc avec toi : quand j'ai reçu le premier rapport d'Hanford, j'ai trouvé ça ridicule. Se peut-il qu'un virus ait endommagé tous nos systèmes ? Ça paraît peu probable ; alors qu'est-ce que tout ça signifie ?

La façon qu'avait Neeta de tirer nerveusement sur ses longs cheveux noirs rassemblés en une natte épaisse, en disait long sur son état d'esprit.

— C'est à croire que l'univers lui-même est devenu dingue, pas vrai ? articula-t-elle d'une voix légèrement tremblante.

Burt acquiesça, fixant celle qui était son commandant en second ; son bras droit.

— C'est bien vous, les Britanniques, qui avez inventé cette idée de garder son flegme en toutes circonstances, non ? Toi et moi, c'est ce que nous devons faire : garder la tête froide. Si nous restons calmes, les autres ne commettront pas d'erreurs, et nous non plus. On ne peut pas se le permettre, tu es bien d'accord ?

Neeta prit une grande inspiration et opina du chef.

Les lumières diminuèrent d'intensité dans la cabine quand le jet privé se mit à rouler sur la piste. Il ne fallut que quelques secondes pour que Burt se sente plaqué contre son siège comme l'avion décollait de la base d'Edwards et prenait la direction du nord. Burt regarda par le hublot et vit la file ininterrompue des phares de voitures au sol. Il venait justement de subir la circulation encombrée de Los Angeles au petit matin. Il grommela :

— On est en 2066, on a des colonies sur la Lune, on est capables de guérir la sclérose en plaques, et pourtant les urbanistes de L.A. ne sont pas foutus de résoudre les problèmes d'embouteillage de la ville… incroyable !

Une image en 3D de leur plan de vol leur apparut à hauteur d'œil, tandis que la voix du pilote résonnait dans les haut-parleurs de la cabine :

— *Docteurs Radcliffe et Patel, le complexe d'Hanford ne possède pas de piste d'atterrissage ; nous nous poserons donc sur la base commune de Lewis-McChord. Il est actuellement 5 heures 30 ; nous devrions atterrir dans approximativement deux heures. Un hélicoptère vous attendra sur la base pour vous conduire à Hanford. Le ciel est dégagé le long de la côte Ouest ; ce vol s'annonce des plus calmes.*

La tension liée au décollage et à l'anticipation du vol vers l'État de Washington retombée, Neeta, les doigts encore crispés sur les accoudoirs de son siège, se désola d'un ton teinté de frustration :

— J'ai encore du mal à croire ce qu'Hanford nous signale. Il y a de quoi douter, non ? En même temps, difficile de ne pas prendre en considération les données qu'ils nous ont transmises ; et dans ce cas, on voit mal comment cela pourrait être une erreur. Toute cette situation est…

Elle s'interrompit, et prit une grande inspiration.

Burt sentit ses oreilles se déboucher comme l'avion virait doucement ; il déglutit péniblement au moment où l'appareil se stabilisait.

— Bon, essayons d'y voir clair, dit-il. Comment est-il possible que nous ayons brusquement non pas un, deux, mais des centaines de corps stellaires fonçant vers nous depuis les confins du système solaire ? Comment a-t-on pu ne pas voir venir une chose pareille ?

— J'aurais dû le voir, dit Neeta en secouant la tête. La plupart de ces objets voyagent à des vitesses énormes ; admettons que nous soyons passés à côté des plus petits, mais nom de Dieu, une de ces alertes concerne un géocroiseur de plus de cent cinquante kilomètres de large.

— Neeta, toi et moi sommes au moins aussi bons que les données qu'on nous a transmises. Je ne te reproche rien ; alors, ne te reproche rien non plus. C'est juste que je n'arrive pas à comprendre comment tout cela peut arriver aussi brusquement.

Exhalant un souffle tremblant, Neeta appuya sa tête contre le dossier de son siège.

— Au rythme où ce truc voyage, nous avons quoi… trois cents jours avant que cette saloperie ne nous détruise ? Je déteste dire cela, mais c'est probablement pire que ce que nous imaginons, parce que pour le moment, compte tenu de la distance, on ne peut pas encore savoir à combien d'objets plus petits on a affaire. Même si nous réussissons à mettre en place DefenseNet dans les six mois, ce ne sera peut-être pas suffisant.

Burt plongea son regard dans les yeux inquiets de Neeta et soupira.

— Voyons le bon côté des choses : on a déjà le financement et l'approbation du ministère de la Défense pour accélérer le déploiement de DefenseNet. Tu as déjà parlé à notre équipe au JPL, pas vrai ?

— Je leur ai déjà assigné leurs missions, confirma Neeta. Ils commencent sans attendre à tester les lasers de DefenseNet. Mais j'ai peur de ce qu'on va découvrir à Hanford. Ça ne peut pas être une coïncidence que, juste au moment où nous détectons ces objets en approche, les collègues d'Hanford se mettent à parler de perturbation d'ondes de gravité dans le même secteur spatial. Il se passe un truc là-bas… J'aurais sûrement dû…

— Neeta, cesse de te faire des reproches, la morigéna Burt. À ce stade, inutile de se perdre en conjectures ; concentrons-nous sur les faits, et rien que les faits. C'est le but de notre déplacement dans ce trou perdu, non ? Si un nuage de débris se dirige vers nous, il y a forcément une raison logique à ça.

Burt se recala au fond de son siège et ferma les yeux.

— Repose-toi un peu, dit-il. On va avoir une longue journée.

Il était presque midi quand Burt descendit de l'hélicoptère et embrassa du regard l'horizon bistre et désertique. Comme les pales du rotor soulevaient des nuages de poussière cuivrée qui voilaient le paysage, il chercha le regard de Neeta et lui désigna d'un petit mouvement du menton le bâtiment bas qui se profilait à bonne distance. Le bourdonnement électrique du moteur de l'hélicoptère baissa en intensité tandis que Neeta descendait d'un bond de la cabine. Elle répondit au signe de Burt, baissa la tête et courut au petit trot en direction du bâtiment principal de l'Observatoire d'ondes gravitationnelles par interférométrie laser, plus connu sous l'acronyme LIGO.

Pendant que Neeta réglait les formalités à l'intérieur, Burt resta dehors pour fumer une cigarette, balayant du regard les quelque quatre-vingt kilomètres carrés de désert entourant le site d'Hanford. Il ne put s'empêcher de songer combien tout irait bien s'il n'avait pas l'impression de porter le poids du monde sur ses épaules. Au loin, des jeeps transportant des militaires patrouillaient aux abords des limites du site, tandis que des soldats de la police militaire gardaient chacune des entrées du bâtiment. Quatre heures plus tôt, sur ordre du ministère de la Défense, le site avait été fermé, et des troupes de la base commune de Lewis-McChord avaient convergé vers l'observatoire pour le mettre en isolement.

Burt tira une dernière bouffée de sa cigarette, la laissa tomber sur le gravier et l'enfonça avec le talon de sa botte de cow-boy.

— Foutue clope ! lâcha-t-il en fixant le mégot encore fumant, maudissant son addiction à la nicotine qui ne faisait qu'accentuer la tension du moment.

Grognant de frustration, il se dirigea à grands pas vers l'entrée du bâtiment en parpaing, et montra son badge au soldat en treillis de combat lourdement armé qui montait la garde.

Le « MP » au regard d'acier prit le badge et compara la photo au visage à l'air hagard de Burt. Puis, il déclipsa un scanner rétinien portable de sa ceinture et le plaça devant l'œil droit de Burt.

— Docteur Radcliffe, veuillez ne pas bouger s'il vous plaît.

L'instant d'après, un voyant LED vert s'alluma sur le scanner. Le soldat hocha la tête. Il rendit son badge à Burt et s'écarta. Burt entra dans le bâtiment aux couloirs silencieux qui abritait la salle de contrôle du LIGO. Depuis sa conversation avec le ministre de la Défense, une dizaine de personnes seulement étaient autorisées à pénétrer ici, exclusivement des scientifiques chevronnés bénéficiant tous d'accréditations spéciales. Aucun autre pays n'avait encore rompu le silence, mais Burt savait déjà que des observatoires en Allemagne et en Autriche notamment avaient détecté le même événement. Tous allaient arriver à la même conclusion une fois les données analysées. Si le grand public venait à apprendre ce qui se passait, ce serait le chaos.

Il traversa les couloirs aux tons beiges et à la vague odeur de renfermé, avant de rejoindre la salle de contrôle. Il était comme un ours sorti trop tôt d'hibernation, et sa mauvaise humeur ne fit que s'accentuer quand une odeur âcre de pop-corn brûlé lui parvint aux narines en entrant dans la salle. Il secoua la tête en repérant un sachet de pop-corn à moitié ouvert posé à côté d'un four à micro-ondes hors d'âge, des grains carbonisés se déversant du sachet.

La pièce d'environ six mètres par douze ressemblait étrangement à celle dans laquelle il avait passé les dix dernières années, au laboratoire de recherche sur la propulsion par réaction de la NASA, à Pasadena. Pourtant, au lieu de la tranquille énergie concentrée qu'il s'était attendu à trouver ici, il vit Neeta et un autre ingénieur se disputer bruyamment à propos des observations réalisées par le laboratoire.

— Nom de Dieu, comment ça vous avez eu un écho radar dans ce secteur il y a trois mois sans en référer à qui que ce soit ?

Neeta était comme un cumulo-nimbus prêt à exploser face à l'ingénieur du LIGO, qui avait facilement une tête de plus qu'elle et pesait certainement le double de son poids.

— Docteur Patel, je crois que vous ne comprenez pas ce que j'essaie de vous expliquer.

Les joues rouges, le scientifique se détourna du regard menaçant de Neeta et pinça les lèvres en pianotant durement sur le clavier du terminal qui se trouvait devant lui. Après quelques secondes, il désigna du doigt l'écran mural principal, qui afficha un graphique en forme de signal sinusoïdal daté de trois mois auparavant.

— Nous avons détecté une anomalie gravitationnelle dans la même direction générale il y a quatre-vingt-dix jours, mais, conformément à notre protocole, nous n'avons alerté personne parce que nous n'avons pu obtenir une confirmation indiscutable des autres sites…

— Eh bien, permettez-moi de vous dire que votre protocole est merdique, Steve. J'aurais dû être prévenue. Vous vous rendez compte de ce à quoi nous avons affaire ?

Burt jeta un coup d'œil au badge à clip fixé sur la poitrine de Steve, et reconnut son nom : il était l'ingénieur en chef du site d'Hanford. Il se tourna vers lui, s'éclaircit la gorge et dit :

— Neeta a raison. Nous aurions dû être prévenus. Pourquoi n'avez-vous pas pu confirmer l'information ?

Steve se retourna en vrillant le buste et, l'air inquiet, fixa Burt, qui prenait place sur une des chaises pivotantes.

— Docteur Radcliffe, nous n'avons pas pu confirmer la localisation avec nos seuls relevés. Le signal était faible ; pas de quoi nous inciter à la confiance. Le LIGO australien était à l'arrêt forcé pour des opérations de maintenance, et l'observatoire de Livingstone n'avait capté qu'un signal encore plus bref et faible. Les premiers relevés fiables dont nous disposons datent de cette nuit, vers 3 heures du matin.

Les sourcils de Neeta se joignirent en même temps qu'elle se renfrognait. Elle allait ouvrir la bouche, quand Burt leva la main pour interrompre ce qui avait déjà des allures de bagarre stérile avec le personnel local. Neeta la boucla en continuant de fulminer intérieurement, tandis que Burt attrapait un élastique qui traînait sur une table à portée de main. Il rassembla ses cheveux longs en queue de cheval, parfaitement conscient de ce qu'il pouvait y avoir d'atypique, pour quelqu'un dans sa position, dans le fait de porter une queue de cheval, le col de chemise ouvert, un jean et des bottes de cow-boy. Il avait beau avoir la cinquantaine et un poste à responsabilités, il se croyait encore jeune ingénieur.

— Écoutez, Steve, ce qui est fait est fait, dit-il, mettant de côté sa frustration personnelle et son ressentiment envers l'équipe du LIGO. J'ai reçu votre notification par e-mail ce matin ; voilà pourquoi Neeta et moi sommes ici. Qu'avez-vous pour nous ?

L'ingénieur pianota nerveusement sur le clavier de son terminal, et un des moniteurs muraux afficha une série de signaux positifs récents que l'observatoire avait détectés.

— Docteur Radcliffe…

— Appelez-moi Burt.

— Burt, le LIGO a enregistré des milliers de sources d'ondes de gravité ces dernières années. Nous ne détectons ces ondes gravitationnelles que lorsque des masses considérables accélèrent brusquement, et causent une perturbation dans l'espace-temps.

Un peu comme un caillou qui viendrait troubler la surface calme d'un étang ; nous sommes capables de détecter la plus petite ondulation…

— Steve, je connaissais toutes ces conneries bien avant que vous ne preniez votre premier cours de math. Donnez-moi juste les détails techniques.

L'ingénieur cligna des yeux.

— Désolé, monsieur. Euh, comme vous le savez probablement, les ondes de gravité que nous recevons sont produites généralement par la fusion de systèmes binaires ; une collision entre des étoiles à neutrons, par exemple. Elles peuvent aussi être causées par le « jet » d'une étoile tournant autour d'un trou noir. Mais d'une manière générale, ces ondes de gravité nous parviennent assez rarement. C'est arrivé peut-être une dizaine de fois au cours de la dernière décennie, et jamais nous n'avons réellement pu savoir ce qui les causait. Pourtant, à 2 h 53 cette nuit, nous avons enregistré plus d'une dizaine de trains d'ondes de gravité…

— Et vous avez vérifié auprès des autres observatoires et confirmé la cause de ces vagues ? enchaîna Burt en se penchant vers le scientifique, qui le fixait d'un air défait.

— Oui, monsieur. Nous avons procédé à une triangulation avec deux autres sites, en nous concentrant sur le même quadrant de l'espace, et…

Il inclina la tête vers Neeta.

— … à la demande du Dr. Patel, j'ai contacté la NASA. Ils nous ont fourni un canal sécurisé pour pouvoir utiliser les satellites IXO 2. Je viens tout juste de commander aux satellites de diriger leurs détecteurs à rayons X vers la source des ondes de gravité.

Il pressa plusieurs touches sur son clavier. L'écran mural

principal afficha un compteur de temps ; en dehors de cela, il était aussi noir qu'un tableau de classe immaculé.

Burt se redressa et fixa l'image vide sur l'écran de cent pouces de diagonale, tandis que Neeta, d'une voix calme cette fois, demanda :

— Steve, à quand remonte le dernier front d'ondes de gravité que vous avez détecté ?

— C'était il y a environ quinz....

L'ingénieur regarda un des moniteurs muraux et pointa du doigt une lumière clignotante provenant d'un flux vidéo en direct relié à un des détecteurs du site.

— Attendez, un déphasage s'est produit sur le laser !

Il regarda autour de lui tandis que le front d'ondes de gravité apparaissait sur tous les écrans de la salle de contrôle.

— Nous enregistrons une nouvelle vague de signaux !

Burt se leva, passa à côté des ingénieurs rassemblés autour du terminal, et fixa l'écran principal. Il regarda le flux vidéo montrant l'image en interférométrie laser sur l'écran mural situé le plus à gauche. Il savait que la lumière vacillante du flux vidéo signifiait que les installations avaient été frappées par une perturbation gravitationnelle qui déphasait temporairement un des bras de l'interféromètre laser.

Retenant leur souffle, tous regardèrent vaciller les images des différents écrans. Certains moniteurs montraient l'intensité des ondes de gravité ; d'autres affichaient les données en provenance des autres sites d'observation de type LIGO.

Burt se concentra sur l'écran principal ; tous fixaient le moniteur, sur lequel s'affichait la noirceur et le vide. Plus rien ne paraissait exister autour.

Et soudain, un point blanc apparut.

Au milieu de tout ce noir, un petit point lumineux prit vie. Burt sentit son cœur s'emballer.

Il pointa du doigt le moniteur et se tourna vers les scientifiques regroupés autour des terminaux quatre mètres plus loin.

— Là ! Est-ce un résultat positif des détecteurs à rayons X ?

Steve actionna les touches de son clavier et entra une série de commandes.

— Je vérifie, monsieur…

Burt s'approcha des scientifiques rassemblés, tandis que les données brutes défilaient sur l'écran principal. Neeta pointa une des colonnes.

— Là ! s'écria-t-elle. On a un résultat positif. Les satellites ont bien détecté quelque chose.

Burt fixa le point lumineux solitaire sur l'écran noir ; il savait ce qu'il avait devant les yeux, mais il avait besoin de plus de données ; de plus de temps.

Un ingénieur courut jusqu'à une poubelle et soulagea son estomac, le bruit douloureux du rejet intestinal résonnant dans la salle de contrôle. Tous ceux qui étaient présents dans la salle étaient des scientifiques hautement qualifiés, des experts dans leur domaine. Tous avaient compris ce qu'ils venaient de détecter aux confins de leur propre système solaire.

Burt essuya nerveusement la sueur sur son front, et annonça :

— Tout ce que nous pouvons faire, c'est attendre d'autres signaux. Il faut qu'on sache quelles sont ses dimensions – sa trajectoire. Combien de temps nous avons.

— Monsieur ? l'interpela un ingénieur tremblant en levant les yeux vers lui. Qu'est-ce qu'on peut faire ?

Le frisson qui parcourut l'échine de Burt n'était pas dû à la climatisation. Ce fut comme si la Faucheuse l'avait frôlé, à la recherche de sa prochaine victime. Il connaissait les conséquences de leur découverte. Les rayons X n'étaient produits que par des événements associés à de très hautes températures. Des matières chauffées par des champs gravitationnels d'une puissance inimaginables étaient la cause de ces émissions.

— Pour le moment, concentrons-nous sur la collecte de données. Nous ne savons même pas encore quelle direction il va prendre.

Burt soupira, s'affala sur la chaise la plus proche et attendit. C'était la seule chose qu'ils pouvaient faire, tous autant qu'ils étaient.

Burt pria pour que la cause des rayons X ne se dirige pas dans leur direction. DefenseNet avait été conçu pour traiter la menace des astéroïdes entrants. Il existait bel et bien des moyens de les contrer, pour peu que l'on en ait le temps. Même pour un géocroiseur de la taille de la Lune, quelque chose pouvait vraisemblablement être fait. Il leva les yeux vers le point impossible à ne pas voir, qui contrastait avec la noirceur de l'écran, et il sentit sa gorge se serrer.

Plus les minutes passaient, plus il se disait que ce qu'il fixait sur l'écran signait déjà leur fin à tous. Ils allaient être engloutis par l'appétit vorace, insatiable, d'un tourbillon de la mort interstellaire.

Un trou noir.

Plusieurs heures s'étaient écoulées ; Burt faisait les cent pas dans un des couloirs de l'Observatoire d'ondes gravitationnelles, s'efforçant de mettre de l'ordre dans ses idées. L'existence, désormais avérée, d'un trou noir aux confins du système solaire expliquait bien des choses. Les trous noirs tournoient à des vitesses incroyables ; bien que la plupart des gens les voient comme des espèces d'aspirateurs géants engloutissant voracement tout ce qui se trouve à leur portée, la plupart ne comprennent pas qu'ils font cela maladroitement, en quelque sorte ; la déformation gravitationnelle autour des trous noirs a parfois pour effet de projeter en périphérie tout ce qui devrait être englouti.

Burt sentit son estomac se serrer à cette seule pensée.

— Prions pour que cette chose passe simplement son chemin, marmonna-t-il pour lui-même. Alors peut-être aurons-nous une petite chance.

Puis il se figea en entendant la voix de Neeta, qui lui parvint depuis un des bureaux proches :

— Je vais bien, maman. Je voulais juste entendre ta voix. Embrasse papa pour moi.

— *Princesse ?* fit une voix d'homme rieuse dans le haut-parleur du bureau. *Ça fait tellement longtemps que nous ne t'avons pas vue. Comment vas-tu, mon ange ? Est-ce qu'un garçon t'a brisé le cœur ?*

— Papa, j'ai trente-sept ans. Je ne laisserai personne me briser le cœur. Je suis mariée à mon boulot, tu le sais très bien.

Burt se sentit légèrement coupable d'écouter la conversation privée de Neeta. Elle ne parlait jamais d'autre chose que de son travail, si bien que le simple fait d'imaginer qu'elle avait une famille avait quelque chose d'étrange.

— *Et si tu me laissais t'aider à trouver un mari convenable, hein ? Peut-être qu'il est temps, et...*

— *Rajesh Patel !* s'écria une femme derrière lui. *Cesse de harceler notre fille. Elle trouvera quelqu'un et elle nous donnera des petits-enfants quand elle sera prête pour ça, et pas avant.*

— Papa, je t'aime, mais je dois te laisser maintenant. Je vous embrasse tous les deux. Ne vous inquiétez pas si vous n'avez pas de nouvelles de moi pendant quelques temps ; ce sera juste que mon travail ne me laisse pas une minute. Je vous aime très fort.

— *Nous t'aimons aussi, chérie*, lui assura chaleureusement sa mère, sa voix résonnant à des milliers de kilomètres de là.

Un brusque silence succéda à la conversation. Presque aussitôt, Neeta sortit du bureau et tressaillit sous l'effet de la surprise en tombant sur Burt dans le couloir.

Elle essuya rapidement les larmes sur son visage. Burt la fixa ; il ne connaissait pas cet aspect de la personnalité de sa collègue.

Il ignora les larmes et lui demanda :

— Ça te dirait qu'on aille prendre un café ?

Neeta acquiesça d'un hochement de tête, tandis que Burt tournait les talons pour se diriger vers la salle de pause.

Burt fixa le grand écran central de la salle de contrôle et soupira. On y voyait à présent près d'une centaine de points lumineux, répartis sur le pourtour d'un large cercle noir. Chaque point représentait ce qu'on appelait le dernier souffle d'un objet, lequel subissait les hautes températures du trou noir et se retrouvait fractionné en particules subatomiques, avant d'être englouti.

Il dirigea un pointeur laser rouge vers les bords du cercle et regarda l'ingénieur au visage blême qui avait pris le contrôle du terminal.

— Donnez-moi une largeur, lui demanda-t-il. Je veux savoir à quoi nous avons affaire.

Il ferma les yeux et écouta cliqueter les touches du clavier, jusqu'à ce que l'ingénieur annonce d'une voix tremblante :

— Monsieur, le diamètre de « l'horizon des événements » semble être d'environ trois kilomètres.

Burt fut surpris par la taille annoncée. Il y avait un peu plus de cent ans de cela, trois célèbres physiciens avaient établi la limite de Tolmann-Oppenheimer-Volkoff, qui correspondait à la masse maximale théorique que pouvait avoir une étoile à neutrons. Il fit le calcul mentalement, et se représenta exactement ce à quoi ils avaient affaire.

— Une déchirure du tissu de l'espace de plus de trois kilomètres de large… c'est pas beau, ça ?

Un des scientifiques, un homme entre deux âges à la tignasse rousse éclatante, demanda :

— Mais, monsieur, comment est-ce possible ? On est bien en-dessous de la limite de TOV, n'est-ce pas ?

Burt le lui confirma d'un hochement de tête.

— D'une demi-masse solaire environ, si mes calculs sont bons.

Il jeta un regard à Neeta, qui opina du chef.

— Je confirme, dit-elle.

Soudain, son téléphone portable vintage vibra dans sa poche. Il le sortit et jeta un coup d'œil à l'affichage du numéro : son frère.

— Oh non, c'est vraiment pas le moment, marmonna-t-il en remettant le téléphone dans sa poche.

Puis il releva la tête et s'adressa aux personnes présentes dans la salle.

— Une demi-masse solaire, hein ? Mes amis, voilà qui semble expliquer pourquoi personne n'a rien détecté jusqu'à présent. Sa lentille gravitationnelle a empêché cette chose de nous laisser le moindre indice visuel, et lui a permis de nous surprendre. Nous avons manifestement affaire à un trou noir primordial. Une entité née durant l'enfance de l'univers, à une époque où les températures et les pressions permettaient encore de telles créations. Cette chose n'est guère différente – elle n'est surtout pas moins dangereuse – que les trous noirs dont nous avons tous entendu parler durant nos études. Mais c'est la première de son genre que nous détectons – à moins qu'il soit plus juste de dire qu'elle est la première qui nous découvre.

Il jeta un coup d'œil aux points lumineux sur l'écran. Il savait qu'à chaque fois qu'un point apparaissait, les satellites le localisaient.

— Les ordinateurs ont-ils déjà confirmé une trajectoire ? Est-ce qu'on a une vitesse ? demanda-t-il.

L'ingénieur posté à son terminal regardait bouche bée les données défiler sur son écran. Il paraissait tétanisé. Neeta le poussa et prit la relève.

— Nous avons une trajectoire confirmée, annonça-t-elle. Cette chose se dirige vers le centre de la galaxie.

Neeta entra une nouvelle série de commandes sur le clavier, avant de se renfrogner davantage.

— Je crains que nous ne nous trouvions sur sa route.

Ces quelques mots suffirent à faire comprendre à Burt que le destin de la planète était scellé.

Il sentit un grand calme l'envelopper, comme un linceul qui étoufferait toute émotion.

D'une voix sereine, il demanda :

— Combien de temps avons-nous ?

— Docteur Radcliffe, à la vitesse où ce trou noir progresse, et si sa trajectoire reste la même, nous avons 345 jours avant qu'il ne traverse notre orbite.

— Lancez un compte à rebours, dit Burt, qui savait que cela signifiait enclencher le décompte de la fin de l'humanité.

Puis, comme obéissant à un sombre et irrépressible sens du devoir, il se leva et s'adressa à Neeta :

— Je vais avoir besoin de toi. Nous allons devoir expliquer ce qui se passe à l'actuelle administration, là-bas, à Washington ; et il va falloir le faire en personne. Ils voudront savoir quelles sont les alternatives possibles.

Il claqua des doigts pour avoir l'attention de tous.

— Personne n'est autorisé à dire un mot de ce qui se passe une fois franchi la porte de cette salle. Continuez la surveillance, tous, et tenez-moi au courant du moindre changement.

Neeta s'approcha de lui, affichant un air perplexe.

— Des alternatives ? murmura-t-elle. Je ne comprends pas. Quelles alternatives ?

L'idée même était presque risible. Même si la vie sur Terre résistait à l'assaut de dizaines d'astéroïdes tueurs, rien n'avait la moindre chance de survivre si un trou noir venait à traverser l'orbite terrestre.

— Ne t'inquiète pas, dit Burt. C'est moi qui parlerai.

Il ouvrit la porte de la salle de contrôle, tourna la tête et regarda Neeta par-dessus son épaule.

— Dire que nous sommes sur le point d'annoncer à la présidente des États-Unis qu'il nous reste à tous moins d'un an à vivre.

(FIN DE L'EXTRAIT)

Si vous souhaitez poursuivre votre lecture, vous pouvez commander ce livre en cliquant sur le lien suivant :

My Book

À PROPOS DE L'AUTEUR

Je suis un fils de militaire, un polyglotte et la première personne de ma famille à être née aux États-Unis. Toute ma jeunesse en a été influencée ; cela a instillé en moi l'amour de la lecture, et une curiosité pour le monde et tout ce qu'il renferme. Adulte, ma passion des voyages et de l'aventure m'a permis d'explorer d'innombrables lieux inimaginables, qui servent parfois de cadre aux histoires que j'écris.

J'espère encore une fois que celle-ci vous a plu.
Mike Rothman

Pour suivre mon actualité ou me contacter, rendez-vous sur mon blog : www.michaelarothman.com,
sur ma page Facebook : www.facebook.com/MichaelARothman,
ou sur Twitter : @MichaelARothman